매 순간 흔들려도
매일 우아하게

매 순간 흔들려도
매일 우아하게

모멸에 품위로 응수하는 책읽기

곽아람 에세이

이봄

마흔, 야망이란 무엇인가

시작은 자기계발서였다.

"네? 자기계발서요? 제가요?"

2019년 9월 어느 날 오후, 커다란 창으로 덕수궁 안뜰이 내려다보이는 전망 좋은 레스토랑에 앉아 나도 모르게 큰 소리를 질렀다. 내가? 그런 책은 힐러리 클린턴 같은 사람이 쓰는 거 아닌가? 회사는 2003년 입사 이후 지금까지 글자 그대로 '울면서' 다니고 있고, 주기적으로 회사를 때려치고픈 충동을 느끼는 데다가 실제로 사표를 낸 적도 있다. 매일 맡은 업무를 해내기도 벅찬데 자기계발서라니, 가능할 리가⋯. 게다가 '자기계발서'라 하면 '일찍 일어나는 새가 벌레를 잡는다' 유의 책일 텐데? 일찍 일어나는 게 세상에서 가장 힘든 사람더러 자기계발서를 읽으라면 모를까, 쓰라고 하다니 난 반댈세.

말도 안 되는 이야기라 생각하고 있는데 맞은편에 앉은 출판사 대표는 차분하면서도 커다란 눈망울로 나를 바라보며 말했다.

"요즘 여자들의 야망에 대한 책이 인기가 있거든요."

심지어 야망_{野望}이란다. 사전적 정의에 따르면 크게 무엇을 이루어보 겠다는 희망.

"저기…. 전 야망이라는 걸 가져본 적이 없어요. 그냥 남에게 의지하 지 않고 제 손으로 밥벌이하는 게 중요하다고만 생각하며 하루하루 회 사 생활을 하고 있어요."

"그거야말로 야망이죠. 야망이라고 해서 꼭 거창한 뭐는 아니에요. 스스로의 힘으로 오롯이 혼자 서는 것, 그게 바로 야망이라고 생각해 요."

"아…, 그렇군요."

"그러니까, 여자의 야망을 주제로 한 독서 에세이를 써 보는 건 어떨 까요?"

"독서 에세이요? 이미 두 권을 냈는데…. 사실 인간이라는 게 쉬이 변하는 존재가 아니고, 취향도 고정돼 있잖아요. 제가 책을 가장 많이 읽은 건 취학 전부터 대학 다닐 때까지인데 그 이야기는 이미 다른 책 들에 썼거든요. 자기복제를 하게 되면 어떡하죠?"

"괜찮아요. 그새 세월이 흘렀잖아요. 다시 읽으면 예전과 다른 게 보 일 거예요."

이렇게 해서 나는 얼떨결에 '야망'을 주제로 한, '자기계발서'로 분류 될 법한, '독서 에세이'를 계약하게 되었다. 아, 이러면 안 되는데….

야망이 있는 인간이었던가. 목표를 세우는 걸 좋아하는 인간이었다. 스스로 원대한 계획을 세우는 것이 아니라 남이 준 과제를 제시간 안에 잘 끝마쳐 칭찬받는 일을 좋아하는 천생 모범생이었다. 어릴 땐 부모님과 선생님께 칭찬을 받고 싶었고 사회생활 시작하면서는 회사의 칭찬을 받고 싶었지만 학교와는 달리 사회는 만만치 않다는 사실을 깨닫고 초년병 때 진작에 포기했다. 일본 조직학자 오타 하지메가 인정 욕구 강박의 문제점을 연구한 책『인정받고 싶은 마음』에 어릴 때 공부로 늘 칭찬받다 보니 커서는 지시만 기다리는 사람이 되어버린 사람, 그림을 잘 그려 선생님께 칭찬받다 보니 칭찬을 의식해 개성이 사라져버렸다는 사람 등의 사례가 나온다. 그게 바로 나였다. 그래서 야망이 없었다. 기대하면 상처받으니까. 원하는 게 없으면 좌절할 일도 없으니까. 세상에서 가장 무서운 사람은 욕망이 없는 사람이니까.

월급쟁이 생활을 시작한 이래 내게 중요한 것은, 야망을 품고 어느 자리까지 도달하는 일이 아니었다. 야망 따위를 갖지 않고 초연해지고, 직장에서 아무런 욕심도 갖지 않으며, 일터에서의 자아와 퇴근 후의 자아를 철저히 분리하는 것, 그리하여 회사가 나를 버리든 내가 떠나든 언제든 깃털처럼 가벼운 마음으로 회사와 이별할 수 있는 것이었다. 회사에 연연하지 않으려면 최악의 경우 해고당하고 아르바이트를 하며 살아가더라도 적어도 내 한 몸은 내가 온전히 책임질 수 있어야 했다. 자립의 기반을 닦으려고 책을 쓰고 대학원을 다니고 돈을 모아 집을 샀다. 세월이 흐르자 제법 번듯한 이력서를 가지게 되었기에 남들은 내가 원대한 꿈을 품고 있는 줄 알았지만, 실은 모두가 야망이 없었기 때문에 한 일이었다. "저건 야심도 없고…." 나를 잘 아는 부모님은 늘 혀를 차며 말했다.

야망이 없기 때문에 오히려 야심 차 보이는 여자. 40대에 접어든 나는 그런 여자였다. 욕망하기보다 욕망을 지우고 싶었다. 욕심과 질투로 마음에 옹이가 지는 게 싫었다. 그러면 결국 내가 상처받기 때문이다. 나는 우선 스스로를 보호하고 싶었다. 예기치 않은 일이 수시로 발생하고 늘 마감에 쫓기는 직업 특성상, 일을 해내기 위해 아득바득 달려들긴 하겠지만 사회적 성공 같은 걸 염두에 두지는 말자고 생각했다. 일단 일을 시작하면 잘하고 싶은 마음을 갖는 거야 당연하겠지만 상찬賞讚받고 싶은 욕심은 내려놓아야 한다고 생각했다.

마음에 어는점을 만들지 말 것. 어떠한 고난이 닥쳐와도 밑바닥까지 추해지지 않을 것. 최대한 우아함과 품위를 유지할 것. 어릴 적 읽은 책에 등장하는 여성들에게 나는 이런 걸 배웠다. 양어머니에게 괴롭힘 당하면서도 '나는 무슨 일이 있어도 마음이 비뚤어지지는 않을 거야. 그만한 일로 사람을 원망하여 내 마음을 더럽히고 싶지는 않아'라고 결심하는 『빙점』의 요코와, 아버지가 파산하고 세상을 떠나 쥐가 우글대는 다락방으로 쫓겨나 부엌데기로 전락하고서도 '하늘이 두 쪽 나도 이것 하나만은 바뀌지 않을 거야. 내가 만일 공주라면 너덜너덜한 누더기를 걸쳤다고 해도 속마음은 공주처럼 될 수 있어'라고 마음먹는 『소공녀』의 세라가 나의 롤 모델이었다. 사회생활하다 보면 종종 닥치는 모멸의 순간 – 여성이기 때문에, 어리기 때문에, 직급이 낮기 때문에, 금력金力이 없어서… 그럴 때마다 그들처럼 품위 있게 사고하고 우아하게 행동하고 싶었다. 유교 사회에서 대개 남성에게만 부여되던 수신修身이라는 덕목을 매끄럽게 수행하는 것, 그것이 나의 '야망'이라면 야망이겠다.

∽

그리하여 외형적 성공이 아니라 바람직한 마음가짐과 삶의 태도를 일러주는 책 속의 여자들을 찾아 나섰다. 『작은 아씨들』이나 '플롯시' 시리즈처럼 어릴 적 읽은 책들도 있고, 마스다 미리의 『걱정 마, 잘될 거야』처럼 사회인이 된 후에 읽은 책들도 있다. 『우아한 연인』의 케이트, 『우리가 이토록 작고 외롭지 않다면』의 아스트리드 린드그렌, 『비커밍』의 미셸 오바마, 『배움의 발견』의 타라 웨스트오버 같이 최근 나온 책 속의 여자들도 만났다. 스무 권의 책, 스무 명의 여성…. 그들은 과거의 나를 구축했고 현재의 나를 만들었으며 미래의 나를 일굴 것이다.

첫 원고를 출판사에 넘긴 것이 2019년 11월 11일이었고, 마지막 원고를 넘긴 것이 2020년 9월 1일이었다. 당초 예상보다 반년 이상 늦었다. 2020년 초 코로나가 닥쳤다. 일상이 사라졌다. 수많은 이들이 병에 걸리고 목숨을 잃었다. 코로나 때문은 아니었지만 그해 3월부터 6월까지 넉 달 새 외삼촌을 비롯해 주변의 가까운 이들 네 명이 세상을 떠났다. 죽음이 끊임없이 곁에 있었다. 나는 대개 괴로울수록 글을 쓰면서 구원받는 부류의 인간이었지만 고통과 혼돈 속에서 한 달 이상 원고를 쓰지 못하는 나날이 반복되었다. 그 와중에 『폴리애나의 기쁨 놀이』를, 『빨강 머리 앤』을 다시 읽었다. 절망의 구렁텅이에 빠져서도 긍정을 생각하는 소녀들의 이야기가 마음의 중심을 잡는 데 도움이 되었다.

혼자 밥을 먹고, 매일 체온을 재며, 고향의 부모님조차 찾아뵙지 못하고 집에 틀어박혀 피가 나도록 손을 씻었던 팬데믹의 나날에 재택근무의 일환으로 업무용 책상이 되어버린 부엌 식탁에 앉아 읽고, 썼다. 현관문 틈새로 들어와 발을 얼어붙게 하던 냉기가 보드라운 봄바람이 되고, 세찬 태풍이 되고, 서늘한 가을의 기운을 전해왔다. 그리고 다시 발이 어는 계절이 되었다가, 봄이 찾아왔다. 코로나는 아직도 끝나지 않았다.

원고를 모두 받은 출판사는 계획을 수정했다. 아무래도 이 유약한 여자에게 '야망'과 '자기계발'은 무리라 생각했던 모양인지 '문학적인' 책을 만들겠다고 알려왔다. 노트북 컴퓨터에 '야망 에세이' 폴더를 따로 만들어놓고 차곡차곡 원고를 저장하며 야망에 대한 자기계발서 저자가 되어보겠다 했던 나의 야심찬 계획은 우주 저 어딘가로 사라졌다.

문학적인 인간이었던가. 이야기를 좋아하는 인간이었다. 어린 날엔 이야기 속 세계와 현실을 자주 혼동했다. 언제나 책 속 인물들을 흉내 내었다. 현실의 인간처럼 행동하기 위해서는 많은 노력과 연습이 필요했다.

지금도 완벽하지는 않다. 나는 여전히 이쪽 세계의 많은 일에 서툴다. 그렇지만 가족들의 어떤 면모와 친구들의 어떤 구석, 회사 동료들의 어떤 면면과 이웃들의 어떤 모습에서 종종 내가 오래전부터 알고 지내던 책 속 인물들을 발견하고 반가워하며 생각한다. '역시 저 세계는 실재하는 거였어.' 내가 아끼고 사랑하는 책 속의 주인공들이 독자 여러분과도 친구가 되었으면 좋겠다.

책에 대한 책을 여러 번 썼다. 『모든 기다림의 순간, 나는 책을 읽는다』(2009)에서 청춘의 독서를 이야기했고, 절판 아동 도서 수집기 『어릴 적 그 책』(2013)에서 유년의 독서를 짚었다. 『어릴 적 그 책』을 냈을 때만 해도 "어릴 때 읽은 동화를 다시 구해 읽다니 독특한 취미를 가졌다"는 말을 들었는데 요즘은 동화 다시 읽기가 대세다. 그 분야의 '시조새'로서 뿌듯함을 느낀다. 아메리카 문학 기행 『바람과 함께, 스칼렛』(2018)은 어느 독자의 말처럼 『어릴 적 그 책』의 3D 버전이다. 책을 읽으며 마음속에 수없이 그려본 세계가 실재하는지, 내 안의 이미지와는 얼마나 일치하며 또 얼마나 다른지 확인하고파 감행한 작업이었다. 그리고 이 책에서 나는 중년이라 하기엔 미숙하고 청춘이라기엔 무거운 나이, 40대의 책읽기를 이야기한다.

번번이 마감을 어기는 저자를 믿고 꾸준히 기다려주신 고미영 이봄 출판사 대표님께 마음 깊이 감사드린다. 언제나 곁을 지켜주는 다정한 친구들, 2008년 첫 책 『그림이 그녀에게』를 냈을 때부터 지금까지 한결같은 응원을 보내주시는 독자들께는 고마움과 사랑을 표하고 싶다. 그리고 무엇보다도 어린 자식이 세상을 살아나가는 데 책 속 세계가 울이 되어주리라 믿고 책읽기를 가르쳤던 부모님께 럭키 세븐, 어느새 일곱 번째가 된 이 책을 바친다.

야망이라곤 없는 딸에게 엄마는 언젠가 이 성경 구절을 문자로 보내주었다. "네 시작은 미약하였으나 네 나중은 심히 창대하리라." 미약한 처지에서도 마음만은 창대했던 스무 명의 여인들이 여기 있다.

2021년 봄 서울에서
곽아람

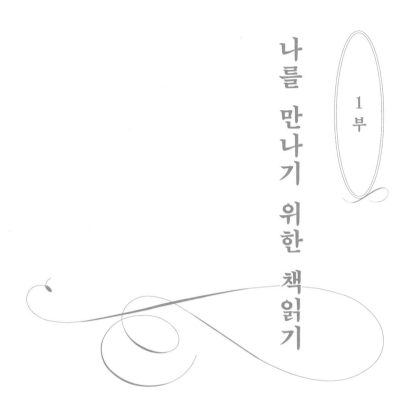

1부

나를 만나기 위한 책읽기

왕녀의 품격

『소공녀』 세라

『소공녀』
프랜시스 호지슨 버넷 지음
곽명단 옮김
펭귄클래식코리아, 2013

어린 독서광이었다, 나는. 평생 가장 책을 많이 읽은 시기는 취학 전에서 초등학교 저학년까지다. 돌이켜보면 가장 맹렬하고 순수하게 책을 좋아했던 시절이 아니었나 싶다. 만 5세 4개월이던 1985년 4월 13일의 일기는 이렇게 끝난다.

　　"우리 아빠는 모레 옛날 이야기 책을 사주신다고 했다. 책은 내가 제일 좋아하는 것이다."

　　만 3세 때 한글을 읽기 시작했다. 책만 쥐여주면 조용했던 아이. 딱히 손이 가지 않는 아이였다고 엄마는 기억한다. 쪼그려 앉아 정신없이 책을 읽고 있는 내게 "이 책벌레!" 하며 아버지는 장난으로 에프킬라를 칙, 뿌리는 척했다. 어릴 적, 어머니로부터 "너는 곧 책에 읽히고 말 거야"라고 놀림받곤 했다는 일본의 에세이스트 스가 아쓰코는 『먼 아침의 책들』에 이렇게 썼다.

조금 과장해서 말하자면, 한 여자아이에게는 책 몇 권이 인생의 선택을 좌우하는 일이 있다. 하지만 그 아이는 그런 것도 알지 못하고 그저 빨려들 듯이 책을 읽고 있다. 자신을 둘러싼 현실에 자신이 없는 만큼 책에 빠져든다. 그 아이 안에는 책의 세계가 여름 하늘의 구름처럼 몇 층으로 겹쳐 솟아나고, 아이 자신이 거의 책이 되어버린다.*

이건 곧 나의 이야기. "자신을 둘러싼 현실에 자신이 없는 만큼"이라는 구절에 특히 힘주어 밑줄을 쳤다. 낯가림 심했던 어린 날의 내게, 책읽기란 주위에 해자를 두르고 내면에 성채를 쌓는 일과 같았다. 책을 읽고 있으면 아무도 건드리지 않아서 좋았다. 허겁지겁, 허기진 것처럼 책을 읽곤 했다. 그 세계 안에서만 비로소 안전하다 느꼈으니까. 현실 속 친구들보다는 책 속 친구들이 훨씬 편했다. '빨강 머리 앤' '작은 아씨들' '시골 소녀 폴리애나' 등 여러 친구들이 있었지만 그중 '소공녀 세라'가 가장 좋았다. 좋아하면서 동시에 동경했다.

열두 살짜리의 표정이라 해도 조숙하다 했을 텐데 세라 크루는 고작 일곱 살밖에 되지 않았다. 사실 세라로 말하자면 언제나 별난 것들을 꿈꾸며 생각에 잠기는 아이였고, 스스로 아무리 기억을 더듬어 보아도 어른들과 어른 세계를 생각하지 않은 때가 없는 아이였다. 그러니 자신이 아주 오래 산 듯한 기분이 들기도 했으리라.**

검은 머리칼에 녹회색 눈동자의 세라는 어린 날 만난 책 속 친구 중 가장 지적인 인물이었다. 얼마 전 내털리 포트먼이 영국 헨리 8세의 두 번째 왕비이자 엘리자베스 1세의 어머니인 앤 불린으로, 스칼릿 조핸슨이 그 여동생 메리로 나오는 영화 〈천 일의 스캔들〉을 보면서 내게 헨리 8세에게 여섯 명의 왕비가 있었다는 사실을 최초로 알려준 사람이 세라라는 사실을 깨달았다.

인도에 있는 아버지가 다이아몬드 광산을 개발하려다 실패하고 파산한 후 세상을 뜨자 런던의 기숙학교 민친 여학원의 '특별 학생'이었던 세라는 학교의 하녀로 전락한다. 온갖 허드렛일을 하느라 공부할 시간을 확보하지 못한 세라는 위기감을 느끼며 말한다. "이렇게 공부를 안 하다간 헨리 8세에게 여섯 명의 아내가 있었다는 사실조차 잊어버릴지도 몰라."

쥐가 우글거리는 다락방으로 쫓겨난 세라가 그중 우두머리 격인 쥐에게 붙여주는 이름도 심상치 않다. 멜키세덱. 구약성서에 나오는 인물인데 예루살렘의 왕이자 제사장으로, 전쟁에서 이기고 돌아온 아브라함을 축복하는 인물이다. 세라 덕에 나는, 그 어려운 이름, 멜키세덱을 의로운 왕의 이름이 아니라 쥐의 이름으로 기억하고 있다.

• 『먼 아침의 책들』, 스가 아쓰코 지음, 송태욱 옮김, 한뼘책방, 2019, 103쪽.
•• 『소공녀』, 프랜시스 호지슨 버넷 지음, 곽명단 옮김, 펭귄클래식코리아, 2013, 11쪽. 원문에는 '사라'라고 되어 있지만 '세라'가 더 친숙하므로 본문과 인용문은 모두 '세라'로 통일했다.

'멜키세덱'이 쥐의 이름인 것처럼, '에밀리' 역시 사람이라기보다 인형의 이름으로 기억한다. 인도에서 런던에 막 도착한 일곱 살 세라는 아버지의 손을 잡고 '에밀리'를 찾아 런던 시내를 탐방한다. 어느 상점의 쇼윈도에서 '그 인형'과 눈을 마주치자, 세라는 단박에 그 인형이 '에밀리'임을 알아본다. 누군가와 사랑에 빠질 때, 찰나의 순간에 '그'가 바로 '그'임을 알아보게 되는 것과 마찬가지로. "오, 아빠. 저기 에밀리가 있어요!" 세라는 탄성을 터뜨리고 에밀리를 품에 안는다.

　　　　어쩌면 그 인형은 정말로 세라를 알아보았는지도 모른다. 아닌 게 아니라 세라의 품에 안겼을 때 인형은 세라에게 굉장히 친근한 눈빛을 보내고 있었던 것이다. 꽤 큰 인형이었지만 그렇다고 안고 다니기 어려울 정도는 아니었다. 금빛 갈색 곱슬머리는 자연스럽게 흘러내려 마치 망토를 걸친 듯했고, 두 눈은 깊고 맑은 잿빛 청색에다 속눈썹이 진하면서도 부드러워 그린 것이 아니라 진짜 같았다. *

세라와 아버지가 아동복 가게로 가 에밀리의 옷을 사는 장면을 무척 좋아해 여러 번 읽었다. 레이스 원피스, 벨벳 원피스와 모슬린 원피스, 모자와 외투, 예쁜 레이스 장식이 달린 속옷, 장갑과 손수건과 모피

* 위의 책, 21쪽.

손 토시까지 사주는 장면. 어른이 된 지금은 생각한다. 누군가는 지나치게 호사스럽다고 비난할 수도 있겠다고. 그렇지만 여전히 이 장면을 좋아한다. 나 역시 인형에게 예쁜 옷을 입히고 싶은 어린 여자아이였던 시절이 있었으므로. 어린 날의 나는 내 인형에게 그렇게 많은 옷들을 사주지 못했지만, 눕히면 눈을 감는 분홍색 원피스 차림 인형을 외할머니가 사주셨을 때 한순간의 망설임도 없이 '에밀리'라 이름 붙였다. 어린 시절 인형이 내 말을 알아듣는다 믿었던 것은, 나 스스로의 생각인지 아니면 세라의 영향인지 아직도 모르겠다.

세라 역시 어린 독서광이었다. 그녀를 나와 동류라 여기게 된 결정적 장면이 있다. 프랑스혁명에 대한 책을 읽고 있는 세라가, 평소 자신을 '엄마'라 부르며 무척 따르는 네 살짜리 로티의 울음소리에 방해받아 짜증을 내는 장면. 평소에는 어른스럽지만 책에 푹 빠져 있는데 느닷없이 방해를 받을 때만은 화를 참기 힘들어하는 세라는 친구 어민가드에게 이렇게 털어놓는다. "그럴 때면 꼭 누가 나를 힘껏 때리는 기분이 들어. 그래서 나도 때려주고 싶고. 짜증이 나서 막 퍼부어대지 않으려면 얼른 다른 걸 생각해내야만 해."

'나랑 똑같네.' 어린 나는 생각했다. 왜 나는 책을 읽을 때 누군가 방해하면 나를 둘러싸고 있는 비눗방울 같은 막이 일순간 터지는 것 같은 느낌을 받으면서 버럭 화가 나는가, 궁금해하던 참이었다.

세라는 이야기꾼이기도 했다. 작가 프랜시스 호지슨 버넷[Frances Hodgson Burnett, 1849~1924]은 이렇게 묘사했다.

세라는 이야기를 구수하게 잘하기도 했지만, 이야기를 들려주는 것 자체를 무척 즐겼다. 아이들에게 빙 둘러싸여 한가운데 앉거나 서서 멋진 이야기를 시작할라치면 세라의 초록빛 눈동자가 저절로 커지면서 반짝반짝 빛나고 뺨은 발갛게 달아오르고, 자신도 모르는 틈에 벌써 목소리가 높아지는가 하면 낮아지고, 그 가냘픈 몸이 이리 기우는가 하면 저리 휘고, 갖가지 손짓을 해가면서 깜찍한 대목은 깜찍하게 놀라운 대목은 놀랍게 몸도 따라 움직였다. *

나 역시 어린 이야기꾼이었다. 수줍고 낯을 가렸지만 내가 읽은 책 이야기를 남에게 들려줄 때만은 다른 사람이 되었다. 초등학교 4학년 때 담임 선생님은 매일 점심시간 전 15분을 내게 내주었다. 교탁 앞으로 나와 급우들에게 책 이야기를 들려주라 하셨다. 갖은 손짓과 몸짓을 해가며 내가 여행하고 온 책 속 세계를 친구들에게 풀어놓던 시절,

---

* 위의 책, 57쪽.

초등학교 1학년 때만 해도 '표정 없는 아이'라 불렸던 나는 드물게 그 시절의 선생님으로부터 '말 잘하는 아람이'라 불렸다.

독서는 어떻게 힘이 되는가, 세라에게서 배웠다. 나의 두 번째 책 『모든 기다림의 순간, 나는 책을 읽는다』에 이런 문장을 쓴 적이 있다. "외계가 도저히 감내할 수 없는 강도로 압력을 가해올 때, 그 버거운 삶의 순간들이 지나가기를 기다리면서 나는 책을 읽는다."

오랫동안 내게 독서란 지식을 쌓기 위한 일도, 즐거움을 위한 것도 아니었다. 도피였다. 책 속으로 도망치지 않고서는 현실을 감내할 수 없기 때문에 은신처를 찾아가서 책을 읽었다. 힘겨운 일이 생기면 고통을 겪고 있는 책 속 누군가를 생각했다, 세라처럼. 친구 어먼가드가 형편없는 세라의 다락방에 찾아와 "너 여기서 계속 지낼 수 있겠어?" 묻자 세라는 답한다.

"여기가 아주 다른 곳인 척하면 그럴 수 있을 거 같아. 아니면 이야기에 나오는 장소인 척하거나. 이보다 더 끔찍한 곳에서 지낸 사람들도 있어. 디프 성 지하 감옥에 갇혀 지낸 몬테크리스토 백작을 생각해보면 알잖아. 바스티유 감옥에 갇혀 지낸 사람들은 또 어떻고!"*

─────────

* 위의 책, 126쪽.

세라는 자신의 비극 앞에서 몬테크리스토 백작과 바스티유 감옥의 죄수들, 단두대 앞의 마리 앙투아네트를 떠올렸지만 나는 나의 슬픔 앞에서 종종 세라를 떠올렸다. 춥고 어두운 다락방에 살면서 민친 교장으로부터 갖은 모욕을 받으면서도 견뎌낸 세라도 있는데, 이쯤이야. 열한 번째 생일 파티를 하던 중 아버지의 파산과 사망 소식을 듣고서는 순식간에 화려한 드레스를 벗고 작아서 맞지 않는 옷을 상복으로 입고 교장 앞에 불려 간 세라의 모습을 생각하면 지금도 마음이 아프다.

　　　너무 짧고 꽉 끼어서 깡총한 원피스 밑으로 드러난 다리가 유난히 길고 가냘파 보였다. 검은 리본이 없어 묶지 못해 제멋대로 흘러내린, 짧고 숱 많은 검은 머리 때문에 백지장 같은 얼굴이 더더욱 하얗게 도드라져 보였다. 세라가 한 팔로 꼭 끌어안은 에밀리는 검은 천에 싸여 있었다.*

∾

사실 『소공녀』는 전형적인 영웅 서사의 구조를 가진 이야기다. 고귀한 태생의 주인공이 어린 날 부모와 재산을 잃고 갖은 고생을 하며 악

---

* 위의 책, 107쪽.

의 무리와 맞서 싸우다가, 귀인을 만나 도움을 받고 자신의 지위를 회복한다. 각종 신화와 민담에서 되풀이되며 무협소설의 전형적인 플롯으로도 익숙한 이야기지만『소공녀』의 영웅은 여성이다.

영웅 서사의 흔한 남자 주인공들이 자신들은 나면서부터 고귀한 존재이며, 그것이 신이 부여한 특권이라 생각하는 것과 다르게 세라는 자신에게 주어진 것들이 그저 우연일 뿐이라는 걸 잘 알고 있다.

〜   언젠가 세라는 이렇게 말했다.

"사람들에게는 어쩌다 우연히 생기는 일이 많아. 내게는 좋은 우연이 많이 따랐어. 어쩌다 보니 늘 공부하고 책 읽는 게 좋았고, 배우고 읽은 걸 잘 기억하게 되었지. 또 어쩌다 보니 잘생기고 다정하고 머리 좋고, 내가 좋아하면 무엇이든 다 해줄 수 있는 아버지의 딸로 태어난 거고. 난 본래 착한 아이가 아닐지도 몰라. 갖고 싶은 걸 다 가질 수 있고 모두들 잘해준다면, 누구라도 착해지지 않으려야 않을 수 없는 거 아닐까?"•

세라는 또 말한다.

〜   "내가 진짜 착한 아이인지 못된 아이인지 어떻게 알아낼지는

•   위의 책, 45쪽.

나도 모르겠어. 어쩌면 난 아주 끔찍한 아이일지도 몰라. 지금까지 그걸 아무도 모른다면, 그건 아마 내가 시련을 겪은 적이 없어서일 거야."*

그리고 이야기는 엄청난 시련을 겪게 된 세라가 갖은 역경 속에서도 자신이 '끔찍한 아이'가 아니라 고결한 품성을 지닌 '공주'임을 증명해 나가는 과정을 보여준다. 너는 꼭 공주라도 된 것처럼 군다며 비웃는 라비니아에게 자신만만하게 "내가 공주라면 좋겠다는 생각을 많이 했어. 진짜 공주라면 어떤 느낌이 들지 궁금해서. 이제부터 내가 진짜 공주인 척해볼 거야"라고 할 때만 해도 남부러울 것 없었던 세라는, 몰락과 함께 갖은 고초를 겪으면서도 그 목표를 잃지 않는다. 굳건한 다짐이 세라를 지탱한다.

〜 하늘이 두 쪽 나도 이것 하나만은 바뀌지 않을 거야. 내가 만일 공주라면 너덜너덜한 누더기를 걸쳤다고 해도 속마음은 공주처럼 될 수 있어. 금빛 찬란한 옷을 입으면 공주처럼 행동하기가 한결 쉽겠지만 아무도 몰라줄 때에도 한결같이 진짜 공주처럼 행동하는 게 훨씬 보람 있을 거야.**

---

* 위의 책, 45쪽.
** 위의 책, 167쪽.

세라의 '공주다움'은 춥고 비 오는 날 누더기 외투에 구멍 난 신발을 신고 진흙투성이 거리를 걸어 심부름을 가던 중 4펜스짜리 은화를 줍는 에피소드에서 극대화된다. 점심을 굶은 세라는 몹시 배고팠지만 일단 바로 앞 빵가게 주인 아주머니에게 "돈을 잃어버린 적" 없냐고 물어본다. 그리고 그 돈으로 산 건포도 롤빵 여섯 개 중 다섯 개를 자신보다 더 배고파 보이는 거지 소녀에게 나눠 준다. 독서로 쌓은 교양이 가장 힘든 순간에조차 품위를 잃지 않도록 하는 무기가 된다.

내가 공주라면, 내가 만일 공주라면… 진짜 공주는 자리에서 쫓겨나 가난해졌어도 자기보다 더 배고프고 더 굶주린 백성들을 만나면 언제나 그 사람들에게 가진 걸 나누어 주었어. 언제나 베풀었지.[*]

영웅 서사의 주인공답게, 세라는 역경을 겪으며 '자기 사람'이 누군지를 가려내게 된다. "어떤 모습을 하고 있어도 아가씨는 제게 변함없는 공주님"이라 말하는 충성스러운 하녀 베키, 하녀 신분이 된 자신을 변함없이 친구로 대해주는 어먼가드와 로티라는 확실한 아군을 얻고, 쓸개라도 빼줄 듯하다가 상황이 바뀌자 얼굴빛을 바꾸는 민친 선생 같은 부류와는 선을 긋는다. 영원한 우정을 맹세하는 어먼가드에게 세라

---

* 위의 책, 190쪽.

가 하는 말은 의미심장하다.

> "그래, 좋아. 시련은 사람들을 시험에 들게 하는 법이고, 내게 닥친 시련은 널 시험해서 네가 얼마나 좋은 아이인지 가르쳐줬으니까."*

동양의 언어로 다시 풀이하자면, 『소공녀』는 결국 주군主君 세라가 몰락해 가신家臣들을 이끌고 다락방이라는 험지로 유배 갔다가 자신을 찾아 헤매던 아버지 친구의 조력을 받아 영토와 왕위를 회복하는 이야기다. 소년들은 무협지를 읽으며 제 안의 영웅과 만날 수 있었지만, 소녀들에게 허용되는 영웅 서사란 드물던 1980년대에 세라를 동경했던 어린 나는 '아무도 몰라줄 때에도 한결같이 진짜 공주처럼 행동하겠다'는 그 결기를 배우고 싶었다. 나락으로 떨어졌을 때의 민낯마저 아름다운 사람이 되겠다고, 『소공녀』를 읽으며 결심했다.

❧

내가 고아인 빨강 머리 앤보다 세라에게 더 감정이입했던 것은 세라

•　위의 책, 127쪽.

와 마찬가지로 '좋은 우연'이 많이 따른 편이었기 때문이었을 것이다. 어쩌다 보니 교육받은 중산층 부모 밑에 태어나 어쩌다 보니 늘 공부하고 책 읽는 걸 좋아했고, 소위 명문대라고 부르는 학교를 나와 남들이 좋다는 직장에 취직한 '운 좋은 나'는 사회생활을 하면서 처음으로 '온실 속의 화초'에서 벗어나 인생의 쓴맛을 보게 된다. 난생처음 맛보는 굴욕과 모욕과 억울함과 부당함의 순간들. 그때마다 늘 마음속으로 세라처럼 읊조렸다.

> "선생님께서 지금 스스로 무슨 일을 하시는지 모르고 있다는 생각을 했습니다."
>
> 세라가 공손하면서도 당차게 대답했다.
>
> "내가 한 일을 내가 모른다?"
>
> "예. 그리고 제가 공주인데 선생님께서 제 따귀를 때리셨다면 선생님이 어찌되실까 생각했어요. 그럴 때 저는 어떻게 해야 할지도요. 제가 공주라면, 무슨 말을 하고 어떤 행동을 하든 선생님께서 감히 그런 행동은 못 하셨을 거란 생각도요. 또 선생님께서 얼마나 놀라 까무러치실까 생각했어요, 어느 날 갑자기 그걸 아신다면…."•

• 위의 책, 170쪽.

그런 상상 덕에 아슬아슬한 순간들을 버텨냈고, 19년째 직장 생활을 하면서도 많이 망가지지 않고 나 자신을 지켜낼 수 있었다. 노라 에프론 감독의 영화 〈유브 갓 메일〉에서 어린이책 서점을 운영하는 주인공 캐슬린(멕 라이언)은 말한다. "어릴 때 읽은 책은 자아의 일부분이 되거든요. 살면서 나중에 읽는 책과는 전혀 다르죠." 그렇게 자아의 일부분이 된 『소공녀』를 한 해를 거의 마무리하는 시점, 고요하고 거룩한 성탄 전야에 라디오에서 흘러나오는 크리스마스 캐럴을 들으며 다시 읽어보았다. 가장 좋아하는 장면을 원서와 대조해가며 읽는데 눈물이 툭, 떨어졌다.

다이아몬드 광산 개발에 성공한 아버지 친구를 만나 고난에서 벗어난 세라에게 민친 선생이 "이제 넌 다시 공주가 된 기분이겠구나"라고 빈정대자 세라는 낮은 목소리로 말한다.

> "저는 다른 어떤 것이 되지 않으려고 애썼을 뿐이에요. 가장 춥고 배고플 때조차도 다른 게 되지 않으려 애썼다고요."*

---

* 지은이 번역. 원문은 다음과 같다. "I-tried not to be anything else," she answered in a low voice-"even when I was coldest and hungriest-I tried not to be."

우아함은 어떻게
삶의 무기가 되는가

『빙점』요코

『빙점』
미우라 아야코 지음
최현 옮김
범우사, 1990

"엄마, 다자이 오사무의 『사양^{斜陽}』 읽어보셨어요? 『사양』에 비밀을 가지고 있다는 것은 어른이 된 증거라고 쓰여 있어요. 저도 어른이 된 거예요. 노코멘트예요, 엄마."

비밀을 갖는다는 건 어른이 된 증거라고 여기게 된 것도, 어른이 되면 꼭 다자이 오사무의 『사양』을 읽어보리라 생각하게 된 것도, '노코멘트'라는 단어를 배우게 된 것도 모두 책 한 권 때문이었다. 미우라 아야코^{三浦綾子, 1922~99}의 1964년 소설 『빙점^{氷点}』이다.

국내엔 원미경 주연의 1981년작 영화나 이미연 주연의 1990년작 텔레비전 드라마로 더 유명하지만, 내게는 드라마보다는 역시나 책이 훨씬 인상적이었다. 처음 『빙점』을 읽은 건 초등학교 3학년 무렵이었다. 피아노를 전공한 음대생에게 개인 교습을 받았는데, 아이들 읽을 만한 책이며 만화책이 비치돼 있는 일반 피아노 학원과는 달리 그 선생님 댁엔 초등학생이 읽을 만한 책이 거의 없었다. 앞 시간 교습생이 수업을 받고 있는 동안 지루함을 이겨보려고 애쓰고 있는 내가 안쓰러웠던 선생님이 책장을 뒤져 그래도 초등학생이 읽을 만하다 싶은 책을 찾아 건네준 것이 『빙점』과 이문열의 『우리들의 일그러진 영웅』이었다. 인터넷도 휴대전화도 없던 시절, 활자 말고는 다른 오락거리를 몰랐기에 나는 선생님이 권한 『빙점』을 읽기 시작했고, 이내 그 이야기에 푹 빠져들었다. 열 살짜리가 읽어도 너무나 재미있는 이야기였던 것이다!

치정, 살인, 증오, 복수, 사랑, 그리고 용서. 이 모든 극적인 요소를 한 편에 다 담은 소설도 아마 드물 것이다. 잡화점을 운영하던 미우라 아야코는 일하는 틈틈이 글을 썼고, 그렇게 쓴 글이 1964년 아사히 신문 1000만 엔 공모 소설에 당선되면서 평범한 주부에서 일약 스타 작가가 됐다. 이 짜릿하면서 흥미진진한 이야기를 써낸 작가가 독실한 개신교인이라는 것, 원죄原罪라는 무겁고 진지한 주제를 다루고 있으면서도 꽤나 자극적이라는 것이 『빙점』의 매력이자 아이러니다.

∞

홋카이도의 작은 도시 아사히가와의 숲 시범림에서 의사 쓰지구치 게이조오의 세 살 난 딸 루리코가 목 졸려 살해당한다. 딸이 살해당하던 그 시간 어머니 나쓰에는 남편이 원장으로 있는 병원의 젊고 잘생긴 안과 의사 무라이와 밀회를 즐기고 있었다. 폐병을 앓고 있던 무라이가 의사답게 "난 폐병 환자니까" 하고 입술이 아닌 목에 입 맞춘 것이 나쓰에의 하얀 목덜미에 보랏빛 자국을 남겼고, 그 자국을 본 남편 게이조오는 어린 딸을 밖에 내보내고 불륜을 저지르다 딸의 행방을 놓치고, 끝내 죽음에 이르게 한 아내에게 배신감을 느낀다. 딸을 잃은 충격으로 여자아이를 입양하고 싶어 하는 나쓰에에게 게이조오가 내린 '형벌'은, 딸을 죽인 범인의 딸을 데려와 키우도록 하는 것. 그리하여 쓰지구치가의 양녀가 된 요코陽子, 빛이라는 뜻가 이 이야기의 주인공이다.

글머리에 소개한 "비밀을 가지고 있다는 건 어른이 된 증거"라는 말은 호감을 갖고 있던 오빠 친구 기다하라 구니오와 즐거운 시간을 보내고 돌아온 고등학생 요코가 "오늘 누구와 같이 지냈냐"는 양어머니 나쓰에에게 하는 말. 죽은 딸 대신 지극정성으로 요코를 키운 나쓰에는 우연히 남편이 친구 다까기에게 답답한 마음을 털어놓은 편지를 읽다가 요코가 루리코를 살해한 범인의 딸이라는 걸 알게 된다. 나쓰에는 죽은 딸에 대한 미안함, 남편에 대한 원망에 휩싸여 요코를 학대한다. 갑자기 어머니의 미움을 받게 된 요코가 자신이 친딸이 아니라는 걸 눈치채고도 자신을 미워하는 사람에게 굴복하지 않겠다며 더욱 더 곧고 정결한 마음을 유지하려고 노력하는 모습, 그녀의 그 염결성廉潔性이 어린 마음에도 무척이나 아름답고 대단해 보여서 그 삶의 태도를 닮고 싶다고 오랫동안 생각해왔다.

〰 　나를 낳아주신 엄마라면 그런 고약한 짓을 했을 리가 없다. 나를 낳은 엄마가 만일 그런 짓을 했다면 정말 서글픈 일이겠지만 그렇지 않을 거야. 나는 무슨 일이 있어도 마음이 비뚤어지지는 않을 거야. 그만한 일로 사람을 원망하여 내 마음을 더럽히고 싶지는 않아.[*]

중학교 졸업식에서 졸업생 대표로 답사를 맡게 된 요코를 시기한 나쓰에는 요코가 정성 들여 작성한 답사를 백지로 바꿔치기한다. 나쓰에는 요코의 우는 얼굴을 보고 싶었지만, 요코는 지지 않는다. 즉석에서 준비한 답사에서 이렇게 말한다.

〰 　"어른들의 앞에서 이런 말을 하는 건 실례가 되겠지만 저는 어른들 중에도 마음씨가 나쁜 사람이 있지 않나 하고 생각합니다. 그렇지만 우리는 그처럼 고약한 마음에 져서는 안 될 것입니다. 아무리 심술을 부려도 끄떡없다는 굳은 의지가 중요하다고 생각합니다. 울리려고 하는 사람 앞에서 울면 지게 됩니다. 그럴 때야말로 생긋 웃으면서 살아갈 용기를 가져야 한다고 생각합니다."[**]

● 　『빙점』, 미우라 아야코 지음, 최현 옮김, 범우사, 1990, 341쪽.
●● 위의 책, 338쪽.

진주에선 꽤 큰 서점이었던 '대양서적'의 어두컴컴한 서가를 뒤져 범우사판 『빙점』을 찾아냈던 초등학교 6학년 때의 기억이 아직도 생생하다. 읽지 않은 책들도 많은데 용돈을 털어 굳이 『빙점』을 샀던 것은 요코가 좋았기 때문이다. 대개 소녀들이 그러하듯, 나 역시 소녀 시절 몇 가지 삶의 태도를 지향점으로 삼게 되었는데, 『소공녀』 세라와 함께 대표적인 롤 모델이 되어주었던 인물이 바로 요코였다. 수십 번 되풀이해 책을 읽으면서 요코 같은 마음을 지니리라 생각했다.

　　'빨간 옷' 에피소드를 특히 좋아했다. 초등학교 1학년 학예회 때 단체로 눈을 주제로 한 춤을 추게 된 요코가 무대에 설 땐 흰 스웨터와 흰 스커트, 흰 양말을 맞춰 입어야 한다고 몇 번이나 얘기했지만 나쓰에는 그 말을 무시한다. 죽은 딸이 서야 할 자리에 있는 요코에게는 흰 옷을 맞춰줄 수 없다고 생각했다. 아무리 구박하고 싸늘하게 대해도 변함없이 밝은 모습만을 보이는 요코가 미웠고 부끄러워하는 모습을 보고 싶었다. 하지만 정작 요코는 학예회 날 새빨간 벨벳 원단으로 된 옷을 입고도 당당하게 집을 나선다. "가엾게 됐구나. 빨간 옷이 부끄럽지 않아?" 걱정하는 오빠 도오루에게 "이 빨간 옷도 예뻐. 학예회에 나가 열심히 춤출 거야"라고 즐거운 듯 말한다. 오겠다고 했던 어머니도 오지 않고, 혼자 마음 졸이며 무대를 지켜보는 도오루의 눈앞에 이런 광경이 펼쳐진다.

　　～～　　벨이 울렸다. 막이 스르르 올랐다. 도오루는 자신도 모르게,
"아!" 하고 외쳤다. 새하얀 옷을 입은 다섯 명의 애들 한가운데 서 있는
요코의 빨간 옷이 불타오르는 듯이 환했다.
　　"눈아 눈아 내려라. 바람아 불어라."
　　음악이 울리자 요코가 혼자 눈 속에서 춤추는 것처럼 돋보였다. 요
코 혼자 미리 빨간 옷을 입도록 약속되어 있는 무대처럼 생각되었다.
도오루는 씽긋 웃었다. •

　　소설은 대개 눈의 고장 홋카이도의 순백색 이미지를 그려내지만, 이
장면에서만은 요코 혼자 빨갛게 활활 타오른다. 헤스터 프린의 가슴팍
에 달려 있던 '주홍 글씨'처럼, 죄의 상징일 수도 있는 이 아이는 그러
나 순백의 고결한 천성을 지녔다. "뭔가 끊임없이 타오르는 것 같은,
그러면서도 사람의 마음을 빨아들이는 듯 서글서글한 눈"을 가진 아
이. 투정을 부리는 법이 없고 양아버지 게이조오가 무심하게 대해도
신경 쓰지 않았으며 사람을 두려워하지 않는 것처럼 개나 고양이도 두
려워하지 않았다. 커다란 개 등 위에 올라타고 "가자, 망아지야" 하며

•　위의 책, 202~203쪽.

동네 사람들의 미소를 자아내던 어린 요코의 모습은 완고하고 엄격한 할아버지와 커다란 개를 두려움 없이 대하던 천진한 소공자 세드릭을 연상시킨다.

초등학교 4학년 때 이웃 사람들이 수군거리는 말을 듣고 이미 자신이 양녀라는 사실을 알았던 요코. '얻어 온 아이면 뭐 어때' 하면서 어머니가 용돈을 주지 않으면 우유 배달을 해 스스로 돈을 버는 굳센 성품을 지녔지만 '버림받은 아이'라는 사실은 마음속 깊은 곳에 그늘로 남아 있었다. 그래서 『폭풍의 언덕』의 히스클리프에게 이끌린다.

소설의 주인공 히스클리프가 버림받은 자식이라는 것이 요코의 감정을 자극했다. '부모로부터 버림받은 자식은 히스클리프처럼 양손을 뻗고 언제까지나 자기가 사랑하는 사람을 유일한 존재, 무엇과도 바꿀 수 없는 존재로서 추구하지 않을 수 없게 되는구나. 자기는 부모에게도 무엇과도 바꿀 수 없는 존재가 못 되었다는 절망이 그처럼 사랑하는 사람에게 집착하게 만드는 모양이다.'[*]

숲에서 『폭풍의 언덕』을 읽고 있는 요코에게 "아, 『폭풍의 언덕』이군요. 나도 두 번이나 읽었어요"라고 말하며 등장하는 오빠의 대학 친

---

* 위의 책, 347쪽.

구 기다하라는 요코의 오빠 도오루와 연적이 된다. 도오루는 요코가 자신의 친동생이 아니라는 사실을 진작부터 알고 요코를 마음에 품고 있었다. 그리고 기다하라에게 아들 친구를 넘어선 미묘한 감정을 느끼던 나쓰에는 요코에 대한 질투심을 이기지 못해 기다하라 앞에서 요코가 살인범의 자식이라는 걸 폭로한다.

열아홉 살인 요코가 부모님과 오빠 도오루, 그리고 기다하라에게 각각 유서를 남기고 루리코가 살해당한 강변을 향하는 겨울의 이미지는 그 장면을 처음 읽은 30년 전부터 지금까지, 맑고 차갑고 섬세한 눈의 결정처럼 서늘하게 뇌리에 박혀 있다. 스웨터에 검은 슬랙스를 걸치고, 오버를 입으며 당장 죽으러 가는데 몸을 따뜻이 하려는 스스로를 이상하게 여기는 요코.

〰 요코는 조용히 눈 위에 앉았다. 아침 햇살에 눈이 반짝여 엷은 분홍빛을 띠고 있었다. '이렇게 아름다운 눈 속에서 죽을 수 있다니.' 요코는 눈을 꽁꽁 뭉쳐서 강물에 적셨다. 그것을 입에 넣자마자 칼모틴을 삼켰다. 몇 번이나 눈을 뭉쳐 강물에 적셔서는 입에 넣은 다음 또 약을 삼키고는 했다. '얼마나 괴로움을 당하면서 죽게 될까?' 만일 괴로움을 당해 죄가 없어질 수 있다면 아무리 괴로워도 무방하다고 생각하면서 요코는 눈 위에 드러누웠다.*

요코가 부모에게 남긴 유서를 여러 번 읽었다. 구절구절이 아프면서도 경탄스러웠고, 슬프면서도 감동적이라, 여러 번 생각했다. 이 고결한 도덕성을 닮고 싶다고.

　　　저만 옳다면 저는 설사 가난하더라도, 남에게 욕을 먹더라도, 학대를 받더라도 가슴을 쭉 펴고 살아갈 수 있는 강한 인간이었습니다. 그런 일에는 결코 상처를 입지 않을 인간이었습니다. 왜냐하면 그것은 저 이외의 일이니까요.

그러나 자기 속의 죄의 가능성을 발견하게 된 저는 살아갈 희망을 잃어버렸습니다. 어떤 일을 당해도 저는 결코 마음이 비뚤어지지 않았습니다. 요코라는 이름 그대로 이 세상의 빛처럼 밝게 살려고 한 저는 어머니가 보기에는 화가 날 정도로 배짱 좋은 계집아이였을 것입니다. 그렇지만 지금 요코는 생각하고 있습니다. 힘껏 살아온 요코의 마음에도 빙점氷点이 있었다는 것을.

저의 마음은 얼어붙었습니다. 요코의 빙점은 '너는 죄인의 자식'이라는 데 있었습니다. 저는 이제 남의 앞에서 얼굴을 들 수 없습니다. 아무리 작은 어린아이 앞에서도, 이 자기의 죄 많음을 알고 살아나갈 때야말로 참된 삶의 도리를 알 수 있을 것이라는 생각도 듭니다.＊＊

● 　위의 책, 473쪽.
●● 위의 책, 469쪽.

요코가 말하는 "자기 속의 죄의 가능성", "너는 죄인의 자식"이라는 "빙점"은 곧 기독교 신앙의 원죄다. 모든 인간은 에덴동산에서 선악과를 훔친 아담과 이브의 후손이라 죄인이며, 죄 많은 인간을 위해 십자가에서 피 흘리고 숨진 예수 그리스도에게 빚지고 있다는 그러한 의식. 작가는 그 이야기를 하고자 요코의 죄의식을 부각시켰겠지만, 내게는 "힘껏 살아온 요코의 마음에도 빙점氷点이 있었다는 것을"이라는 구절이 더 오래 남았다.

∽

"세상을 너무 따뜻하게 본다." "사람들의 의도를 지나치게 선하게만 생각한다." 이런 말을 많이 들었다. 충고이자 비판이자 때로는 비아냥이었다. "네게 못되게 군 사람도 항상 좋은 점만 기억해주니까 우습게 보이는 것"이라고 말한 친구도 있었다. 남들 눈엔 한심해 보일지도 모르겠지만, 사실 나 스스로를 지키기 위해 지닌 마음가짐이었다.

나는 내 마음이 더럽혀지는 게 싫었다. 마음에 불순물이 생기는 게 가장 괴로웠다. 졸업식 답사를 도둑맞고도 '그만한 일로 사람을 원망하고 싶지 않아'라고 생각하는 요코처럼, '나한테 잘못하긴 했지만 그래도 좋은 점이 있는 사람'이라 생각하면 마음이 편하다. '저 사람은 나쁜 사람이고, 나는 당하기만 한 것'이라 여기는 순간, '저따위 인간'에게 당한 자신이 초라해지고 마음은 지옥이 된다.

동네 친구가 던진 돌에 맞아 어깨를 못 쓸 지경이 되었어도 부모에게 한마디 하지 않은 초등학교 1학년의 요코는 "왜 말하지 않았냐"고 묻는 어른들에게 "그렇지만 그애는 전에 색종이를 준 적이 있는걸요"라고 답한다. 내가 악의보다는 선의를 기억하는 인간으로 자라난 것은 아마도 어린 날 요코에게 받은 영향 때문이리라.

물론 세상은 만만치 않다. 선의는 자주 배반당한다. 내 도덕과 양심의 기준이 타인의 그것보다 지나치게 높아서, 내겐 당연한 일이 상대에겐 그렇지 않아서 상처 입고 괴로웠던 적도 많다. 속상한 마음을 하소연하면 엄마는 언제나 이렇게 말했다. "그래도 세상엔 좋은 사람이 더 많아." 불륜 사건을 자주 접하는 법조인 친구가 "신뢰, 인간의 인간에 대한 예의, 의무, 도덕 같은 이야기를 하는 나 자신이 이 자유분방한 시대의 트렌드에 너무 맞지 않은 것 같아 꼰대처럼 느껴진다"고 하소연했을 때 "그런 일이 자주 있다 해서 그게 사회의 다수는 아니야. 많은 사람들이 도덕적으로 산다"고 위로해줄 수 있었던 건 요코 같은 인간이 실재한다 믿고 살아왔기 때문이다.

힘껏 살아보려 애써보지만 내 마음에도 역시나 빙점이 있다. 질투와 원망과 미움과 욕망으로 놀랄 만큼 차갑게 얼어붙는 마음의 어떤 지점들. 나이가 들수록, 자신감이 없어질수록 더 빈번하게 생기는 마음의 매듭. 얼어붙은 마음이 일그러지는 상태가 괴롭기 때문에, 그 얼음을 녹이는 걸 평생의 과제로 생각한다.

　『빙점』의 결말이 궁금한 독자들을 위해 덧붙이자면, 요코는 사실 살인범의 딸이 아니다. 소설은 오래 혼수상태에 빠져 있던 요코가 주삿바늘에 얼굴을 찡그리며 깨어날 것을 암시하며 이런 문장으로 끝맺는다.

　　　　유리창이 덜거덕거렸다. 알고 보니 숲이 바람에 윙윙거리고 있었다. 또 눈보라가 칠 모양이었다.[*]

---

* 위의 책, 483쪽.

글 쓰는
여자로 살다

『작은 아씨들』조

『작은 아씨들』
루이자 메이 올콧 지음
공보경 옮김
윌북, 2019

뉴욕의 그리니치 빌리지에는 루이자 메이 올콧 Louisa May Alcott, 1832~88 이 머물며 『작은 아씨들』을 썼다는 붉은 벽돌집이 있다. 올콧의 친척이 살았다는 그 집 맞은편 카페 '레지오'에 앉아 디카페인 카푸치노를 홀짝이며 창밖을 바라보면서, 오래전 그 동네를 거닐었을 올콧을 상상해 보는 것이 뉴욕에 살았던 서른여덟 중반부터 서른아홉 중반까지의 내가 누린 자그마한 사치였다.

그레타 거윅 감독의 2019년 작 영화 〈작은 아씨들〉은 뉴욕 하숙집에서 가정교사 일을 하며 작가 생활을 병행하는 조의 이야기로 시작한다. 감독은 너무나 유명한 이야기이자 여덟 번째 영화화되는 『작은 아씨들』을 새롭게 그려내기 위해 무척 고심한 것 같다. 크리스마스가 배경인 1부 첫 장면부터 순차적으로 시작하는 것이 아니라, 네 자매가 어른이 되고 메그가 결혼한 이후인 2부 이야기, 즉 조의 뉴욕 생활을 먼저 보여주고 사람들에게 잘 알려진 1부는 조가 과거를 회상하는 형식으로 교차 편집해 보여준다.

『작은 아씨들』을 수없이 읽었다. 초등학교 5학년이었던 1990년엔 1부와 2부는 물론이고, 당시 중원문화사에서 완역본이라며 출간한 3부 『작은 신사들』까지 용돈을 털어 사 읽었다. 『작은 신사들』은 조가 결혼해 소년들을 위한 학교를 운영하며 벌어지는 이야기로, 말썽꾸러기 학생들과 조의 두 아들, 조카들의 에피소드가 주를 이룬다. 4부이자 시리즈 마지막 권인 『플럼필드의 아이들Jo's Boys』의 출간을 애타게 기다렸지만, 출판사에 사정이 있었는지 출간 예고만 하고 번역돼 나오지 않았다.*

조와 마찬가지로 네 자매의 둘째였던 올콧은 자기 자매들을 모델로 『작은 아씨들』을 썼다. 조는 올콧의 분신인 셈이다. 뉴욕에 살 때 그 사실을 알고 올콧 자매가 유년 시절을 보낸 집이자 『작은 아씨들』의 배경인 미국 매사추세츠주 콩코드의 오차드 하우스까지 일부러 찾아가 보았지만, 한 번도 조를 좋아한 적은 없었다. 네 자매 중 나의 최애는 메그였다. 나와 마찬가지로 맏이라는 것, 밤색 머리에 흰 손을 가진 '무척' 예쁜 소녀라는 사실이 좋았다. 메그처럼 예쁘고 사랑스러운 소녀이고 싶었기에, 망아지 같은 데다 불같은 성격의 왈가닥 조와 나를 동일시하긴 힘들었다. 시몬느 드 보부아르부터 줌파 라히리, 조앤 롤링

---

* 3~4부는 2020년 월북 출판사에서 『조의 아이들』이라는 제목으로 합본 완역돼 나왔다.

까지 소위 '글 쓰는 여자'들은 대부분 어린 날 조와 자신을 동일시했다던데, 나는 아무래도 '글 쓰는 여자'의 자질을 타고난 건 아닌 모양이라고 종종 생각했다.

∞

『작은 아씨들』에 대해 여러 번 썼다. 『어릴 적 그 책』에서 피아니스트 베스에 대해 썼고, 『바람과 함께, 스칼렛』의 오차드 하우스 기행에서는 『작은 아씨들』에서 재발견한 에이미에 대해 적었다. 윌북 출판사의 '걸 클래식 컬렉션'에 실린 추천사엔 평범하나 빛나는 메그에 대해 썼다.

이제 비로소 조를 생각해본다. 책으로 읽을 때는 네 자매가 모두 주인공인 것 같았는데 거윅 감독 영화에서는 조가 두드러진 주인공이었기 때문에, 마침내 '맏이' 메그의 자아를 버리고 '쓰는 여자' 조에게 집중할 수 있었다. 영화를 보고 온 겨울밤, 부엌 식탁에 앉아 조를 중심으로 『작은 아씨들』을 다시 읽었다. 현관문 틈새로 새어 들어오는 찬바람에 발가락이 시렸지만 책에 몰입해 있었기에 자리를 옮기고 싶지 않았다. 그 자리에 앉아 있으면, 펜을 닦을 수 있는 검정 앞치마와 앞치마와 같은 재질에 화사한 빨강 리본이 달린 모자라는, '글쓰기 작업복' 차림으로 추운 다락방에서 사과를 먹으며 글을 쓰던 조에게 감정이입할 수 있었다. 몰입에 대한 구절이 나를 몰입하게 했다.

조는 자신이 천재라고는 생각하지 않았지만 글이 잘 쓰일 때면 모든 것을 잊고 몰입했다. 결핍도 근심도 좋지 않은 날씨도 의식하지 않고 상상 세계 속에 안전하고 행복하게 들어앉아 작가에게는 현실과 다름없는 상상 친구들과의 삶을 즐기며 희열을 느꼈다. 그럴 때면 잠도 오지 않고 식욕도 동하지 않았다. 그렇게 행복한 몰입의 순간이 찾아올 때면 밤낮이 짧게 느껴졌고, 결실을 맺지 못해도 매 시간이 너무나 소중했다.[*]

나 역시 대단한 글쟁이는 아니지만 글이 잘 풀릴 때면 만사를 잊고 몰입한다. 항상 스스로를 관찰하는 부류의 인간이라서 도무지 무아지경에 이르는 법이 없는 내가, 글쓰기를 좋아하는 이유는 그 순간만은 나 자신을 잊을 수 있어서다. 의식에 가장 집중하고 있는 순간에 스스로를 망각할 수 있다는 사실이 역설적이지만, 어찌하였든 내겐 그렇다. 끊임없이 나를 관찰하는 '또 다른 나'가 존재한다는 건 상당히 고통스러운 일인데, 글을 쓰고 있는 동안은 마치 컴퓨터 전원을 끄듯 '나'를 꺼뜨릴 수 있다.

발표한 소설이 좋은 반응을 얻자 "이해가 안 돼요. 이 단순한 소설에 뭐가 담겨 있어서 사람들이 이렇게까지 칭찬을 해줄까요?"라며 어

• 『작은 아씨들』, 루이자 메이 올콧 지음, 공보경 옮김, 월북, 2019, 523쪽.

리둥절해하는 조에게서 첫 책을 냈을 때 의외의 호평에 기쁘면서도 두려움을 느꼈던 서른 살의 내가 겹쳐 보였다.

다정한 아버지는 조에게 말한다.

"네 글에는 진실이 담겨 있어. 그게 비결이야. 유머와 비통함도 생생하게 살아 있어. 이제 너만의 방식을 찾은 거야. 넌 유명세나 돈을 바라지 않고 진심을 담아 글을 썼어. 그동안 아픔을 겪은 만큼 이제 네 앞날에 좋은 일이 있을 거다. 최선을 다하도록 해. 네가 그렇게 잘 커나간다면 우리도 너만큼이나 행복할 거다."[*]

욕심을 내려놓고 진술하게, 유행에 휩쓸리지 않고 나답게 쓸 때 좋은 글이 나온다. '이렇게 하면 팔리겠지', 계산하는 순간 글은 망가진다. 독자들은 바보가 아니다. 금세 돌아선다. 내게 그 말을 해준 사람역시 부모님이었다. "재미를 위해 무리하지 마. 그러면 글 망친다." 엄마는 우려했다. "책 몇 권 냈다고 진짜 작가라도 된 양 착각하고 우쭐하지 마라"고 했던 이는 아버지였다. 칭찬이 드문 부모가 때론 가혹하다 생각했지만, 그 경계의 말들이 애정에서 나왔다는 것은 알고 있다. 조는 말한다. "제 글에 선함이나 진실이 담겨 있다면 그건 제 것이 아

---

* 위의 책, 844쪽.

니에요. 모두 아버지와 어머니, 베스 덕분이에요." 나 역시 내 글에 어떤 진솔함이 있다면 부모님 덕이라 생각한다. 엄격하지만 지극히 선량한 부모의 착실한 딸이고자 하는 욕망, 그것이 조와 나의 가장 닮은 점인 것 같다.

어린 날 『작은 아씨들』에서 가장 인상적이었던 것은 언니들이 자기만 빼놓고 로리와 연극을 보러 간 데 대한 복수로 심혈을 기울여 쓴 원고를 불태워버린 에이미를 용서하지 못하던 조가, 스케이트를 타던 에이미가 얼음물에 빠졌다 구사일생으로 살아나자 그 금발 고수머리를 다시는 보지 못할지도 모를 뻔했다는 생각으로 죄책감에 시달리는 장면이었다. 현명하고 지혜로운 어머니는 조에게 말한다. "성경에 이런 말이 있지. '네 분노 위로 해가 지도록 하지 말라'." 그 말이 오래도록 마음에 남아서, 지금도 몹시 화가 나더라도 분노가 다음 날까지 남아 있지 않게 하려고 애쓴다. 20대 중반 어느 날, 남자 친구와 대판 싸우고 밤에 전화로 화해를 청하며 "『작은 아씨들』에 이런 말이 있어" 했더니 그가 자기는 제인 구달 책에서 그 글을 읽어서, 제인 구달의 할머니인지 어머니인지가 한 말로 기억하고 있다는 이야기를 들려주어 재미있다며 실컷 웃고 화를 풀었던 기억도 난다.

"로리는 나중에 에이미랑 결혼하잖아."

어린 내게 이 엄청난 사실을 이야기해준 사람은 엄마였다. 메그의 결혼으로 끝나는 1부에 그치지 않고 굳이 2부를 구해 읽었던 것은 대체 왜 로리가 조가 아닌 에이미와 결혼하는지 궁금해서였다. 소설은 조에게 청혼했다가 거절당하고 상심해 바람을 쐬러 유럽에 간 로리가, 친척 아주머니와 유럽 여행 중인 에이미를 만나 그전까지는 귀여운 동생으로만 여겼던 에이미를 여자로 보게 되는 모습을 그린다. 언니 베스의 죽음으로 비탄에 잠긴 에이미를 위로해주면서 로리와 에이미의 사랑이 마침내 결실을 맺는다.

조는 뉴욕의 하숙집에서 만난 독일인 교수 프리드리히 바에르와 결혼하는데, 조가 젊고 잘 생긴 데다 부자인 로리를 마다하고 늙고 가난한 바에르와 결혼한다는 사실에 많은 독자들이 분개했다고 한다. 올콧은 원래 조를 결혼시킬 생각이 없었다. 본인처럼 '글 쓰는 독신녀'로 남겨둘 생각이었지만, 독자들도, 출판사도 조의 결혼을 원했다. 하는 수 없이 양보하며 올콧은 결심한다. '그렇지만 당신들이 원하는 대로 로리와 결혼시키지는 않을 거야.'

현모양처가 꿈인 언니 메그와는 달리, 조는 어릴 때부터 '혼자 살면 되지' 하고 생각한다. 어머니 마치 부인도 이를 지지한다.

"네 말이 맞아, 조. 불행한 결혼 생활을 하는 아내가 되거나 남편감을 찾으려고 경박스럽게 구는 여자로 살기보다는 행복한 독신으로 사는 게 낫지."*

"결혼을 하든 혼자 살든 너희는 우리 인생의 자부심이고 위안이야"라고 딸들에게 말하는 마치 부인은 19세기 무렵의 어머니라고 생각하기엔 어려울 정도로 지나치게 진보적인데, 올콧은 사회운동가였던 자신의 어머니와 페미니스트인 본인의 신념을 마치 부인에게 투영했다.

스물다섯 살 생일 전날 "난 독신으로 살아갈 운명인가 봐. 펜을 배우자로, 작품을 자식으로 삼는 독신 작가. 20년쯤 지나면 약간의 명성을 얻을 수도 있겠지. 하지만 불쌍한 새뮤얼 존슨처럼 다 늙어서 기쁨을 느끼지도 못할 거야"라고 되뇌던 조에게 전지적 작가 시점으로 올콧이 던지는 충고는 이 소설에서 가장 코믹한 장면 중 하나다.

　　원래 그렇다. 스물다섯 살 아가씨의 눈에 서른 살은 세상의 종말처럼 느껴지게 마련이다. 하지만 막상 닥쳐 보면 서른 살도 그리 암울하지만은 않다. 마음속에 의지할 것이 있다면 얼마든지 행복하게 살 수 있다. 스물다섯 살 아가씨들은 나중에 독신으로 사는 것도 괜찮을 거라고 말하지만 속으로는 절대 그렇게 되지 않겠다고 결심한다. 막상

---

* 위의 책, 201쪽.

서른 살이 되면 말없이 자신이 서른 살이 됐다는 사실을 받아들인다. 현명한 여자라면 앞으로 20년은 더 유익하고 행복한 삶을 누리면서 우아하게 나이 들어가는 방법을 배우겠거니 생각하고 마음에 위안을 삼을 것이다. 그러니 부디 젊은 아가씨들은 독신녀를 비웃지 말기 바란다. 점잖은 독신녀들의 차분한 가슴속에도 상처 입기 쉬운 비극적인 사랑 이야기가 숨겨져 있고, 조용히 희생된 젊음과 건강, 야망, 사랑이 담겨 있기 때문이다. 그들의 시든 얼굴도 하느님이 보시기에는 아름답다.[*]

30대 독신녀들을 일컬어 "그들의 시든 얼굴도 하느님이 보시기에는 아름답다"며 준엄하게 일갈하는 올콧의 재치에 40대 독신녀인 나는 웃음을 참지 못했다. 한편으로 씁쓸하기도 했다. 로리와 에이미의 결혼 소식에 외로워하며 우는 조의 심정, 다들 따스한 불이 밝혀진 가정을 향해 떠나고 나 혼자만 한데 남겨진 것 같은 심정을 누구보다도 잘 알기 때문에.

북적대는 가족들 틈에서 홀로 고독을 느끼던 조가 "이따가 잠자리에 들면 울어야지. 지금은 우울하게 있지 말자"고 결심할 때, 뉴욕에서 느닷없이 찾아온 바에르가 '한밤중에 뜬 태양처럼 어둠 속에서 환하게 웃으며' 서 있는 장면이 그리하여 내게도 위안이 되었다.

---

* 위의 책, 852~853쪽.

로리를 응원했던 많은 독자들과는 달리 나는 항상 "텁수룩한 갈색 머리카락, 숱 많은 수염, 우스꽝스럽게 생긴 코, 지금껏 본 중에 제일 다정한 눈, 듣기 좋은 커다란 목소리"를 가진 바에르를 좋아했다. 아마도 "결혼생활은 사랑뿐 아니라 무한한 인내와 용서가 필요한데 둘 다 성질머리가 대단하고 고집도 필요한 너희들은 친구라면 몰라도 부부로는 맞지 않는다"는, 조와 로리에 대한 마치 부인의 평가에 설득당했기 때문일 것이다. 한편으로는 조가 그랬듯, 플라톤과 셰익스피어, 밀턴의 저작을 읽는 바에르의 지성에 후한 점수를 줬다. 또한 조와 마찬가지로, 바에르가 "타인에 대한 진실한 선의"를 가진 품위 있는 인격자이기 때문에 좋아했다.

조와 바에르의 로맨스는 에이미와 로리의 것처럼 화려하진 않지만, 소박하고 진중하며 아름답게 그려진다. 매일 찾아오던 바에르가 사흘간 기별이 없자 심란한 마음에 산책 나간 조는 느닷없이 비를 만나 당황하는데, 허름한 파란 우산이 슥 나타나 빗방울을 가려준다. 연인이란 외로울 때 잠시 쓸 수 있는 우산 같은 존재라 믿는 나는 이 장면에서 '심쿵'했다. 바에르와 한 우산을 쓰고 쇼핑하며 혹여 그가 고백할까 마음 졸이던 조는 바에르가 서부의 대학에서 가르치게 돼 멀리 떠난다는 사실에 그만 흐느껴 울고 만다. 조의 마음을 알게 된 바에르가 "난 가진 게 없어서 당신에게 줄 수 있는 건 사랑밖에 없다"고 하자 조는 답한다. "가난을 겁내지 말아요. 오랫동안 가난하게 살아와서 가난이 두

렵지 않아요." 그리고 그의 손에서 짐 몇 개를 빼앗아 들고 웃으며 말
한다.

　　　　"내가 너무 성격이 센 건지 모르겠어요. 하지만 나더러 제정신
이 아니라고 말할 사람은 없을 거예요. 상대가 힘들어할 때 눈물을 닦
아주고 짐을 나눠 드는 것이 여자로서 해야 할 특별한 사명이라고 생각
해요. 내 몫의 짐은 내가 들어요, 프리드리히. 생계를 꾸려나가는 일도
당연히 도울 거고요. 그렇게 해주겠다고 약속해 줘요. 안 그러면 당신과
함께할 수 없어요."＊

　여성이 남성에게 부양받는 약해빠진 존재가 아니라는 것, 자신의 일
을 하면서 함께 생계를 꾸리고 인생의 짐을 나눠 드는 동등한 존재라
는 의식을 드러낸 조의 말은 당시로서는 일종의 '선언'이다. 당당히 선
언을 마친 조는 "아! 그대는 내게 희망과 용기를 주는데, 내가 줄 것은
사랑으로 가득한 마음과 텅 빈 두 손 뿐"이라며 탄식하는 바에르의 손
안에 자신의 손을 쏙 집어넣으며 "이제 빈손 아니네요" 하고 속삭이며
입 맞춘다. 어린 날엔 대단한 것인 줄 몰랐던 자립심과 적극성이, 마침

＊　위의 책, 926쪽. 원문은 다음과 같다. "I may be strong-minded, but no one can say I'm out of my sphere
now, for woman's special mission is supposed to be drying tears and bearing burdens, I'm to carry my
share, Friedrich, and help to earn the home. Make up your mind to that, or I'll never go."

내 나로 하여금 조를 완전히 사랑하도록 만들었다.

∽

"My little books are read and valued in a way I never dreamed of."

내가 글을 쓰는 부엌 식탁 뒤에 놓인 냉장고에 이 문장이 적힌 자석이 붙어 있다. 오차드 하우스 기념품점의 여러 물건들 중 올콧이 남긴 이 말이 새겨진 자석을 고른 이유는 "내 작은 책들이 내가 한 번도 꿈꾼 적 없는 방식으로 읽히고 소중히 여겨진다"는 문장이 곧 나의 이야기이기 때문이다.

첫 책을 낸 지 10년이 훌쩍 넘었지만 나는 아직도 누군가 내 작은 책들을 읽어준다는 것이 무척 신기하고도 고맙다. 정말로 내가 꿈도 꾸지 못했던 방식으로 이루어지고 있는 일이므로….『작은 아씨들』에 이런 구절이 있다.

　　사랑과 슬픔으로 가르침을 받은 조는 작은 이야기들을 써서 세상에 내보냈다. 이야기들은 스스로 친구를 만들고, 조에게도 친구를 만들어주었으며, 남루한 방랑자들에게도 세상이 자비롭다는 것을 깨닫게 해주었다. 조의 글은 다정하게 환영받았고, 행운이 뒤따른 건실한

아이들처럼 어머니 조에게 넉넉한 돈을 벌어주었다.[*]

    올콧 같은 유명 작가도 아니고, 책으로 많은 돈을 벌지도 못했지만, 조와 마찬가지로 나의 작은 이야기들도 세상에 나가 따스하게 환영받으며 많은 친구를 만들어 데려와주었다. '쓰는 여자'가 된 이후 그 사실에 무엇보다 감사한다. 어쩌면 나도 모르는 새 조의 영향을 받은 덕인지도 모르겠다.

---

*   지은이의 번역. 원문은 다음과 같다. "So taught by love and sorrow, Jo wrote her little stories, and sent them away to make friends for themselves and her, finding it very charitable world to such humble wonderers, for they were kindly welcomed, and sent home comfortable tokens to their mother, like dutiful children whom good fortune overtakes."

내 독립성의
원천

『유리가면』마야

'파름문고'『유리가면』상·중·하

넬 베르디 지음

유종숙 옮김

동광출판사, 1982

"효리랑 동갑인데요."

30대 중반 이후로 "몇 살이냐"는 질문엔 이렇게 대꾸한다. 굳이 나이를 밝히지 않는 것은 대개 이런 질문이, 악의는 없을지언정 "여자 나이는 크리스마스 케이크와 같다"는 농담처럼 우리 사회에 뿌리 깊이 박힌 '나이 많은 여성'에 대한 편견을 내포하고 있기 때문이다. 어쨌든 '효리'를 들먹이면 그다음부터는 수월하다. "생각보다 더 되셨네" "실례지만 부군은?" "아직 결혼 안 하셨어요? 부모님께서 걱정이 많으시겠네" 같은 묘하게 불편한 이야기들을 듣지 않아도 된다. 40대에도 20대 때 못지않게 춤추고 노래하며 왕성하게 활동하는 능력 있는 여자. 유부녀이지만 일반적인 유부녀의 틀을 깬 자유로운 영혼, 이효리와 같은 79년생이라 다행이라 생각한다. "김태희랑 같은 학번이에요, 재수해서"라거나 "탕웨이랑 동갑인데요" 같은 유사 답변을 제출한 적도 있지만 어쩐지 이 세상 사람이 아닌 것 같은 두 배우보다는 현실 속 인물에 가까운 이효리 이야기를 하는 편이 효과가 컸다.

　이효리, 비, 유재석 3인방이 결성한 프로젝트 그룹 '싹쓰리'의 〈다시 여름 바닷가〉 등이 음원 차트를 '싹쓸이'한 2020년, 코로나와 폭우로 뒤숭숭한 여름의 끝자락에 유재석이 진행하는 갖가지 프로그램으로 꾸며진 MBC 예능 프로그램 〈놀면 뭐하니?〉를 몰아 보았다. '싹쓰리' 결성 과정이 궁금하기도 하고 나의 10대와 20대 초반이 녹아 있는 90년대를 추억하고 싶기도 해서다. 애 둘 아빠인 비가 10킬로그램을 감량해 몸을 만들고 나와 무대에서 방방 뛰는 모습은 생활인의 무게가 느껴져 안쓰러웠다. 내로라하는 댄스 가수들과 함께 무대에 설 용기를 낸 유재석의 도전도 감탄스러웠다. 효리는 역시나 빛났다. 40대가 되면 관절이 예전 같지 않을 텐데, 탄탄한 근육과 온몸을 자유자재로 휘두르면서 무대를 장악하는 모습, 해를 거듭하며 깊이가 더해진 카리스마 있는 눈빛. 문득 수많은 이들을 매혹시키는 저런 재능을 타고난 것도, 재능을 발휘할 기회를 얻은 것도, 핑클 4인방의 리더에서 그저 이효리로, 여전히 가수, 그것도 댄스 가수로 살아남은 것도 운과 실력, 노력의 삼박자가 맞아떨어진 결과물이라고 생각했다. 쉽지 않은 일임이 분명하다.

∞

'재능이란 무엇인가' 생각하면서『유리가면』을 다시 읽은 건 재능을 타고났으면서도 부단히 노력하는 여자들의 이야기이기 때문이다. 원래는 미우치 스즈에美内すずえ, 1951~가 1976년 만화 잡지 《하나토유메》에 연재를 시작해 40년이 지난 지금까지도 완결되지 않은 만화이지만, 나는 이 작품을 소설로 먼저 접했다. 사촌 언니가 물려준 동광출판사의 '파름문고'를 통해서다.『유리가면』『남녀공학』『베르사유의 장미』『유리의 성』등 유명 일본 만화를 소설화한 이 시리즈의 정체를 아직도 모른다. 책이 나온 1980년대 초반은 일본 대중문화 수입이 금지돼 있던 시절. 그래서인지 출판사는 작품의 배경을 프랑스로 몽땅 바꾸고 지은이에게는 '넬 베르디'라는 이름을 지어주었다. 책날개에 적힌 지은이 프로필은 이렇다. "프랑스 주니어의 우상인 넬 베르디는 주니어 소설의 대가이다.『유리가면』은 그의 대표작으로 만화화되어 폭발적인 인기를 얻었다. 프랑스에서 출생한 작가는 현재 스웨덴에서 살고 있다."

정체를 알 수 없는 넬 베르디 작가님은 책을 세 권, 상·중·하로 쓰셨는데 이 대하드라마 속 주인공의 이름은 '마야 보와이에'다. 이후 국내에서 해적판 만화로 출간되었을 때 '오유경'이란 이름을 얻었고, 원작의 이름은 기타지마 마야인 이 주인공은 연기에 천부적인 소질을 지녔지만 본인은 아직 그 사실을 모르는 열세 살 소녀다. 아버지는 일찍 세상을 떠나고 어머니는 프랑스 르아브르의 식당 종업원으로 일한다. 마야는 어머니와 함께 식당 배달 일을 도우며 가난하게 산다. 평범한 외모에 성적도 그저 그런 이 소녀의 특성은 텔레비전 드라마와 영화를 너무나 좋아해 정신을 못 차리고 몰두한다는 것. 바람에 날려 바다에 떨어진 연극표를 되찾기 위해 혹한의 겨울 바다에 뛰어들 정도의 열정을 지녔다. 단 한 번 본 영화나 드라마의 대사를 모두 외우는 무시무시한 기억력의 소유자이기도 하다.

마야의 라이벌인 또 다른 주인공은 죠안 리프망. 국내 해적판 만화에서는 이름이 '신유미'이고 원작에서는 히메카와 아유미다. 유명 영화감독인 아버지와 유명 배우인 어머니 사이에서 태어난 이른바 '금수저'인 데다 미모와 재능, 곧은 품성까지 모두 갖췄다.

마야는 가극 〈춘희〉를 보러 갔다가, 주연 비올레타 역을 맡은 어머니를 응원하기 위해 극장을 찾은 죠안을 처음 만난다. 마야의 눈에 죠안은 이렇게 비친다.

하얀 얼굴을 돋보이게 하는 커다란 푸른 눈동자와 앵두 같은 붉은 입술. 꽃이 활짝 핀 것처럼 귀염성스런 얼굴을 돋보이게 하는 까만 빌로오도 옷이 무릎 있는 데서 한들한들 흔들리고 있었다. 아직 아름답다고 하기에는 너무 순진하고 귀여운 미모이지만, 장래에는 어머니인 안리에타를 능가할 정도의 미인이 될 거라고 여겨졌다. 마야는 잡지에 실려 있던 더러브렛이라는 말이 생각났다.*

책을 처음 읽었던 중학교 1학년 때는 '더러브렛'이라는 단어의 뜻을 몰랐다. 이국적이고 독특한 단어라 기억에 남았다. 이번에 다시 읽으며 '더러브렛'을 검색해보니 "서러브레드. 영국의 재래 암말과 아라비아의 수말을 교배해서 탄생시킨 품종이다. 동작이 경쾌하고 속력이 빨라 경마용으로 많이 쓰인다"라고 한다. 즉 '어머님이 누구니'라는 말을 들을 만큼 빼어난 유전자의 소유자라는 뜻이다.

〜

죠안을 동경하던 평범한 소녀 마야의 인생은 놀이터에서 혼자 동네 꼬마들에게 〈백설공주〉 연극을 선보이던 중, 한쪽 얼굴이 화상을 입어 망가진 왕년의 대배우 사라진느(해적판 만화의 송연화, 원작의 츠키가게 치구사) 선생을 만나면서 급반전한다. 마야의 재능을 알아본 사라진느는 자신이 만든 극단에 특별 연구생으로 마야를 영입하고 젊은 시절 주연을 맡았던 불후의 명작 연극 〈홍천녀〉 상연권을 넘겨줄 후계자로 키우려 한다. 원석에 불과한 마야를 다이아몬드로 다듬기 위해 사라진느는 죠안과 끊임없이 경쟁시키고 결국 두 사람이 〈홍천녀〉 상연권을 두고 맞붙게 된다는 것이 책의 주요 내용인데, 파름문고

• 『유리가면』 상, 넬 베르디 지음, 유종숙 옮김, 동광출판사, 1982, 87쪽.

판 소설은 결말이 애매하지만, 사실 원작은 작가 스즈에가 어떤 종교에 빠져버리는 바람에 아직도 마무리되지 못하고 있다는 슬픈 이야기가 전해진다.

어찌하였든 어린 시절의 내게 이 책은 재능과 노력에 대해, 배경과 실력에 대해 고심하게 했다. 또 연기와 연극에 대한 새로운 지평을 열어주었다. 30대 후반 뉴욕에 체류할 때 굳이 메트로폴리탄 오페라좌에서 〈춘희〉를 본 것은 어린 날 이 책을 읽으며 〈춘희〉를 꼭 보고 싶어 했기 때문이다. 마야가 요정 파크 역을 맡았던 셰익스피어의 〈한여름 밤의 꿈〉을 런던의 야외극장에서 보는 것이 버킷리스트 중 하나이다. 책을 읽기 전까지는 영화나 연극, 드라마에서 무조건 주인공을 맡는 것만이 좋은 것인 줄 알았는데, 마야를 통해 배역의 다채로움과 연기의 깊이라는 걸 알게 되었다.

학예회 연극에서 동네 사람들이 다 무시하는 못난이 바보 비비 역을 맡아 낙심한 마야에게 사라진느는 말한다.

"으음. 어려운 역이구나. 이 극 중에서 가장 어려운 역이야. 흥한 역이라니 큰 착각이다! 알겠니? 이 역은 연기 방법 하나로 주역보다 주목을 받게 될지도 모르고, 아니면 아주 무시될지도 몰라…"
사라진느는 대본에서 눈을 떼고 마야를 쳐다봤다.
"알겠어, 마야? 역의 좋고 나쁨은 문제가 아니야. 주어진 역을 훌륭히 해내면 되는 거야."

"아줌마…."

"한 발 무대 위에 섰을 때부터 벌써 자신은 자신이 아닌 거란다. 넌
이 비비라는 여자의 가면을 쓰고 서 있는 거야. 그 여자의 심정으로, 그
여자의 성격으로, 그 여자의 마음으로 행동하지 않으면 안 되는 거야."

사라진느는 마야의 어깨를 꽉 붙잡았다.

"다른 아무도 못해도 너라면 할 수 있을 거야! 이 비비라는 여자 역
을 해낼 수 있을 거야. 알겠니? 마야 보와이에라는 본 얼굴을 숨기고 무
대에 서는 거야!"●

"본 얼굴을 숨기고 가면을 쓰라"는 사라진느의 말을 곱씹으며 마야
는 몇 마디 되지 않는 대사를 밤새 연습한다. 흉한 역을 맡아 창피하다
며 어머니는 연극을 보러 오지 않는다. 무대 위에서 그 슬픔이 터져 나
온다. 못나서 엄마에게 인정받지 못하는 자신의 슬픔과 못생겨서 사랑
받지 못하는 비비의 슬픔이 겹친다. 비비에 빙의한 마야는 익살을 부
려야 하는 대사를 엉엉 울며 내뱉는다. 그 연기로 관객의 마음을 사로
잡는 '신 스틸러'가 된다.

제목인 '유리가면'은 책을 관통하는 주제다. 행려병자가 된 엄마를

● 『유리가면』 상, 118쪽.

우연히 거리에서 본 후 마음이 흔들려 연기에 집중하지 못하는 마야에게 극단의 동료인 레이가 말한다.

　　🖎　"마야! 네 심정은 내가 누구보다도 잘 알아. 그러나 어떤 경우에도 배우는 무대 위에서 가면을 벗을 수 없는 거야. 슬프고 괴로운 일이 있어도 그건 연기하고는 아무 상관이 없어. 우리가 쓰고 있는 가면은 허약하기 짝이 없는 유리가면이야."
　　"유리가면?"
　　"그래, 유리처럼 약하고 깨어지기 쉬운 가면을 쓰고 우린 무대 위에서는 거야. 훌륭한 연기를 하고 있다가도 까딱 잘못하면 그 가면을 깨뜨리게 되는 거야." •

　어디 배우뿐이랴. 누구나 가면을 쓴다. 일할 때 특히 그렇다. 여린 속마음을 들키지 않고 씩씩한 커리어우먼처럼 보이려고 때론 웃고 때론 화내고, 때론 찌푸리고, 목소리 톤을 조정하며 연기를 한다. 언제 깨질지 모르는 아슬아슬한 가면. 직장이라는 무대에서의 업무상 자아는 결국 '유리가면'을 쓰고 있는 거라고 종종 생각해왔다. 일상에서의 나는 극도로 예민한 신경과 널뛰는 감정의 소유자이지만 일할 때는 차분하

•　『유리가면』 중, 200쪽.

고 냉정한 태도로 임하고자 노력한다. 날카롭게 벼려진 신경을 애써 무디게 만들다 보니 생기는 팽팽한 긴장감. 그 긴장을 이기지 못해 번 아웃이 와서 사표를 내고, 결국 병가까지 쓴 적도 있다. '일하는 여자' 로서 다시 『유리가면』을 꺼내 읽으며 어린 날과 달리 마야의 고난에 공 감할 수 있었던 것은 그간 쌓은 경험치 덕이리라.

독학의 천재들이 흔히 겪는 어려움을 마야도 겪는다. 개성이 지나 쳐 자신에게만 관객의 시선이 집중되도록 해버리고 다른 배우들의 존 재를 희석시킨 탓에 마야는 뛰어난 연기력에도 불구하고 여러 차례 배 역을 맡지 못한다. 극단 관계자들로부터 "관객들은 주인공은 제쳐놓 고 저 소녀의 동작만 눈으로 열심히 쫓고 있어요. 마야가 퇴장하고 나 니까 관객들은 흥미를 잃어버리는 것 같더군요"라는 평을 듣는 마야. 사라진느는 "아무도 감히 마야를 데려다 쓸 만한 용기가 없을 테지. 적 어도 마야의 소질을 파악한 사람이라면! 그것은 마야의 운명이야!"라 고 말하면서도 마야를 교정하기 위해 움직이지도 말하지도 눈을 깜빡 이지도 못하는 인형 역을 맡긴다. 소품에 불과한 커다란 인형을 연기 하면서 마야는 비로소 존재감의 수위를 조절하며 극 중 다른 인물들과 융화되는 법을 배운다.

마야는 여러 연기상을 휩쓸며 텔레비전에도 출연하는 스타가 되어 승승장구한다. 그러나 고난이 순식간에 닥쳐온다. 어머니의 죽음으로 마 음이 흔들리고 경쟁자의 모략으로 스캔들에 휩싸여 순식간에 모든 것을 잃게 된다. 그렇지만 결국 연기에 대한 갈망이 마야를 다시 일으켜 세운다. 누구도 배역을 주지 않아 방황하던 마야는 자신에게 겉으로는 냉정하게 대하면서 남몰래 '키다리 아저씨' 역할을 하며 격려의 핑크빛 장미를 보내는 샤를르 클레망(해적판 만화의 민용식, 원작의 하야미 마스미)의 도움으로 죠안이 주연인 연극의 조연으로 다시 무대에 서게 된다. '낙하산'이라는 데 분개한 극단 사람들이 극에서 마야가 먹기로 되어 있는 빵을 흙덩이로 바꿔치기하지만 마야는 주저하지 않고 흙덩이를 우적우적 씹어 먹는다. 연기를 마치고 화장실로 돌아와 먹은 걸 전부 토한 후 자신의 몸에 남아 있는 열기를 느끼고서 깨닫는다.

그래, 이것이다! 한순간에 모든 괴로움이 사라졌다. 내가 마야 보와이에라는 것도 나를 짓누르던 슬픔도 억압감도 전부 사라졌다. 손도 다리도 목소리도 몸도 전부…. 지금도 흥분이 남아 있다. 아! 난 할 수 있다. 연극을 하고 싶다![*]

연기를 할 수 있다면 뭐든 한다. 학교 체육부 창고에서 사람들을 모아놓고 모노드라마를 한다. 판토마임에 몰두한다. "판토마임이 어느 정도 관객들에게 전해질지 무척 궁금합니다. 전… 연극을 잘하고 싶

---

* 『유리가면』 하, 134쪽.

습니다. 도와주세요" 하는 마야에게 사라진느는 미소 지으며 말한다. "비로소 네가 관객에 대해서 생각하게 되었구나! 그건 커다란 발전이다. 자! 일어나라, 마야!"

나 역시 비슷한 좌절과 도약의 순간을 여러 번 겪었다. 기자 업무에서도, 요즘 유행어로 일종의 '부캐'인 작가 생활에서도 그랬다. 발품 팔고 공들여 썼는데도 예전만큼 책이 팔리지 않을 때, 독자들에게서 잊힌 것만 같을 때, 내가 굳이 써야 하는 이유를 도무지 모르겠을 때. 깊은 우울을 겪었고 지독하게 방황했다. 이른바 '작가의 벽'에 부닥치기도 했다. 그렇지만 바닥을 치고 올라오는 순간은 언젠가 온다.

회복의 순간은 나를 고통스럽게 만들었던 바로 그 일, 글쓰기를 통해 왔다. 연기를 정말로 좋아하기 때문에, 이것 말고 더 좋아하는 것은 없다는 걸 깨달아 아무런 계산 없이 연기하고 싶어 하는 마야와 마찬가지로 쓰는 일이 좋기 때문에, 이보다 더 몰두할 수 있는 일이 없기 때문에, 아무도 알아주지 않아도 괜찮다고, 쓸 수 있는 것만으로도 충분하다고 생각하면서 일어서게 되는 순간이. 그리고 관객에 대해 생각하게 된 마야처럼, 독자를 고려하게 되는 순간도 온다. 많은 사람이 아니어도 괜찮다. 단 한 사람이라도 읽어준다면, 그 한 명을 위해 그에게 편지를 띄운다 생각하고 쓰는 것이다. 독자를 의식하며 아부한다는 것과는 다르다. 아양을 떨면 글이 망가진다. 마음은 아무도 읽지 않는 글을 쓸 때처럼 가볍게 가지되, 진심을 다해 솔직하게 쓰는 것이다.

연극에 다시 출연하게 해달라는 마야에게 "먼저 네게 씌워진 오명을 씻으라. 그러지 않으면 다른 사람에게 폐가 된다"고 충고하는 사라 진느는 마야가 "어떻게 하면 오명을 씻을 수 있냐"고 묻자 이렇게 답한다. "해답은 자신이 찾는 거다. 나도 그 해답은 모른다!"

대부분의 경우, 해답은 자기 안에 있다.

나는 마야인가, 죠안인가. 두 라이벌의 경쟁을 보며 여러 번 생각했다. 어린 날엔 마야이고 싶었다. 부모의 덕을 보기보다는 천부적인 자질로 혼자 정상에 서는 여자, 멋있지 않은가. 그렇지만 이제는 솔직하게 인정할 수 있다. 나는 마야이기보다는 죠안이라는 걸. 타고난 천재보다는 노력하는 영재 쪽에 더 가깝다는 걸.

부모로부터 물려받는 금전의 양으로 '수저'의 빛깔을 따진다면, 나는 스테인리스 정도일 것이다. 한창 '수저론'이 유행할 때 "너는 스테인리스 정도겠지?" 하는 엄마에게 "동수저도 안 돼?"라고 되물었다. "물려줄 돈이 없잖아" 하며 잠시 침울해하는 것 같더니 엄마는 이내 기운찬 목소리로 "그렇지만 열심히 도금하고 있다. 금수저는 잘 휘어져서 그걸론 밥 못 먹어. 도금하는 게 나아!" 했다. 수저론 시대, 자녀에게 물려줄 진정한 유산은 '도금력'이라고 말하는 엄마를 보면서 '그렇다면 나는 은맥기인가, 금맥기인가', 잠시 생각했다.

엄마 말마따나 부모님이 물려준 가장 큰 유산은 '도금력'이라 생각한다. 죠안만큼은 아니지만 나 역시 고등교육을 받은 부모가 정교한 계획 아래 키운 아이였다. 아버지는 지방 국립대학 사범대 교수였다. 자그마한 도시의 공립 중학교에 다닐 때, 선생님들은 대개 아버지의 제자였다. 국어 성적이 좋았는데 주변에서들 그랬다. "쟤는 아버지가 국문학 전공 교수니까 당연하지." '푸줏간집 아들이 고기 한 칼 더 먹는다'는 속담도 일리가 있지만, 아버지의 그늘 아래 내 노력이 무화되는 것 같아서 싫었다. 무엇이든 나의 힘으로 해보겠다고 시도하며 지나칠 정도로 독립적인 인간이 된 건 자존심이 상해서다. 그래서 부모의 후광 때문에 원치 않는 혜택을 받고, 스스로 이룬 성취조차 항상 부모의 덕일 거라 의심받는 죠안을 이해할 수 있었다. 초등학교 3학년, 운동회의 이어달리기에서 사력을 다해 1등을 한 죠안은 난생처음으로 만족감을 느낀다. 그것만은 그 누구도 부모 덕으로 1등을 한 것이라고 말할 수 없기 때문이다.

'그렇다! 내 실력으로 1등을 해야 돼. 그래야만 진정으로 기쁨을 느낄 수 있어!'

죠안은 그 뒤부터 무엇이든 자신을 가지고 열심히 했다. 실력으로 대결해 겨루는 세계가 좋았다. 진짜로 자기를 인정받는 길은 그것밖에 없었다. 부모가 유명인이든 부자이든 관계없이 실력만 인정받으면 부끄러울 것이 없었다. 죠안은 그 릴레이 때처럼 모든 것에서 1등을 하고 싶었다.

'노력하면 언제든지 그 릴레이 때처럼 승리의 깃발을 잡을 수 있다. 난 노력으로 천재가 되었다. 진짜 천재는 마야 보와이에! 그래, 마야를 이겨야 한다!'

죠안은 마야와 정정당당히 겨루어 〈홍천녀〉를 따내고 싶었다. *

기자 생활 5년 차였던 스물아홉 살 가을, 회사 블로그에 쓴 글이 인기가 있어 출판사에서 책을 쓰자는 제안이 왔을 때 그래서 좋았다. 내힘으로 일궈낸 세계여서다. 12년 차 직장인이었던 서른여섯 살 봄, 서울에 내 집을 장만했을 때도 좋았다. 고달픈 서울살이 끝에 내 힘으로 벌어 저축해 마련한 자산이었으니까. 누군가는 자수성가하는 것보다 부모에게 물려받는 것이 많은 편이 낫다 하겠지만 나는 그렇게 여기지 않는다. 정정당당하게, 노력을 기울여, 차근차근 하나씩 자기 힘으로 일궈가는 것이 좋다고 생각한다. 자존감과 자신감은 제 손에서 나온다. 누구에게도 기대지 않는 독립적인 여자가 되겠다고 결심했던 건 팔 할이 『유리가면』 덕이다.

---

* 『유리가면』 하, 173~174쪽.

삭제된 소녀 시절을
애도하며

'플롯시' 시리즈의 플롯시

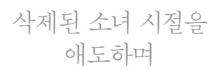

『플롯시의 꿈꾸는 데이트』
헌터 데이비스 지음
강명희 옮김
지경사, 1989

"어떤 화장품을 쓰냐"는 질문을 받았다, 화장품의 달인으로 불리는 분으로부터. "시세이도"라 답했더니 "이유가 뭐냐"고 했다. 딱히 할 말이 없었다. 오래전 교토 여행을 갔을 때 깜빡하고 메이크업 베이스도 파운데이션도 가지고 가지 않았는데 현지 제품이니 값이 쌀 것 같고, 아시아인 피부엔 아시아 제품이 좋겠지 싶어 시세이도를 사서 써보고 안착한 것인데 명확히 설명하기가 애매했다. 그 브랜드의 화장품이 특별히 좋다거나 뛰어나서라기보다는 변화를 싫어하고 일단 마음을 정하면 끝까지 충실한 평소 성향이 반영된 것이었기 때문에.

대답을 망설이자 "기초 제품이냐, 기능성이냐, 색조냐"는 질문이 이어졌다. 그러게, 화장품의 체계는 다양하지. 문득 깨닫고 "메이크업 베이스 대용 선크림이랑 파운데이션, 파우더만 시세이도를 쓰고 스킨, 로션은 아무거나 쓴다. 색조 화장은 거의 하지 않는데 역시나 닥치는 대로 쓴다"고 말했다. "크림은 쓰세요?"라고 묻길래 "수분 크림을 쓰는데, 고향의 엄마가 당신 다니는 피부과에서 사서 부쳐준다"라고 했다. 그랬더니 돌아온 말. "그러니까, 시세이도를 몇 개 쓰시고 나머지는 그냥 선물받은 거 아무거나 쓰시는 거군요." "네"라고 답해놓고 어쩐지 부끄러웠다. 마흔 넘은 여자가 '화장에 대한 인격'이 제대로 정립되어 있지 않다니 미숙하게 느껴졌다. 요즘 일부 젊은 페미니스트들이 '꾸밈노동'이라 하여 화장을 배격하는 분위기인 것을 알고 있다. 그들의 논리도 일리 있지만 내 세대만 해도 화장이란 일종의 예의이자 재미라 배웠다.

"화장에 대한 인격이 정립된 이후"라는 구절을 대학 선배 언니의 싸이월드 미니홈피에서 본 것이 20대 후반이었던가, 30대 초반이었던가. 내게는 코페르니쿠스적인 충격이었다. 주변의 많은 여성들이 그 구절에 동감하는 걸 보고 더 그랬다. '화장에 대한 인격'이라는 걸 생각하고 사는 사람들이 있구나. 사람들은 화장품에 대한 취향이 명확하구나. 한 발 더 나아가, 대부분의 여자들은 화장과 화장품에 관심이 많구나….

화장품, 옷, 핸드백, 신발 같은 '패션 아이템'에 대해 잘 모른다. '삭제된 소녀 시절'을 보냈기 때문이다. 어떤 아이들은 10대 때부터 이런 물건에 관심을 가지고, 시행착오를 반복하며 치밀한 연구 끝에 자신만의 스타일을 만들어가는데, 소녀 시절의 나는 그런 일에 도통 관심이 없었다. 쫄티와 바닥을 휩쓰는 다리통이 넓고 긴 청바지가 유행하던 고등학교 때, 교복이 없는 학교에 다녔음에도 불구하고 한 번도 그런 옷을 입고 싶어 한 적이 없다. 살이 쪄서 뭘 입어도 안 어울리기도 했지만, 그보다도 유행에 편승하는 걸 유치하다 여겼다. 욕망보다 당위를 우선시하라고 교육받은 영향이 크기도 하고, 책을 많이 읽은 조숙한 아이 특유의 기질 탓이기도 했다. 어른이 되기 전에는 화장을 하면 안 된다고 생각했다. 화장을 하거나 머리에 물을 들이거나 손톱에 매니큐어를 칠하거나 귀를 뚫는 건 불량학생들이나 하는 일이라 생각했던 철저한 모범생이었다.

그렇지만 살아보니 알겠다. 청소년기에 연예인에도 빠져보고, 유행하는 옷도 입어보고, 물건을 탐내고 사본 사람이 정신적으로 훨씬 더 건강하다는 걸. 그런 것들이 삭제된 사춘기를 보내면 나이 들어 대가를 치르게 된다. 우울증과 불안장애, 불면에 시달리며 한창 정신분석 상담을 받을 때의 일이었다. 융 심리학에 근거한 정신분석은, 매일의 꿈을 기록하면 전문가가 분석하는 식으로 이루어진다. 그날은 꿈속에 머리를 바글바글하게 볶고, 진한 화장을 한 채 짧은 스커트를 입고 다리를 꼬고 차 뒷좌석에 앉아 껌을 짝짝 씹는 젊은 여자가 나타났다. 평소의 나와는 대척점에 있는 여자. 내 이야기를 들은 의사가 말했다. "무의식이 원하는 거죠. 짧은 스커트 입고 다리 꼬고 앉아 껌 짝짝 씹는, 그런 사람이 돼보는 게 필요한 거 같아요." 지나치게 경직돼 있어서 자신에게도 타인에게도 너그럽지 못하다는 이야기. 내가 처음으로 심리검사를 받았던 사회 초년생 때에는 이른바 '여성성'을 억누르고 있다는 말을 듣기도 했다.

❧

언니의 모피 코트를 훔쳐 입으면 근사한 열여덟 살 틴에이저로 변신하는 아홉 살 소녀 플롯시를 아시는지? 1980년대 중·후반 초등학교 여학생들 사이에서 유행했던 '지경사 명랑소설'에서 헌터 데이비스 Hunter Davies, 1936~의 '플롯시' 시리즈는, 에니드 블라이튼의 '말괄량이 쌍둥이' '외동딸 엘리자베스' '다렐르' 시리즈와 함께 인기 최강이었다.

『플롯시의 꿈꾸는 데이트』『플롯시는 오늘도 따분해』『플롯시는 깜찍한 발레리나』등 세 권으로 출간된 시리즈를 같은 동네에 살던 A 언니네 집에서 읽었다. 금발을 포니테일로 묶은 소녀가 거울을 들여다보고 열심히 립스틱을 바르고 있는 표지는 초등학교 때도 진지한 모범생이었던 내가 살 것 같은 책은 아니었지만, 패션에 관심 많은 A 언니는 그 책을 무척 아꼈다.

배경은 영국 런던. 위로 열여섯 살 오빠 퍼거스와 열여덟 살 언니 베라를 둔 삼 남매의 막내 플롯시는 언니 오빠는 먹고 싶은 걸 먹고 입고 싶은 걸 입으며 자유분방하게 지내는데 자신만 부모님이 정한 규율에 따라야 하는 것이 불만이다. 식탁에 놓인 건 간 liver 요리와 돌처럼 딱딱해 보이는 양파, "이것만은 정말 싫다"고 늘 이야기하는 그린 샐러드.

'어른의 음식'이 아닌, 달고 기름진 걸 먹고 싶은 플롯시는 "비스켓은 없냐"고 물어보지만 어머니는 단호하게 "미용을 위해서도 이번 주는 안 돼!"라고 말한다.

플롯시가 제일 부러워하는 사람은 언니 베라. 늘씬하게 키가 크고, 도도해 보이는 뛰어난 미인이다. 일곱 빛깔로 머리를 물들이고 세련되게 화장한 채 패션 잡지에 나올 것 같은 실크 스커트를 입고 금팔찌를 번쩍이며 외출하거나, 인도의 사리 같은 옷을 입고 맨발로 등교한다. 그에 비해 안경잡이에 오동통한 플롯시는 항상 단정한 검정 구두에 양말을 신고 학교에 가야 하며 귀를 뚫는 것도 금지돼 있다.

베라도 훌륭하지만, 베라의 방은 플롯시에게 다른 어떤 곳보다 가슴이 두근거리는 동경의 장소다.

"출입 금지, 맹견 주의, 위험, 들어오지 말 것, 특히 플롯시는"이라는 주의 사항이 방문에 붙어 있고, 부모님도 안 들어가는 방.

여기는 바로 아라비안 나이트에 나오는 보물 동굴 같습니다. 벽에도 방바닥에도 쿠션과 고급스러운 옷, 베개, 깔개 등이 가득합니다. 꼭대기에서부터 못을 박아 솜씨 좋게 매달아놓았습니다. 집에 못 박는 것을 아주 싫어하시는 아빠가 이것을 발견했을 때의 일을 상상만 해도 가슴이 두근거립니다.

무엇보다 플롯시의 관심을 끄는 것은 언니가 사 모은 구제 옷들이다.

오래 입어서 낡은 옷들도 많이 쌓아놓아서, 마치 베라는 낡은 옷을 바겐세일이라도 하려는 것처럼 보였습니다. 어느 옷이나 할 것 없이 다 믿을 수 없을 정도로 더럽혀지고 먼지투성이에다 꾸깃꾸깃 구겨져 있었습니다.

그렇습니다. 바로 이것이야말로 플롯시가 제일 좋아하는 광경이었습니다. 정리되어 있지도 않고 깨끗하게 치워져 있지도 않은 방 전체 어디든지 말입니다.**

'대체 왜 정리되지 않은 방을 좋아하는 거지?' '엄근진'한 모범생이었던 어린 날의 나는 이해하지 못했다. 물론 나 역시 정리정돈에는 젬병이지만, 그렇다고 해서 엉망진창인 방을 좋아하는 건 아니었으니까. 플롯시가 꿈꾸던 것이 제멋대로 할 '자유'라는 걸 내가 알 리가 없었다.

그날, 몰래 들어간 베라의 방에서 플롯시는 지금까지 한 번도 본 적이 없는 모피 코트가 걸려 있는 걸 발견한다.

---

* 『플롯시의 꿈꾸는 데이트』, 헌터 데이비스 지음, 강명희 옮김, 지경사, 1989, 27쪽.
** 위의 책, 28쪽.

⤳　　모피 코트는 거무스름한 색으로 빛나고 있었지만, 완전히 검은 색은 아니고 검은 세로 줄무늬가 많이 섞여 있었습니다. 그것은 호화로운 것으로 옛날에는 곰이 입고 있었던 것, 아니 금광산인지 뭔지를 발견해서 억만장자가 된 곰의 주인이 입었던 것 같았습니다.*

코트를 보자마자 한눈에 반해서 몰래 입어본 플롯시는 눈을 감고 세 번 빙그르르 돌고, 거꾸로 다시 세 번을 빙글 돈다. 몸 전체로 기도한다. "제발 지금 이 순간에 열여덟 살이 되었으면. 이제 안경을 끼고 두리뭉실한 스타일과는 안녕 했으면. 베라와 퍼거스에게 마음껏 뽐내고, 엄마에게 그린샐러드를 먹으라고 명령받은 아홉 살이 아니기를."

천천히 코트의 단추를 채운다. 제일 아래 단추부터 시작해 마지막으로 제일 위의 단추까지 세 개 모두 채운 순간, 마치 자신의 몸이 코트 속에서 커진 것 같은, 뭔가 마법에 걸린 듯한 기분이 드는 걸 깨닫는다.

　　⤳　　정말 놀랄 만한 변신이 일어난 것입니다.

플롯시는 지금은 열여덟 살, 시간을 뛰어넘어 10년이나 먼저 와버렸습니다. 플롯시는 플롯시이지만 열여덟 살의 플롯시인 것입니다.

플롯시는 자세히 주의해서 거울 속의 자신을 살펴보았습니다. 플롯

● 　위의 책, 30쪽.

시는 플롯시임에 틀림없었지만, 열여덟 살의 그것도 뛰어난 미인이 된 것입니다.

진짜인지 아닌지 확인해보려고 머리카락을 잡아당겨 보았습니다.

아얏!

부서지기 쉬운 솜과자로 되어 있는 것이 아닐까 하고 손가락을 입속에 넣어 빨아보았습니다. 손끝이 엷게 핑크빛으로 물들여져 있습니다. 열여덟 살의 플롯시는 고급 매니큐어를 칠하고 있는 것입니다.

눈 밑에는 마스카라. 와아, 이것도 진짜.

그때 플롯시는 제일 크게 달라진 것을 알아챘습니다. 안경을 쓰고 있지 않은 것입니다.*

눈 깜짝할 사이에 열여덟 살 하이틴으로 변신한 플롯시가 가장 먼저 한 일은 언니가 즐겨 가던 펍으로 달려가는 일. 미성년자 출입 금지여서 여태껏 갈 수 없었던 펍은, 텔레비전에서 볼 땐 언제나 많은 사람들이 모두 유쾌한 듯 큰 소리로 웃거나 유리잔을 손에 든 채 노래를 부르고 있는 곳이었지만, 막상 가보니 언니와 언니의 친구들은 지루한 대학 입시 이야기를 하고 있었다.

플롯시를 발견한 언니의 남자 친구 마틴이 친절하게 묻는다. "넌 뭘

---

* 위의 책, 34쪽.

마실래?"

    "에—또."

플롯시는 열심히 생각했습니다. 좋아하는 음료는 사실 리베나(청량음료)이지만, 여기는 리베나라든지 아이스크림 같은 것을 팔 것 같지는 않습니다.

"난 콜라로 하겠어."

"어떻게 마실 거니? 럼주를 넣어서? 아니면 위스키? 그렇지 않으면 진을 넣어서 마실래?"

마틴은 무척 친절합니다.

"스트로를 넣어서 마실래."

"히야—!"

모두들 일제히 웃기 시작했습니다. 마틴 같은 아이는 벌써 대감격.

"스트로를 넣은 콜라라고? 그것 참 멋진 아이디어구나. 정말 센스가 좋은데 독창적이야. 내가 생각해냈어야 하는 건데. 게다가 스트로로 마시는 편이 단숨에 마시는 것보다 오랫동안 즐길 수 있잖아."•

어느 친구는 콜라에 스트로를 넣어 마시겠단 이 장면이 너무나 인상

• 위의 책, 56쪽.

깊어서, 엄마가 음료를 줄 때마다 플롯시를 흉내 내 "저는 스트로를 넣어주세요"라고 말했다고 한다. 내게는 감기몸살로 드러누운 언니 대신 몰래 햄버거집 아르바이트를 나간 플롯시가 밀크셰이크에 포테이토 칩을 갈아 넣은 신메뉴를 만들어서 대박 내는 장면이 오래도록 잊히지 않았다. 포테이토칩을 갈아 넣은 밀크셰이크라니, 대체 어떤 맛일까! 주방에서 나와 웨이트리스 일을 하게 된 플롯시가 손님의 주문을 받아 적다가 '아보카도^{Avocado}'의 철자를 몰라 "미안하지만 아보카도는 없다"고 말하는 장면도 재미있었다. 책을 읽었던 1980년대 후반엔 국내에서 아보카도를 먹을 일이 없어서 '자색 또는 갈색의 상록 과수로 서양 배 비슷하며 과육은 황색으로 물렁물렁함'이라고 설명된 이 과일이 무엇인지 궁금했는데, 30년 만에 책을 다시 읽어보는 지금은 아주 흔한 먹거리가 되어 있는 것도 신기했다. 세월이란!

지금 영국 어린이들은 어떻게 지내는지 모르겠지만, 내가 초등학생 때만 해도 영국 어린이들도 한국 어린이들과 비슷한 규율 아래서 지냈던 것 같다.

언니처럼 맨발로 학교에 가고 싶어서 "엄마 아빠는 언니한테 왜 한마디도 야단을 치지 않냐"고 하는 플롯시에게 엄마는 말한다.

"베라는 인제 열여덟 살이다, 플롯시. 베라가 만일 발을 다쳐도 그것은 베라 자신의 책임이란다. 열여덟 살이 될 때까지는 네 안전을 지키는 것이 내 책임이야."*

부모의 책임과 의무, 어린이의 미덕, 성인의 자유에 대해 굉장히 명확히 설명되어 있어서, 이 책을 통해 서양이라고 해서 모든 연령의 사람들에게 무한한 자유를 허용하는 것이 아니라는 걸 알게 되었다. 플롯시가 비만이 되는 걸 경계하던 어머니는 플롯시의 식생활을 제한하며 언제나 이렇게 말한다.

　　"플롯시, 엄마 말 들어라. 설탕은 네 적이라고 했잖니?"
　"에이, 또 그 소리."
　플롯시는 진절머리가 났습니다.
　"엄마는 언제나 이상한 소리만 하신다니까. 어제는 버터가 내 적이었고, 그 전에는 크림이 내 적이었어. 뭐든지 다 내 적 같아. 이번에는 그럼 물일까 아니면 신선한 공기가 내 적이 될까. 내가 사는 즐거움을 다 빼앗으려는 것인지, 엄마는 정말 너무해서. 모두가 진짜 심술쟁이라니까."**

●　『플롯시는 깜찍한 발레리나』, 헌터 데이비스 지음, 강명희 옮김, 지경사, 1991, 64쪽.
●●　위의 책, 1991, 13~14쪽.

'플롯시'가 애칭이며, 본명은 플로라 맥도날드 맥듀걸 막스포란 티이케키라는 장황한 이름이란 것도 신기했다. 스코틀랜드 태생인 걸 자랑스러워하는 아버지는 고대 로마의 꽃과 봄의 여신의 이름(플로라)을 따서 스코틀랜드 식으로 거창한 이름을 붙였다. 그러나 플롯시는 '플롯시'라는 애칭도, '플로라'라는 본명도 아닌 '신디'나 '트레이시'라는 이름, 혹은 '플롯'이라는 짧막한 이름으로 불리고 싶어 한다. "코딜리어라 불러달라"고 하다가 마릴라로부터 야단맞고 "그럼 끝에 E자가 붙은 앤Anne으로 불러달라"고 하는 빨강 머리 앤처럼 이름에 대한 서양 소녀들의 갈망을 책에서 발견할 때마다, 항상 '곽아람'이었고 다른 이름은 꿈꿔본 적 없었던 나는 참 신기했다.

플로라라는 이름이 훨씬 예쁜데 왜 신디가 되고 싶어 하는지는 그때도 지금도 이해하지 못하겠다. 어른이 되어 영어 원서를 보게 되면서 새롭게 알게 된 사실은 '티이케키'라는 이상한 성^姓이 사실은 '티케이크teacake', 즉 건포도 같은 말린 과일을 넣어 조그마하게 만든 동글납작한 빵이었다는 것. 아마도 당시엔 일본어판을 중역하다 보니 '케이크'의 일본식 발음인 '케키'를 그대로 썼던 모양이다.

단정한 검정 구두 대신 엄마가 절대 사주지 않는 핑크색 부츠를 갖고 싶어서, 신발 살 돈을 벌기 위해 열여덟 살로 변신해 구두 가게 아르바이트를 하는 이 소녀, 플롯시를 나는 마흔이 넘어서야 비로소 이해한다. 나도 이렇게 욕망에 충실한 소녀 시절을 보냈다면, 인생을 좀 더 풍요롭게, 느긋하게 살 수 있지 않았을까도 생각한다. 핑크색을 좋아하는 일은 오랫동안 내게 금기로 여겨졌다. 페미니즘의 세례를 받아 '여자는 핑크' '남자는 블루' 같은 공식을 따르는 건 '배운 여자'답지 않다 여겼기 때문이기도 했고, 그런 빛깔이 유치하다 생각했기 때문이기도 했다. '소녀다운 것'을 유아적이고 지적이지 못한 것이라고 여기게 된 것은 페미니즘의 결과물이라기보다는 묵은 가부장제와 남성중심주의의 유산일 텐데 말이다.

∞

   40대는 재구축의 시기라고 생각한다. 살던 대로 살지 않는 일은 쉽지 않다. 나이가 들수록 더 그렇다.

   그렇지만 살던 대로만 살면 내면이 망가지는 경우도 분명히 있다. 망가진 부분을 교정하고, 수선하고, 다듬고, 달래가며 내게도 남에게도 좋은 방향으로 살아가는 노력이 마흔 즈음엔 필요한 것 같다. 운동은 물론이고, 필요하면 상담도 받고 약도 먹어가며 몸과 마음을 재구축하는 일. 한 예로, 예민하고 까다로운 성정을 유지하기 위해서는 충분한 체력이 필요한데, 20~30대 때야 체력이 넘칠 때니 가능하지만 마흔이 넘으면 체력이 급격히 떨어지므로 버거워진다. 코로나라는 비극이 역설적으로 나의 재구축에 도움이 되기도 했다. 집에 있는 시간이 많아지면서 자신을 돌볼 여유도 생겼으므로.

이제 나는 끊임없이 손목시계를 확인하며 한 치의 오차도 없는 독일 병정처럼 생활하던 '시계의 인간'으로는 더 이상 살지 않을 생각이다. 대신 '팔찌의 인간'으로 거듭나기로 했다. 손목에 늘상 차던 시계가 아닌, 찰랑찰랑한 팔찌를 즐겨 차기로 했다. 때마침 손재주 좋은 막내 사촌동생이 팔찌를 한가득 만들어주었고 다정한 사촌언니가 반지를 선물해주었다. 지금까지는 항상 시계를 위해 왼쪽 손목을 비워두어서 팔찌 찰 여유가 없었고, 업무의 대부분이 키보드 두들기는 일이라 일에 방해된다는 이유로 반지도 좀처럼 끼지 않았다. 나로서는 태어나서 처음 해보는 결심. 정신분석 받을 때 들은 말마따나 '머리 바글바글하게 퍼머하고 짧은 스커트 입고 다리 꼬고 앉아 껌 짝짝 씹는 여자'가 되려 시도해보는 것인데, '짙은 화장과 껌 짝짝'은 꽤나 난이도가 높은 일이라 일단 시계를 팔찌로 바꿔보는 것부터 해보기로 했다.

항상 시계만 차던 팔에 팔찌를 차는 일이 처음엔 어색하고 불편했다. 습관처럼 시간을 확인하기 위해 왼쪽 손목을 보았다가 숫자와 바늘 대신 색색의 비즈가 있는 걸 보고 팔을 내려놓곤 했다. 그렇지만 인간은 적응의 동물이다. 시간을 확인하는 빈도가 눈에 띄게 줄었다. 정확하고 완벽해야 한다는 강박에서 조금 벗어날 수 있었다. 나는 자신에게도, 타인에게도 살짝 너그러워졌다. 세상은 대개 내 생각보다 너그럽다. 내게 가장 가혹하고 엄격한 사람은 보통 나 자신이므로, 스스로에게 너그러워지면 다른 일도 편해진다.

어릴 적 만난 그 소녀 플롯시, '질 좋고 튼튼하고 고상하며 너무 화려하지 않은 학생 구두'를 사주려는 엄마에게 "베라는 부티크에서는 옷을 한 벌도 사지 않아요. 모두 잡동사니 시장인지 고물상에선가 사온대요. 나는 그것도 집에서 못 하게 하지만 말이에요. 엄마는 진짜 너무해요. 아아, 빨리 열여덟 살이 되고 싶다"고 솔직하게 욕망을 털어놓는 이 귀여운 아이를 비로소 닮아보고 싶은 것이다. 지난겨울엔 털이 북슬북슬한 인조 모피 코트를 두 벌이나 샀다. 단추를 잠글 때마다 플롯시를 생각하며 나의 삭제된 소녀 시절을 애도한다.

영혼의 단짝

『빨강 머리 앤』앤

『빨강 머리 앤』
루시 모드 몽고메리 지음
신지식 옮김
창조사, 1987

"너, 영원히 나의 친구가 되어주겠다고 맹세해줄 수 있어?"

앤은 열심히 말했다.

"어떻게 하니?"

다이애너는 물었다.

"서로 손을 마주 잡는 거야. 그래 그렇게….'

라고 앤은 엄숙한 표정을 지으며,

"사실은 흘러가는 물 위에서 이 맹세를 해야 하는 거지만, 이 길을 강물이라고 생각하자. 내가 먼저 서약을 할게. '태양과 달이 존재하는 한 나의 친구 다이애너 배리에게 충성을 다할 것을 엄숙하게 맹세함.' 자, 네 차례다. 너도 내 이름을 걸고 하는 거야."•

• 『빨강 머리 앤』, 루시 모드 몽고메리 지음, 신지식 옮김, 창조사, 1987, 102쪽.

'영혼의 단짝bosom friend'에 대한 환상을 심어준 건 확실히 『빨강 머리 앤』이다. 앞에 옮긴 저 구절, 그리고 타카하타 이사오 감독의 애니메이션에서 노랑 원피스에 흰 앞치마 두른 다이애너와 우중충한 회색 원피스 입은 앤이 손을 맞잡고 영원한 친구가 되겠다며 서약하는 장면. 그때문에 당시의 많은 소녀들처럼 나 역시나 세뇌당해버렸다. '영혼의 단짝'을 '선택'이 아닌 '필수'로 여기게 된 것이다.

H와 종종 점심을 먹는다. 업무상 지인과도, 회사 사람과도 밥 먹기 싫은 날, 그렇다고 혼자 밥 먹기도 내키지 않는 날, 나와 마찬가지로 광화문에서 일하는 그녀와 '번개'를 하곤 한다. 구구절절 내 상태에 대해 설명할 필요도 없고, 애써 에너지를 끌어올려 괜찮은 척할 필요도 없는 편안한 사이. 에너지가 방전되고 기분이 바닥을 치는지라 아무런 말을 하지 않아도 '나한테 뭔가 화가 났나? 왜 그래'라며 전전긍긍하는 게 아니라 '오늘 좀 힘든 모양이군, 가만두면 곧 좋아지겠지' 하곤 내버려둘 만큼 나를 잘 아는 친구다. 열다섯 살 때부터 친구이니 알게된 지 25년이 넘었지만, 우리는 같은 학교를 다닌 적이 없다. 같은 고장 출신도 아니다. 대학생이 될 때까지 만난 적도 없다. '펜팔'이었기 때문이다.

어떻게 그녀와 만나게 되었던가. 이야기하자면 길다. 중학생 때 나는 해외 펜팔에 빠져 있었다. 열 명이 넘는 해외 친구들과 편지를 교환했다. 1990년대 초중반엔 '국제친선협회'라는 곳이 있었는데, 그곳에 가입해 회지에 사진을 곁들인 자기소개와 주소를 실으면 세계 곳곳에서 영어로 적힌 편지가 오곤 했다. 몇 나라에서 편지를 받았는데, 그중에서는 딱 한 곳, 국내 도시 포항에서 온 편지가 있었다. 곧 중학교에 입학할 동생의 영어 공부를 도와주고 싶었던 H가 동생을 독려해 영어로 쓰게 한 편지였다.

글로벌한 잡지답게, 국제친선협회 회지엔 나이를 만으로 기재해야만 했는데 12월생인 내 만 나이는 보통 한국 나이보다 두 살이 적다. 동생과 내가 동갑이라 생각해 나를 동생과 이어주었던 H는 나의 나이가 자신과 같다는 걸 안 뒤로는 직접 나와 편지를 주고받기 시작했다. 영어로 했냐고? 그럴 리가! 처음에는 그럴까 했지만 한국인들끼리 영어 편지 쓰는 건 부질없는 일이라는 걸 깨닫고 이내 우리말로 소통하기 시작했다. 그리하여 우리는 '친구'가 되었다.

내가 자란 진주는 '교육도시'라, 서부경남 다른 지역에서도 고교 진학을 하러 몰려드는 곳이었다. 평준화 지역이었지만 고교 입시 경쟁률

이 높았다. 입시 준비로 숨 막히는 중3 교실에 앉아 나는 포항의 그녀에게 편지를 썼다. 입시 제도의 불합리함에 대해서도 쓰고, 어른이 되면 뭘 하고 싶은지에 대해서도 쓰고, 어떤 대학에 가고 싶은지도 쓰고, 급우들에 대해서도 쓰고, 성적이 떨어져서 속상하다고도 썼다. 수업이 듣기 싫은 날이면 필기하는 척하며 온종일 공책에 편지만 쓰기도 했다.

내가 머리는 좋은데 노력을 안 해서 합당한 성적을 받지 못하고 있다고 생각했던 중3 때 담임 선생님이, 학부모 면담에서 엄마에게 "아람이가 편지질하느라 공부를 안 해 걱정"이라고 말씀하셨다는 얘길 들었다. "저희는 편지 쓰기도 교육의 일부라고 생각합니다. 놓아두십시오"라고 쿨하게 답했다는 엄마는, 참 간 큰 학부모였던 것 같은데, 내가 수업을 등한시하면서까지 편지 쓰기에 빠져 있다는 사실은 몰랐던 것 같다. 어쨌든 나는 계속해서 편지를 썼다. 고등학교 때도, 재수할 때도, 대학에 가서도. 그녀가 들어주길 바란 이야기였지만 어떤 면에서는 나 스스로에게 하고 싶은 이야기이기도 했다. 내가 글쓰기를 좋아하고, 그 행위를 통해 치유받는다는 걸 처음 깨달은 건 아마도 그 시절이 아니었나 싶다.

"난 너만큼 편지 자주 하지 못해 미안했었어. '어떡해! 오늘도 아람이가 열 장 앞뒤로 채워서 편지를 보냈어' 했지."

얼마 전 광화문의 한 식당에서 점심을 먹던 중 그녀가 웃으며 말했다. 그리고 덧붙였다.

"그렇지만 네게 편지라도 써서 그나마 그 시절에 숨 쉴 틈이 생겼던 것 같아."

고등학교 때 기숙사 생활을 했던 그녀가 편지를 통해 들려주었던 친구들 이야기가 아직도 생생하다. 대학에 진학해 그 친구들 중 몇몇을 실제로 만났을 때 어찌나 신기했던지! 영원할 것 같았던 친구들에 대해 이야기했던 10대의 우리는 이제 40대가 되어 변해가는 인간관계의 쓸쓸함에 대해 이야기한다.

그녀는 말했다.

"우린 『빨강 머리 앤』의 영향을 너무 많이 받은 것 같아. 앤이랑 다이애너가 손잡고 맹세하는 그 장면 있잖아. '영혼의 친구'가 되겠다며."

"야. 내가 너한테 그렇게 많은 편지를 쓴 것도 다 『빨강 머리 앤』 때문이잖아. 난 너를 '영혼의 단짝'이라고 생각했거든."

"앗, 그런 거였어?"

"설마 몰랐던 거야?"

우리는 소리 높여 함께 웃었다.

∽

『이제껏 너를 친구라고 생각했는데』라는 책을 읽었다. 출판 담당 기자에게 매주 쏟아지는 수십 권의 신간 중 굳이 그 책을 집어 든 것은 제목에 끌려서였다. 정신건강의학과 전문의가 쓴 이 책의 부제는 '친구가 친구가 아니었음을 깨달은 당신을 위한 관계 심리학'. 40대에 접어들며 '그간 친구라고 생각했던 사람들이 과연 친구일까?' '그건 나 혼자만의 착각은 아니었을까?', 부쩍 곱씹고 있던 참이었다. 책은 그런 생각을 하는 사람이 나뿐만이 아니라는 걸 알려주며 안심시킨다. 더 이상 '호구' 노릇 하지 말고 죄책감 가질 필요 없이 친구 관계를 재정립하라는 조언이 주된 내용이다.

출판사에 전화를 걸어 "이 책 내용 중 사람들이 가장 공감하는 게 뭔가요?" 하고 물어봤다. '빨강 머리 앤과 다이애너는 없다'라는 챕터라는 답이 돌아왔다. '모태 친구에 대한 환상'이라는 부가 설명이 붙은 이 챕터에서 저자는 말한다.

오래 만나왔다고 해서, 많은 것을 공유해왔다고 해서 모두 친구인 건 아니다. 진짜 관계인 것도 아니다. (…) 빨강 머리 앤과 다이애너와 같은 운명의 친구, 영원히 함께하는 단짝이란 존재가 현실에 항상 존재하는 건 아니다. 친구 또한 내가 선택하고 결정하는 존재일 뿐이다.*

● 『이제껏 너를 친구라고 생각했는데』, 성유미 지음, 인플루엔셜, 2019, 133~134쪽.

어쩌다 보니 떠나보내게 된 친구들이 있다. '오래 만나고' '많은 것을 공유해왔지만' 어느 순간 보니 그들과 내가 서 있는 인생의 무대가 달라져 있었다. 누가 딱히 잘못한 건 아니다. 그냥 각자의 길을 가다 보니 삶이 그렇게 흘러갔다. 한때는 밤을 새우며 이야기를 나누곤 했지만, 이제는 만나면 할 말이 없는 사이가 되어버린 것이다.

오래 살던 동네를 떠날 때처럼, 그 관계를 포기하는 게 무척 힘들었던 적이 있다. 노력하면 되는 건데, 노력이 부족해 소원해진 것 같아서 애써 이어가보려 해본 적도 있다. 그렇지만 소용없었다. 이제는 안다. 인연에도 유효기한이 있다. 기한이 다한 인연은 '그간 고마웠다' 인사하고 미련 없이 보내는 거다. 스스로를 지키기 위해, 관계에서 상처받지 않기 위해 그렇게 한다. 나는 아직 '그때 그 시절'의 추억에 머물러 있지만, 상대는 이제 내가 아닌 다른 관계에 몰두해 있다면 굳이 그 인연의 옷자락을 붙잡고 늘어질 이유가 없다.

그리고 신기하게도 새로운 인연이 온다. 대학을 졸업하면 새 친구를 만들지 못할 것처럼 여겼던 날도 있지만, 그렇지 않다. 친구란 인생의 모든 단계에서 생긴다. 10대 때나, 20대 때나, 30대 때나, 마찬가지로 40대에도. 어릴 때와는 달리 동갑내기 친구에 그치지 않는다. 나이 많은 친구도, 어린 친구도 생긴다.

싱글로 죽 살아가면 결혼해서 아이를 낳은 친구들과는 멀어지는 게 아니냐고 묻는 사람들이 있다. 물론 그런 인연도 있다. 그렇지만 그렇지 않은 인연도 있다. 나의 '베프'들 중엔 아이 엄마도 많지만 나를 만날 때만은 그 누구보다 나를 일순위로 생각해준다. 누구 엄마, 누구의 아내, 어느 회사 직원 같은 꼬리표를 떼고 온전히 '친구'로서 내 앞에 서는 사람들. '영혼의 단짝'이란 그런 사이를 말하는 게 아닐까.

∞

"앤과 다이애너는 그렇게 다른데, 어떻게 친구가 될 수 있었을까요?"

누군가 내게 이렇게 물은 적이 있다. 그분은 또 물었다. "다이애너는 어떻게 앤 같은 아이를 친구로 여길 수 있었을까요?"

신선한 질문이었다. 그 전까지 나의 '주인공'은 앤이었고, 『빨강 머리 앤』은 그녀의 관점에서 쓰였기에 나는 그 세계의 조연인 다이애너에겐 딱히 관심을 가져본 적이 없었다. 흰 피부, 발그레한 뺨, 까마귀 날개처럼 검은 머리칼에 말하기 전 웃는 버릇이 있는 이 명랑하고 유복한 소녀가 고아에 주근깨투성이, 불타는 듯한 머리카락을 가진 콤플렉스투성이 앤을 어떻게 친구로 여길 수 있었는지를.

게다가 앤의 관점에서 보아도 다이애너는 정말이지 친구가 되기 힘든 아이. 지식을 사랑하는 앤과 달리 다이애너는 지적인 면이라고는 그다지 없고, 심지어 앤의 소설에 주인공이 특정 상표 베이킹파우더로 요리하는 장면을 멋대로 추가해서 앤 몰래 베이킹파우더 회사가 주최하는 공모전에 그 작품을 보내 당선시키는 만행(?)을 저지르기도 한다. 섬세하기 짝이 없는 앤과는 극단을 이루는, 둔감하기 이를 데 없는 성품의 소유자인 것이다.

그렇지만 태어나자마자 고아가 되어 이 집 저 집을 애 보기로 전전하며 세상 누구에게도 환영받아본 적 없는 외로운 소녀 앤이 처음으로 용기를 내어 "저, 저⋯ 너 나를 조금이라도 좋아할 수 있을 것 같아? 나의 진정한 친구가 되어줄 수 있겠어?"라고 물었을 때, 사랑 듬뿍 받고 금지옥엽으로 자란 과수원 집 딸 다이애너는 웃으며 말한다.

"앤, 네가 좀 보통 애와는 다르다는 소문을 듣고 있었지만 정말 그렇구나. 하지만 나는 너를 좋아할 수 있을 것 같아."[•]

그간 무심히 넘겼던 이 대목을 다시 읽으며, 나의 여러 결점에도 불구하고, "하지만" 나를 좋아해주었던 너그러운 친구들을 떠올렸다. 내 인생의 '다이애너'인 그들 덕에 '영혼의 단짝'이라는 것이 존재한다는 믿음을 아직 버리지 않고 있다.

마릴라와 매슈가 집을 비운 사이 다이애너를 초대한 앤이 라즈베리

• 몽고메리, 앞의 책, 103쪽.

코디얼^{cordial·과일청}로 착각한 커런트 와인을 대접해 취하게 하자 화가 난 다이애너의 어머니는 딸이 앤을 만나는 것을 금지한다. "더 친한 친구가 생기더라도 옛 친구를 잊지 않는다고 굳게 맹세해줄 수 있냐"고 슬피 울며 묻는 앤에게 다이애너는 답한다.

> "나는 두 번 다시 마음의 친구를 가지지 않을 테야. 가질 수도 없을 거야. 어떠한 사람일지라도 너를 사랑한 것처럼 사랑할 수는 없을 테니까."[●]

● 위의 책, 143~144쪽

2부

일과 사람 사이에서 읽기

우리가 앤을 읽고 앤을 잃는다면

『빨강 머리 앤』과 신지식 선생

어린 시절 읽었던 계몽사 문고에서, 대부분의 책 번역자 이름이 '신지식'이었다. '새로운 지식'이라는 뜻일까? 그 특이한 이름을 잊을 수 없었다. 초등학교 5학년 때 엄마는, 중간고사에서 1등을 하면 창조사에서 나온 열 권짜리 『빨강 머리 앤』을 사주겠다고 했다. 나는 2등을 했고, 그럼에도 불구하고 엄마는 격려 차원에서 책을 사주었…으면 좋았겠지만, 냉정하게도 사주지 않았다. 책이 너무 갖고 싶어 용돈을 털어 한 권, 한 권 사 모았다. 권당 2000원이던 그 책의 번역자 이름도 신지식이었다.

당시 집에 금성출판사에서 나온 '소년소녀 한국 중장편 문학선'이 있었다. 그중 특히 재미있게 읽었던 책 제목이 『가는 날 오는 날』이었다. 황해도의 한 섬에 사는 소녀 '애희'가 주인공인데, 예민한 감성이 나와 비슷해 특히 이 책을 몰입해 읽었다. 책은 신기한 이야기로 가득 차 있었다. 수산학교 교장인 애희의 아버지는 조선 사람, 어머니는 일본 사람. 섬에서는 일본 사람, 한국 사람 할 것 없이 어울려 살았고, 딱 한 명 있는 중국 사람은 아내의 발을 묶어 전족을 해놓았다. 애희를 아끼는 이웃집 일본 아주머니는 과자를 안겨주는데, 애희는 '사루마다 (속바지)' 바람인 것이 창피해 부끄러워한다. '사루마다'와 함께 '호야 (남포등)'나 '우단' 같은 단어를 그 책에서 처음 배웠다. 그 책의 지은이 역시 신지식이었다. 이 사람은 누굴까? 여자일까, 남자일까? 신지식은 본명일까? 그런 생각들을 했다.

언제나 나를 설레게 하는 책, 『빨강 머리 앤』의 첫 우리말 번역자가 신지식이라는 걸 안 것은 30대에 접어들어서였다. 그리고 2013년 겨울, 출판평론가 한미화 선생님이 내게 문자를 주셨다. "곽 기자가 좋아할 것 같아서." 그 문자에는 원주 토지문화공원에서 개최하는 강연회 포스터 사진이 첨부돼 있었다. "한국 아동문학의 어머니 신지식." 아, 살아 계셨네. 나, 이분 꼭 뵙고 싶었는데…. 인터뷰해야겠다 마음먹었다. 어렵게 연락처를 얻어내 신지식 선생에게 전화를 드렸다. 1930년생. 우리 외할머니보다 한 살 아래. 전화로 만난 선생은 카랑카랑한 목소리에 정정한 분이었다. 인터뷰 요청을 고사하시는 걸 40여 분간 설득한 끝에 마침내 마주 앉을 수 있었다. 2014년 3월 18일, 서울 자택에서의 일이다. 여든다섯이라는 연세가 무색한 꼿꼿함. 인터뷰를 위해 다시 『빨강 머리 앤』을 읽었다며 이야기할 거리를 모두 메모해 정리해놓고 계셨다.

혼자 사는 아파트는 정갈했다. 그 집에서, 세 시간가량 선생과 이야기했다. 기력이 쇠해가는 게 느껴졌지만, 그분은 최선을 다해 인터뷰에 임했다. 신기하게도 노인과 마주 앉아 있다는 생각이 들지 않았다. 그녀와 나를 둘러싼 공간이 이 시공을 이탈하여 『빨강 머리 앤』을 사랑하는 젊은 그녀와 그 책을 몰두해 읽었던 어린 내가, 함께 앉아 대화를 나누는 것처럼 느껴졌다. 마치 『가는 날 오는 날』의 애희와 함께 앉아 있는 것만 같았다.

신 선생은 태평양전쟁이 끝나던 무렵인 열여섯 살에 어머니를 잃었고, 이화여고 국어 교사였던 스물네 살 때, 휴전 직전 서울 인사동 헌책방에서 일어판 『빨강 머리 앤』을 발견한다. 역경을 이겨가는 고아 소녀의 이야기가 어머니를 잃은 그에게 감동을 안긴다. 그가 가르치는 학교에도 전쟁고아가 수두룩했다.

"곽 기자님은 모를 거예요. 그 시절엔 고아들이 우글우글했어요. 젊은 여자가 길을 걸어갈라치면 검댕이를 얼굴에 묻혀놓고 도망가곤 했지요. 우리 학생들도 집 없는 아이, 부모 잃은 아이, 어찌나 많았는지…. 매 학기금을 제대로 내는 아이가 없었지요."

1962년 이화여고 주보 《거울》을 만들던 교사가 "뭐 읽을거리 없겠냐"고 물어왔을 때, 그는 『빨강 머리 앤』을 번역해 소개하기로 결심한다. 그렇게 주보에 실린 「앤」은 반응이 좋았다. 주보가 나오는 화요일이면 학생들이 「앤」을 읽느라 온 교실이 조용했다. 인기에 힘입어 마침내 1963년, 창조사에서 모두 열 권으로 번역 출간된다. "가장 좋아하는 장면은 무엇입니까." 내 물음에 그는 답했다.

"모든 장면이 다 좋지요. 특히 앤은 무생물들에게 생명을 부여하잖아요. 그게 좋았어요. 그중에서도 소설 끝의 제목 '길이 굽어지면'. 거기서 앤이 보여주는 긍정이 참 좋아요. 팔십 평생 살아보니 삶이란 그런 것 같아요. '아, 이건 끝이구나' 싶다가도 하룻밤 자고 일어나면 새 길이 열리기도 하고…."

친아버지 같던 매슈가 죽자, 앤은 대학 진학을 포기하고 마릴라 곁에 남기로 결심한다. 그때 앤의 말을 신지식 선생은 이렇게 번역했다.

"내가 퀸 학원을 졸업하고 나올 때는, 내 앞에 길이 똑바로 뚫려 있는 것처럼 생각되었어요. 몇 마일 앞까지도 뚫어 볼 수 있는 것처럼 말이죠. 그러나 지금은 굽어진 모퉁이에 온 거예요. 이 길이 굽어지고 나면, 그 끝에 무엇이 있는지 알 수는 없어요. 하지만 반드시 나는 좋은 것이 있으리라고 생각해요."

∾

• 『빨강 머리 앤』, 루시 모드 몽고메리 지음, 신지식 옮김, 창조사, 1987, 254쪽.

『빨강 머리 앤』의 번역자라는 사실을 떠나 신지식 선생은 그 자체로도 한국 문단에 의미 있는 인물이다. 그녀의 대표작 『하얀 길』은 1960~1970년대 베스트셀러였다. 한 일간지의 1973년 초 베스트셀러 목록에는 『하얀 길』이 1위, 이청준의 『별을 보여드립니다』가 2위, 최인훈의 『광장』이 3위에 올라 있다. 인터뷰를 하러 가기 전 신지식 선생 작품의 문학사적 의미가 궁금해 문학평론가 신수정 선생께 전화를 드렸더니, 이렇게 말씀해주셨다.

"내가 팁을 하나 줄게요. 김훈 선생한테 전화를 넣어봐. 김훈 선생이 신지식 소설에 대해 쓴 수필을 본 적이 있어. 재미있는 이야기가 나올 거야. 소년 김훈과 신지식에 얽힌."

전화를 받은 김훈은 예의 그 장중한 목소리로 소설의 한 장면을 읊 듯, 가난하고 짓밟히고 억눌렸던 60년대 초, 전쟁의 상흔이 아직도 남아 있고 탄피에 몽당연필을 끼워서 썼던 자신의 중학교 시절 이야기를 해주었다.

"그 시절엔 읽을 것이 없었어요. 나는 톰 소여와 허클베리 핀을 즐겨 읽었지요. 허크의 하수인 같은 톰보다는 허클베리 핀을 더 좋아했어요. 그 소설의 대척점에 신지식 선생의 소설이 있었어요. 『하얀 길』이라든가 『감이 익을 무렵』. 한없이 순정한 눈물 같은 이미지로 우리를 사로잡았죠. 우리 소년들은 신지식 소설 속 여학생들을 몽상 속 여자 친구, 애인으로 여기기도 했어요. 실제로 친구들이 모이면 신지식 소설 속 여주인공의 말과 행동에 대해 이야기하곤 했지요. 나는 아직도 그 구절이 기억이 나요. 정확하진 않지만. '진달래꽃이 피면, 나는 미화의 무덤에 가야 한다.'"

김훈이 읊은 구절은 신지식 단편 「아카시아」의 한 문장이다. 내가 그 얘기를 했더니 신지식 선생은 깔깔 웃으면서 "김훈이라는 작가가 내 소설을 좋아했단 이야기는 전해 들었어요. 그런데 한 번도 만나진 못했죠. 그 시절엔 워낙 읽을 게 없었으니까. 그이는 훌륭한 작가가 되지 않았어요?" 했다.

가슴을 앓는 창백한 소녀들이 등장하는 하얀 레이스 커튼 같은 소설. 인기와 함께 감상적이고 유치하다는 비판도 있었다. 신지식 선생은 깨끗하게 "지나치게 감상적이니까요. 내 세계가 그만큼 좁았던 모양이지요. 그래서 사람들이 『하얀 길』을 훌륭하다고 하면 내가 그렇게 창피한 거예요. 부모님과 떨어져 있던 기숙학교 시절 슬프고 외로울 때마다 일기장에 끄적인 글이었어요" 했다. 선생의 단정한 자기성찰과 반성에 나는 감탄하였다.

선생은 푸르스름한 무늬가 있는 흰 찻잔에 끊임없이 가루 녹차를 우려내주었고, 파운드 케이크를 잘라주었으며, 인터뷰를 마치고 나올 땐 한과를 먹으라고 챙겨주셨다. 녹취록을 정리하며 나는 이 이야기를 빨리 글로 쓰고 싶어서 몸이 달 지경이었다. 200자 원고지로 40매도 쓸 수 있을 것 같았던 기사. 신지식 선생의 기사를 쓰면서 누군가를 인터뷰하고 싶어서 가슴이 설렜던, 신참 기자 시절이 계속 떠올랐다. 연차가 좀 되었다고 기계적으로 일하고 있던 내게 그때의 설렘을 다시 가져다주셔서, 『빨강 머리 앤』을 번역해주셔서, 인터뷰에 응해주셔서, 무엇보다도 건강하게 살아 계셔주셔서, 신지식 선생에게 참 고맙다고 생각했다.

다시 한번 '책의 힘'에 대해 생각했다. 한 권의 책이 가져다주는 인연에 대해. 외할머니뻘의 이 작가를 만나게 되리라곤, 열 살 무렵의 곽아람은 상상도 못 했겠지. 용돈을 털어서 산 그 창조사의 열 권짜리 『빨강 머리 앤』. 진주에서 가장 큰 서점도 한 질을 다 갖추고 있지 않아서 시내 서점을 이 잡듯 뒤져 겨우 아홉 권을 샀지만, 결국 새 신부가 된 앤을 그린 6권 『앤의 꿈의 집』은 구하지 못했다. 갖고 싶어 발을 동동 굴렀던 6권은 언젠가 추석인지 설날인지, 설 명절을 쇠러 서울에 올라왔다가 큰집이 있었던 아파트 상가 서점에서 구했다. 그렇게 어렵게 6권을 구했던 그 아파트에, 신지식 선생이 살고 계셨다. 무려 35년 전부터. 20여 년 전의 내가 그 아파트 상가 서점에서 그토록 찾아 헤매던 『앤의 꿈의 집』을 손에 넣고 탄성을 질렀을 때도, 신 선생은 그 아파트에 계셨겠지. 이 인연이란 무엇일까, 거듭 생각했다.

〰

그로부터 꼭 6년 후인 2020년 3월 18일, 나는 일기의 첫머리에 이런 문장을 쓴다.

"오늘은 교토 마블로 아침을 먹고 싶었다."

전날 저녁 주문해 새벽에 배송된 교토 마블 식빵과 우유 한 잔으로 아침을 차려 먹으며, 못내 목이 메었다. 교토 마블은 내게 신지식 선생님의 빵.

"내가 이걸 사 오려고 오늘 아침 비를 좀 맞았다고. 손으로 쫙쫙 찢어 먹는 식빵이야. 메이플 시럽이 발라져 있는 게 제일 맛있어."

2017년 8월 마지막으로 얼굴을 뵀을 때, 신지식 선생은 교토 마블 한 상자를 손에 쥐여주셨다. 미국 연수를 다녀온 직후였던 나는, 『빨강 머리 앤』의 배경인 캐나다 프린스에드워드섬에서 사 온 기념품들과 편지를 선생께 부쳤다. 선생은 편지를 받자마자 내게 바로 전화를 걸어와 밥을 먹자 하셨다.

"안 그래도 신문에 곽 기자 기사가 나오지 않아 어디가 아픈가 걱정했잖아. 아는 사람 통해 알아보니 미국에 공부하러 갔다 하더라고."

아, 내가 걱정을 끼쳤구나, 나의 무심함이 죄송스러웠다.

프린스에드워드섬과 루시 모드 몽고메리 Lucy Maud Montgomery, 1874~1942 이야기를 실컷 했던 그날 점심에 선생은 도미 머리 조림을 사주셨다. 후식으로 먹은 팥빙수 값을 내가 계산하자 "'신 선생 풀 스칼라십'인데 왜 돈을 내냐"며 역정을 내셨다. "혼자 사는 사람 처지는 혼자 사는 사

람이 안다"며 백화점 지하 식품매장으로 나를 굳이 끌고 가 유부초밥
과 샐러드를 사서 들려 보내셨다. 그 어깨를 안아드렸던가. 지하철역
입구에서 나를 배웅해주던 자그마한 노인의 그림자가 계속 기억에 남
는다.

2018년 초 『바람과 함께 사라지다』 문학 기행이 담긴 내 책 『바람과
함께, 스칼렛』을 보내드렸더니 그 작은 글씨의 책을 다 읽은 후 전화를
주셨다. "내가 대학생 때 6.25가 났어요. 전쟁이니 아무 데도 못 가고
집에서 세 권짜리 『바람과 함께 사라지다』를 다시 읽었어요. 미국 남북
전쟁을 떠올리면서" 하셨다. 그게 우리의 마지막 통화였다.

처음 선생을 인터뷰하고, 그 기사가 실린 신문과 함께 절판 아동 도
서 수집기인 『어릴 적 그 책』을 선생께 보냈던 때가 생각난다. 내가 진
주 출신이란 걸 기억하시고, 진주 음식 전문점에서 밥을 사주시며 선
생님은 "곽 기자 책을 읽고 훌륭한 일은 오랜 세월이 지나야 빛을 본다
는 걸 깨달았다" 하셨다. 젊은 날 귀찮아하며 아르바이트거리로 했던
계몽사 명작 전집 번역이 한 인간에게 이렇게 큰 영향을 줬다는 사실
이 새삼스러우며 고맙다고도 하셨다. "곽 기자를 보면 나 젊었을 때랑
많이 닮았어" 하시던 분, 내게, 아니 한국에 『빨강 머리 앤』을 알려주시
고 수많은 계몽사 세계 명작을 번역해주신 분, 그 선생님이 2020년 3월
12일 지병으로 세상을 뜨셨다. 아흔한 살이었다. 코로나 사태 때문에
조문객을 받는 것이 조심스러워 주변에 알리지 않고 가족끼리 조용히

장례를 치렀다고 했다.

"당신이 아무래도 '발자취'를 써야겠네. 이런 소식을 들었어."

선생님의 제자가 소셜 미디어에 올린 부고를 회사 선배가 보고 알려주었다. 장례가 끝난 지 사흘째 되는 날이었다. '발자취'란 우리 신문의 부고란 제목이다. 황망하기 그지없었지만 나는 기자이고, 부음 기사를 쓰는 것이 기자의 일이라 일단 일부터 했다. 가까웠던 취재원의 부고 기사를 쓰는 기자에게 동료들은 말한다. "잘 보내드려." 나의 선생님을, 최대한 잘 보내드리고 싶었다. 내가 할 수 있는 일은 그것밖에 없었으니까. 유족과 통화한 후, 6년 전 인터뷰 때처럼 김훈 선생께 전화를 드렸다. 비보를 전해 들은 그는 충격을 받은 듯 잠시 침묵하더니 "알려줘서 고마워요" 했다. 전화를 끊으려는 그를 내가 막아섰다.

"죄송하지만, 무언가 말씀을 해주셨으면 합니다. 죄송합니다."

나도 기자고, 그도 기자였기에, 내 업이 무엇이고 내가 어떤 말을 하는 것인지 그도 알았다. 30분 뒤에 다시 연락을 달라던 그는 10분 후 전화를 걸어와 "짤막한 원고를 적어보았는데 전화로 부를 테니 받아적을 수 있냐"고 했다. 카카오톡 같은 것이 없던 시절, 사건 현장에 있는 취재 기자가 내근자에게 전화로 기사를 '부르는' 일이 왕왕 있었다. 김훈은 불렀고, 나는 받아 적었다. 사수를 대하듯 했지만, 이번엔 내 기사를 위해서였다. 적은 후 다시 읽었다. "정확합니까?" 그는 그렇다 하더니 전화를 끊었다.

"신지식의 글들은 짓밟히고 배고팠던 내 소년 시절의 위안이었다. 신지식은 슬픔의 힘으로 슬픔을 위로했다. 내 소년 시절에는 신지식의 『하얀 길』과 마크 트웨인의 『허클베리 핀의 모험』이 있었다."

김훈의 조사弔辭를 담아 인터넷용 기사를 길게 쓰고, 신문용 기사를 짧게 고쳐 썼다. 일이 끝나고 나자 억지로 눌러두었던 슬픔이 몰려왔다. 우리 신문에서는 인물·동정 면에 등장하는 사람의 이름은 고딕체를 쓴다. 단 예외가 있다. 부고 기사의 이름만은 고딕체를 쓰지 않는다. 구내식당에서 혼자 밥을 입속에 욱여넣으며 신지식 선생님의 이름은 앞으로 영원히 고딕체가 될 수 없구나, 하며 울었다. 노인의 시간은 내 시간보다 훨씬 빠르게 흘러가는데, 내 몸 아프다는 핑계로 연락드리지 않았던 나의 무심함이 후회돼 가슴을 치며 울었다. 다시는 뵐 수 없다는 사실이 믿어지지 않아 울었다.

사무실 자리에 돌아왔는데 눈물이 그치지 않았다. 코로나 사태로 재택근무자가 많아 앞자리와 옆자리에 사람이 없는 게 다행이라 여기며 울었다. 울다가 정신 차려 일을 하고, 당직을 하고, 자정이 다 되어 귀가해 새벽 4시까지 거실에 앉아 깊이 흐느끼며 울었다. 울고 있는데 책장에서 뭔가 떨어져 머리를 가격했다. 통증도 통증이었지만 급습당한 셈이라 순간 공황에 빠졌는데, 머리를 때린 물건의 정체를 확인하고는 웃어야 할지, 울어야 할지…. 작년 내 생일에 친구가 제주도 여행을 다녀오며 사다 준 『빨강 머리 앤』 그림이었다.

다음 날은 바람이 거셌다. 책상 서랍에서 신지식 선생이 2014년 8월 샌프란시스코 동생 댁에서 여름을 지내며 내게 보냈던 엽서를 발견했다.

"아침 산책길에 작고 예쁜 열매 나무가 있는데 볼 때마다 아람 씨 생각합니다."

첫 문장을 읽으며 다시 울컥했다. 아무것도 버리지 못하는 나의 성격을 처음으로 다행스럽다 여기며 선생님과의 첫 만남이었던 그해 3월 18일의 인터뷰 녹음 파일을 찾아 들었다. 세 시간짜리라 다 듣지는 못했지만 찻잔이 달그락거리는 소리, 내 목소리, 선생님 목소리, 함께 나눈 이야기를 기록하는 나의 자판 두들기는 소리, 그 모든 소리들이 그때 그 순간을 생생하게 되살려주었다. 소리엔 여백이란 게 있어서 영상보다 낫구나, 생각했다. 눈을 감고 들려오는 소리를 가만히 듣고 있으면, 선생님의 모습을 또렷하게 그려볼 수 있었으니까.

그날 밤, 일을 하다가 문득 깨달았다. 선생님과 나는 친구였구나. 우리 사이에는 마흔아홉이라는 나이 차가 있지만, 그분은 나를 친구로 대해주셨구나. 나도 그러했구나. 어떻게 그러한 일이 가능했을까…. 『빨강 머리 앤』의 고향 프린스에드워드섬에서 사 온 기념품을 꺼내 보다가 그 섬의 붉은 해변을 나란히 걷는 앤과 다이애너의 뒷모습을 그린 엽서에 적힌 말을 읽고서 그 까닭을 알게 되었다.

"Kindred Spirits are not so scarce as I used to think. It's splendid to find out that there are so many of them in the world."

Kindred Spirits, 동류同類. 선생님과 나는 동류였던 것이다. 그런 사람들은 어쩔 수 없이 서로를 알아본다. 앤은 말한다. "동류란 내가 생각해왔던 것만큼 드물지 않아요. 세상에 그런 사람들이 얼마나 많은지를 찾아내는 건 멋진 일이에요." 그러니까 선생님을 뵙고 알게 된 건 정말 멋진 일…. 슬프고 허망하던 마음이 그나마 조금 정리되었다.

"신은 하늘에 계시고, 모든 것이 평안하도다."*

『빨강 머리 앤』의 마지막 구절을 나는 무척 좋아한다. 숙적 길버트 블라이스가 자신을 위해 애번리의 교사 자리를 양보해줬다는 걸 안 앤이, 길버트에게 감사를 표하고 화해하고 돌아오며 읊조리는 로버트 브라우닝의 시구다. 번민과 고뇌의 끝에서 마음의 결정을 내렸을 때, 나는 종종 이 말을 생각한다. 그러면 마음이 편해진다. '선생님은 프린스에드워드섬처럼 아름다운 하늘나라에, 앤과 다이애너, 그토록 그렸던 어머님과 함께 계실 거야. 모든 것이 평안해' 하고 몇 번 되뇌어보았다.

---

* 앞의 책. 256쪽. 원문은 다음과 같다. "God's in His Heaven, All's right with the world!"

마음속 격랑이 서서히 가라앉기 시작했다. 비로소 나는 선생님을 보내 드릴 수 있을 것 같았다.

일하는 여자의
눈물에 대해

『바람과 함께 사라지다』 스칼렛

『Gone with The wind』
Margaret Mitchell
Scribner, 2007

요가의 좋은 점은 다른 운동과는 달리 울면서 해도 남들 눈이 신경 쓰이지 않는다는 것이다. 내 설움 때문에 엉엉 울며 건성으로 아사나를 하더라도, 선생님도 다른 회원들도 '저 여자 깨달았나 보다' 할 것이므로. 그리하여 요가는 진정한 '치유'의 운동이라 할 수 있다.

힘든 하루를 보내고 퇴근 후 울면서 요가 하고 넷플릭스로 〈동백꽃 필 무렵〉을 연달아 세 편 보며 에너지 충전한 날, 〈말괄량이 캔디〉에 대한 동백(공효진)의 말을 듣고 통쾌함을 느꼈다.

"망할 년, 캔디 걔 진짜 웃기는 년 아니냐? 야, 외롭고 슬픈데 왜 안 울어. 걔 사이코패스 아니야?"

잘 우는 여자 동백을 용식(강하늘)이 〈말괄량이 캔디〉의 주제가인 "외로워도 슬퍼도~"를 부르며 달래는 장면에 나오는 이 대사는 '콜럼버스의 달걀' 같은 인식의 전환을 가져다주었다. 그러게, 외롭고 슬프면 울면 된다. 망할 캔디 년 따라 굳센 척하느라 몇십 년 힘들게 살았구나.

"회사에서 울어본 적 있어요?"

장류진 단편소설 「일의 기쁨과 슬픔」에서 주인공 안나에게, '거북이 알'이라는 닉네임을 쓰는 옆 회사 직원이 15년 만에 처음 회사에서 운 이야기를 털어놓으며 묻는다. 고개를 저었지만 안나는 나중에 독자들에게 고백한다. 사실 회사에서 울어본 적 있다고. 찰나의 순간만큼 짧게. 화장실 문을 발로 세게 걷어차던 순간 와락, 눈물이 났다고. '회사에서 울어본 적이 있는가'는 여자들에게 굉장히 미묘한 문제. '공적인 자리에서 우는 여자'로 낙인찍히는 순간 '남자들에게 어필하려 눈물을 이용한다' '프로답지 못하다' 등 갖은 구설에 오르며, 그러한 부정적 평가는 같은 여성들이 더 가혹하게 내리기 때문이다.

나 역시 회사에서 울어본 적이 있다. 크게 소리 내어 남들이 다 알도록 운 적은 없다. 「일의 기쁨과 슬픔」의 안나처럼 자리에 앉아 흐르는 눈물을 참지 못해 티슈로 찍어내며 잠깐. 그리고 대개는 퇴근길에 운다. 특히 기억나는 건 입사 6년 차 때쯤의 어느 겨울. 원하는 대로 인사가 나지 않아 마음이 무척 힘들었는데, 퇴근해 회사 문을 나서는 순간 울음보가 터졌다. 눈물범벅이 되어 회사 앞 비탈길을 달려 내려가는데 운 나쁘게도 회사 간부 한 분과 딱 마주쳐 민망했던 기억이 지금도 생생하다.

직장에서 우는 여자, 좋아하지 않았다. 세간에서 '여성성'이라 부르는 것을 무기로 삼다니 비겁하다 생각했다. '외로워도 슬퍼도 울지 않는' 캔디의 영향도 어느 정도 있었다. 동백이 이전에 이 생각을 바꿔준 건 회사의 여자 상사 한 분. 무슨 말 끝에 "저는 회사에서 우는 여자 정말 싫어요" 했더니 그분은 가볍게 미소 지으며 "울어도 돼" 하셨다. 회사에서 울어도 된다니, 그런 조언을 들어본 게 처음이라 "네? 울어도 돼요?" 하고 눈을 동그랗게 뜨고 물었더니 "응. 대신 크게 울어. 남들 다 보는 데서 '왕' 하고 울어야 해. 어떤 새끼가 너를 괴롭혔는지 모두가 알 수 있도록 크게 울라고." 이 역시 '콜럼버스의 달걀' 같은 인식 전환의 계기가 된 사건이었다.

가장 매혹적인 소설 속 여주인공으로 『바람과 함께 사라지다』의 스칼렛을 꼽고 싶은 건 여러 이유가 있지만, 무엇보다도 그녀가 '잘 우는 여자'이기 때문이다. 여자 작가가 쓴 소설 속 주인공은 대개 '먹물'인 작가 자신을 투영해 책 좋아하고 지적인 데다 생각이 복잡한데, 스칼렛은 다르다. 시쳇말로 얼굴에 '글'이 없고, 본능과 감정에 지극히 충실하다.

가정교사를 계속 두었고 2년간 인근 파이에트빌 여학교에 다니긴 했지만 그녀의 교육 수준은 지극히 얕았다. 그러나 이 지방에서 그녀만큼 우아하게 춤추는 아가씨는 없었다. 그녀는 알고 있었다. 어떻게 웃어야 보조개가 폭 파이며, 어떻게 비둘기처럼 안짱으로 걸어야 스커트의 넓은 후프가 황홀하게 흔들리는지, 어떻게 남자의 얼굴을 올려다보다가 눈을 내리깔고 빠르게 깜빡이면 미묘한 감정으로 떨고 있는 것처럼 보이는지…. 그녀가 배운 것 중 가장 중요한 것은 아기처럼 달콤하고 무해한 얼굴 아래의 날카로운 두뇌 회전을 어떻게 남자들로부터 숨기는가 하는 것이었다.*

초등학교 6학년 때 처음 이 구절을 읽었을 땐 '뭐 이런 여자가 다 있나' 싶었다. 지덕체智德體를 강조하는 보수적인 교육을 받은 90년대 초반의 열세 살짜리 눈에 스칼렛은 지성과 덕성 따위는 없는 문란한 여자처럼 보였다. 진심으로 스칼렛을 좋아하게 된 것은 30대 후반에 이르러서부터. '똑똑한 여자'보다 '매력적인 여자'가 되고 싶었고, 솔직하게 감정을 드러내는 것이 결코 쉬운 일이 아니라는 걸 깨닫게 되었기 때문이다. 숨김없이 제 속을 보여준 대가로 입게 될 상처를 감내할 수 있는 사람만이 감정에 솔직할 수 있다.

스칼렛을 너무나 좋아해서, 2016년 미국으로 회사 연수를 가면서

---

* 이 글의 인용문은 모두 지은이가 번역했다.

꼭 가고 싶은 여행지로 『바람과 함께 사라지다』의 배경인 애틀랜타를 꼽았다. 2016년 12월에 마침내 친구와 함께 『바람과 함께 사라지다』를 쓴 마거릿 미첼^{Margaret Mitchell, 1900~49} 기념관이 있는 애틀랜타와 '스칼렛의 남자' 레트 버틀러의 고향 찰스턴, 소설 속 농장인 타라의 배경으로 알려진 존스보로를 중심으로 기행을 했고, 이듬해 1월에 혼자서 스칼렛의 어머니 엘렌이 어릴 적에 살았던 서배너까지 다녀옴으로써 기행을 마무리했다. 그 기행을 심지어 『바람과 함께, 스칼렛』이라는 책에 쓰기도 했으니 나야말로 진정한 '스칼렛 덕후'인 셈이다.

　앞서 말한 것처럼 스칼렛은 잘 운다. 남자의 마음을 사로잡기 위한 계산속으로 눈물을 흘릴 때도 있지만 원래 감정을 속이지 못하므로 운다. 짝사랑하던 옆집 남자 애슐리 윌크스가 예쁠 것도 없고 몸매는 어린아이처럼 밋밋한 사촌 멜라니와 결혼한다는 소식을 들었을 때도 아버지 앞에서 어린아이처럼 울었다. 홧김에 멜라니의 오빠인 찰스와 결혼하고 아들까지 낳고 나선 남북전쟁에 참전한 찰스가 전사해 과부가 되었다는 사실을 알았을 때도 남편의 죽음이 슬퍼서가 아니라, 자신의 바보 같은 선택을 되돌릴 수 없다는 걸 깨닫고 운다.
　보수적인 19세기 미국 남부에서 양갓집 규수가 아무렇게나 감정을 드러내는 건 숙녀답지 못한 일이지만 스칼렛은 개의치 않는다. 울고 싶으면 울고, 소리 지르고 싶으면 소리 지르며, 좋아하는 남자에겐 좋아한다고 말한다. 대공황 시기인 1936년 출간된 이 책이 6개월 만에 밀리언셀러가 될 수 있었던 것은 스칼렛이라는 캐릭터의 독특한 매력 때문이리라. 대공황의 늪에 빠진 미국은 구습에 얽매이지 않는 진취적이고 정열적인 여성상을 필요로 했고, 그러한 시대 상황에 스칼렛은 꼭 맞는 인물이었던 것이다.

　　허기가 다시 그녀의 텅 빈 위장을 물어뜯자 그녀는 큰 소리로 외쳤다. "하느님께 맹세코, 하느님께 맹세코 양키들은 나를 이기지 못할 거야. 나는 이 모든 걸 이겨낼 거야. 그리고 이 고난이 끝나면, 나는 다시는 굶주리지 않을 거야. 나도 내 가족들도 다시는. 도둑질하고 살인을 해야만 하더라도— 하느님께 맹세코, 나는 다시는 굶주리지 않을 거야."

전쟁의 와중에 배가 고파 밭에서 순무를 뽑아 먹으며 스칼렛이 내뱉는 이 말이 『바람과 함께 사라지다』의 핵심 메시지다. "다시는 배고프지 않을 것"이라는 스칼렛의 다짐은 대공황으로 곤궁함에 처한 미국인들의 결심이기도 했다. 출간 당시 책값이 3달러, 서민의 한 끼 식사 비용에 맞먹었지만 사람들은 이 책을 읽기 위해 서슴지 않고 지갑을

열었다. 마거릿 미첼은 1937년 이 책으로 퓰리처상을 받았고, 원작 소설은 1939년 비비안 리와 클라크 게이블 주연의 영화로도 만들어진다. 미국 영화 평론가 로저 애버트는 말한다. "〈바람과 함께 사라지다〉에서 벌어지는 가장 치열한 전투는 남군과 북군 사이에서가 아니라 스칼렛이 느끼는 욕망과 그녀의 허영심 사이에서 벌어진다."[*] 지극히 남성적인 관점에서 여성을 바라본 '허영심'이라는 단어에는 동의할 수 없지만, 어찌하였든 『바람과 함께 사라지다』는 스칼렛의 '전투'에 대한 이야기다. '잘 우는 여자' 스칼렛의 눈물이 가장 극적인 효과를 발휘한 것은 전쟁이 본격화돼 고향 타라가 북군에 점령되었다는 이야기를 들었을 때다.

"집에 갈래!" 그녀는 울부짖었고 목소리가 갈라지며 높이 올라가 비명을 지르다시피 했다. "집에 갈 거야! 나를 막을 수 없어요! 집에 갈 거라고! 어머니가 보고 싶어! 만약 나를 막으면 당신을 죽이겠어! 나는 집에 갈 거야!"

오랜 긴장에 굴복한 그녀의 얼굴에 공포와 히스테리의 눈물이 흘러내렸다. 그녀는 그의 가슴을 주먹으로 치며 다시 소리 질렀다. "갈 거야! 갈 거야! 걸어서라도!"

---

* 『위대한 영화』 1, 로저 애버트 지음, 윤철희 옮김, 을유문화사, 2019, 164쪽.

갑자기 그녀는 그의 품에 안겨 있었다. 젖은 뺨을 풀 먹인 그의 셔츠 주름에 댄 채, 여전히 주먹으로 그의 가슴을 치면서. 그의 손은 그녀의 헝클어진 머리를 부드럽게, 달래듯 어루만졌으며 어조도 부드러웠다. 아주 상냥하고, 아주 조용하고, 조롱의 기색이란 없어서 레트 버틀러의 목소리가 아니라 그녀에게 제라드를 떠올리게 해 위안을 주는 브랜디와 잎담배, 말馬 냄새가 나는 친절하고 강한 낯선 사람의 것 같았다.

"이런, 이런, 착하지." 그는 부드럽게 말했다. "울지 말아요. 집에 가게 될 거야, 용감한 꼬마 아가씨. 집에 가게 될 거야. 울지 말아요."

그리하여 스칼렛은 레트와 함께 마차를 끌고 아비규환의 불구덩이를 지나 애틀랜타에서 타라로 가는 엄청난 여정을 감행하게 되는 것이다. 소설에서나 영화에서나 가장 유명한 장면 중의 하나일 것이다.

∞

스칼렛은 또한 '일하는 여자'의 표본이기도 했다. 시대상의 한계이겠지만 소위 '고전'이라는 책에 등장하는 여자들 중에서 제대로 일하는 여자를 본 적이 없었는데, 스칼렛은 달랐다. 문학이나 미술에 대한 교양은 없지만 셈법에는 비상한 스칼렛은 전쟁 중 목재 장사가 돈이 된다는 걸 깨닫고 당시 '숙녀의 일'이 아니라 여겨졌던 그 일에 과감히 뛰어든다. 이는 20세기 초 '숙녀의 일'이 아니라 생각됐던 글쓰기를 업으로 삼은 미첼이 자신을 투영한 결과물인데, 21세기에도 '여자의 일'이라기엔 험하다는 인식이 박힌 기자 일을 직업으로 택한 나로서는 크게 공감할 수밖에 없었다.

엄마는 여러 번 말했다. "너는 일을 하게 되면서 지나치게 거칠어졌다"고. "나는 도저히 너처럼은 못 할 것 같다"고 하기도 했다. 우아하고 기품 있는 여성 엘렌의 딸인 스칼렛이 어머니와 비교해 너무나 천방지축 같은 자신을 마뜩잖아 하는 마음을 나는 이해할 수 있었다. 품위 있게 일하고 싶다고 생각하지만, 막상 일의 세계란 그렇지 않다. 이전투구는 일상. 때로는 악도 쓰고 냉혹하기도 해야 하는데, 그러다 보면 고상하게 키우고 싶어서 어린 딸이 라디오에서 흘러나오는 음악 소리에 맞춰 춤추는 것도 못 하게 했다는 아버지의 노력은 다 어디로 갔나, 싶어 무참한 기분이 들기도 한다. 그렇지만 어쩔 수 없다. 남부의 황금기에 농장 안주인이었던 엘렌의 삶과, 전쟁에 진 후 폐허 속에서 살아남아야 했던 딸 스칼렛의 삶이 다른 것처럼, 전업주부인 엄마와 일하는 여자인 나는 다른 환경에서 다른 시대를 살아가고 있는 거니까.

"스칼렛 오하라는 아름답지 않았다 Scarlett O'Hara was not beautiful"라는 첫 문장도 인상적이고 흔히 "내일은 내일의 태양이 뜬다"로 의역되는 "내일은 또다른 날이니까 tomorrow is another day"라는 소설 끝머리 스칼렛의 대사도 물론 좋지만, 내겐 폐허가 된 타라에서 아픈 동생들과 갓 해산한 멜라니까지 책임져야 했을 때의 스칼렛 내면을 묘사한 이 구절이 오래 기억에 남았다. 일터에서의 나 역시 약한 사람을 도무지 좋아할 수 없기 때문이다.

그녀는 눈앞에서 뒤척이는 동생들의 비쩍 마른 몰골을 바라보았다. 둘을 감싼 시트는 흘린 물로 검어졌고 축축해져 있었다. 그녀는 수엘렌이 싫었다. 그녀는 이제 그 사실을 명백하게 깨달았다. 한 번도 수엘렌을 좋아한 적이 없었다. 그렇다고 캐리인을 특별히 좋아한 것도 아니었다. 그녀는 누구든 약한 사람을 좋아할 수 없었다.

공적인 나와
사적인 나

『그리고 아무 말도 하지 않았다』 전혜린

『그리고 아무 말도 하지 않았다』

전혜린 지음

민서출판사, 1989

∞

영국 여왕 엘리자베스 2세의 이야기를 다룬 넷플릭스 드라마 〈더 크라운The Crown〉에서 가장 인상적인 부분은 시즌 1의 마지막 에피소드였다. 특히 아버지 조지 6세가 병으로 서거해 스물다섯 젊은 나이에 갑자기 왕위를 승계하게 된 공주 엘리자베스에게 할머니 메리 왕비가 하는 말이 기억에 남았다.

"Elizabeth Mountbatten. For she has now been replaced by another person, Elizabeth Regina. The two Elizabeths will frequently be in conflict with one another. The fact is, the Crown must win. Must always win."

엘리자베스 마운트배튼이란 여자가 이제 '엘리자베스 여왕'이라는 다른 사람으로 대체되기 때문에, 두 엘리자베스는 자주 갈등할 거야. 분명한 것은 왕좌가 이겨야만 한다는 거야. 언제나 꼭 이겨야만 해.

이제 사인私人 엘리자베스 마운트배튼과 공인公人 엘리자베스 여왕 사이에서 갈등하게 될 것이지만, 왕관이 항상 이겨야 한다는 것. 언제나 이겨야만 한다는 충고. 꼭 여왕뿐이랴. 일하는 사람이라면 누구나 공적 자아와 사적 자아 사이에서 갈등한다. 누구에게나 직장에서 쓰는 '가면'이 있을 것이다. 사회생활 초기엔 '사적 자아'가 '공적 자아'를 앞질러 튀어나와 힘들었지만, 19년 차에 접어든 요즘은 어떻게 사적 자아를 온전히 지키며 나답게 사느냐가 새로운 과제가 되었다. 유교적 의미의 수신修身은 공적 자아의 혹독한 단련을 의미하겠지만, 요즘 내게 있어서의 수신은 어떻게 하면 나답게 살 수 있느냐의 문제다.

엘리자베스 여왕이 30대 후반인 1964년부터, 50대 초반이자 즉위 25주년인 1977년까지의 행적을 담아낸 〈더 크라운〉 시즌 3에서 해럴드 윌슨 총리는 남들의 슬픔 앞에서는 물론이고, 자신의 슬픔과 기쁨에도 눈물 흘릴 줄 몰라 고민인 여왕에게 "리더에겐 적절한 쇼도 필요하다"며 충고한다.

"We can't be everything to everyone and still be true to ourselves."
모두를 만족시키는 동시에 자신에게 솔직할 순 없죠.

2020년 첫날 이 장면을 보면서 깨달았다. 내가 이 드라마를 좋아하는 건, 자신^{self}과 페르소나 간의 끊임없는 갈등을 보여주기 때문이라는 걸. 그 둘 사이를 어떻게 조화시킬 것인가, 바로 이것이 여왕의 고민이자, 또한 나의 고민이기도 하니까. 그리고 또 한 가지. 시즌 3으로 접어들어 여왕 역을 맡은 배우가 클레어 포이에서 올리비아 콜맨으로 바뀌었는데, 나보다 겨우 다섯 살 위인 콜맨의 늙은 얼굴을 보면서 '남들이 보는 40대 여자의 얼굴은 저런 것인가' 싶어 마음이 서늘해졌다. 마흔 줄에 접어들면서 가장 슬펐던 것은 육신의 노쇠함을 인정할 수밖에 없게 되었다는 거였다. 흰 머리가 부쩍 늘었고, 체력이 눈에 띄게 나빠졌다. 그리고 무엇보다도, 스스로에 대해 자신이 없어졌다.

즉 내가 미치도록 그것이 될 것을 원했던 것으로 되는 대신에 자기가 미처 생각지도 못했던 가장 의외의 방향으로 어느새 자기가 형성되어버린 것을 발견한다.

크게 보아서 내가 중학교 때 썼던 글 속에 있는 한 귀절 '절대로 평범해져서는 안 된다'라는 소망 겸 졸렌^{Sollen·당위}이라는 정반대의 사람으로 형성되어진 것 같다.

그 사실에 대해서 나는 때때로 스스로 경탄을 금치 못하고 있다.*

오래간만에 전혜린田惠麟, 1934~65 수필집 『그리고 아무 말도 하지 않았다』를 펼쳤다가, 이 구절에 공감하면서 한편으로 웃었다. 그녀가 이 글을 썼을 때는 겨우 스물아홉이었다. 나보다 열세 살 어린 나이. 그녀는 또 쓴다.

오랫동안 나이를 생각해보지 않았다. 지금 내 나이 29세, 그러니까 액년이다. 그러나 올해 나는 특별히 재앙이나 불행을 겪지 않고 지났다. 만성적 재앙으로 침체를 들 수 있을 뿐이다. 직업이나 모든 면에서 올해는 무발전의 해였다. (…) 이것이 곧 내가 삼십대 여인으로 되어가고 있는 징후일 것이다. 전과 비할 것 같으면 나 자신의 본질이나 현실이나 미래에 별로 강렬한 호기심이 안 일어나고, 말하자면 일종의 자기에 대한 권태기—어느 정도의 포만과 반복이 어떤 일에 있어서도 갖다 주는 탄력 상실의 시대. 이러한 징후는 확실히 이미 보이고 있다.**

1960년대 초반에 곧 서른을 맞이하는 여자의 심경이, 2020년대에 만 40대에 들어선 여자의 심정과 비슷한 것은, 왜일까. 현대의 우리가

- 『그리고 아무 말도 하지 않았다』, 「목마른 계절」, 전혜린 지음, 민서출판사, 1989, 113쪽.
- ** 위의 책, 108~109쪽.

60년 전 그들보다 젊게 살고 있기 때문인 것일까, 아니면 60년 전 그들이 현대의 우리들보다 성숙하기 때문인 것일까. 여하튼 평균수명은 늘어났고, 인생이란 더 불확실해졌으며, 청춘이라는 단어로 포장되던 불안의 시기는 중년까지 지속된다는 사실만은 분명하다.

서른두 살에 생을 버린 여자의 글을 마흔두 살의 첫 일요일에 읽으면서 미국 융 심리학 전문가 제임스 홀리스의 『내가 누군지도 모른 채 마흔이 되었다』의 몇몇 구절을 떠올렸다.

흔히들 '중년의 위기'midlife-crisis라고 하는 이 시기를 나는 '중간 항로'라 부르고 싶다. 이 시기에 우리는 삶을 재평가하고, 때로는 무섭지만 언제나 해방감을 주는 한 가지 질문 앞에 설 기회를 갖는다. '지금까지 살아온 모습과 맡아온 역할들을 빼고 나면, 나는 대체 누구인가?'[•]

40대에 접어든 사람들이 겪는 심리적 위기감에 대해 홀리스가 융의 견해를 빌려 정리한 것을 요약하자면, 한마디로 지금까지 사용하고 있던 페르소나, 즉 공적 자아의 유통기한이 다했다는 이야기다. 인생이란 딸로서의 나, 학생으로서의 나, 직장인으로서의 나 등 수많은 공적 자아를 구축해가는 과정인데, 태어난 지 40년쯤 되면 이미 충분히 개

• 『내가 누군지도 모른 채 마흔이 되었다』, 제임스 홀리스 지음, 김현철 옮김, 더퀘스트, 2018, 8쪽

성을 억누르고 있는 상태라 분노를 포함해 지금까지 억제하며 살았던 감정이 소위 '중간항로'를 거치는 동안 끊임없이 폭발한다는 것이다.

홀리스는 또 "마법이 존재한다 믿었던 유년기의 주술적 사고와, 무엇이든 될 수 있다 믿었던 사춘기의 영웅적 사고가 우리가 경험한 삶과 더 이상 일치하지 않는다면 당신은 중간항로에 들어온 것"이라고 말한다. 그리하여 중년은 '현실적 사고'와 관점을 갖게 되며 젊음의 오만함과 자신감으로 인한 문제를 해결하라는 요구를 받는다는 것이다.

이에 대해 전혜린은 이렇게 쓴다.

> 어릴 때 우리는 모두 초시간적이고 불사신이었다. 존재의 상처를 모르는 이상주의자였다. 성장한 뒤에도 어린 마음을 상실치 않는 이상주의자, 즉 영원한 유아는 현실과 부딪칠 때 늘 생사를 건 모험을 하게 된다. 키에르케고르는 말했다. "어린애로서, 즉 이데알리스트로 이 세상에 존재한다는 것은 지난한 일일뿐더러 종종 카타스트로프(피국)를 가져온다."•

전혜린은 '영원한 유아'이자 '이상주의자'였던 여자인가. 그에 대해서는 여러 논의가 있겠지만 어떤 부분은 과포되었고, 또 그만큼 폄훼

• 『그리고 아무 말도 하지 않았다』, 「홀로 걸어온 길」, 전혜린 지음, 민서출판사, 1989, 29쪽.

되었는데, 그녀가 여성이라는 사실이 어느 정도 영향을 미친 결과라고 생각한다. 여왕으로 떠받들렸던 여자가 한순간에 마녀사냥의 희생양이 되는 것은 동서고금을 막론하고 흔히 벌어지는 일이니까. 『문학소녀』를 쓴 김용언은, 한때 신화였다가 이후 부유한 철부지 문학소녀쯤으로 평가절하당한 전혜린에 대해 이야기하면서 그와 마찬가지로 부유한 철부지인 남성 작가들에게는 왜 같은 잣대를 적용하지 않느냐고 말하며 묻는다.

 전혜린을 부잣집 철부지 문학소녀의 전형으로 단정짓던 이들은 전혜린의 몇몇 유명한 구절들 외에 무엇을 더 알고 있는가? (…) 남들과 달라지겠다는 그 허영심이야말로 우리 모두가 성장해온 출발점 아닌가?[•]

전혜린의 글을 "1970년대에 태어난 여성들이 10대 초반 '문학소녀'의 정통 코스를 착실하게 밟아갈 때의 통과의례 같은 것"이라 정의한 김용언의 말처럼 1970년대의 끄트머리에 태어난 나 역시 전혜린을 읽

• 『문학소녀』, 김용언 지음, 반비, 2017, 18쪽

고, 동경하고, 폄훼하는 일련의 과정을 착실하게 거쳤다. 중학생 때 처음 읽은 『그리고 아무 말도 하지 않았다』는 '아스팔트 킨트'(아스팔트만 아는 도시의 아이들)라는 낯선 독일 단어를 알려주면서 동시에 뮌헨의 슈바빙 같은 장소가 풍기는 이국정서, 파우스트적인 인식욕에 대한 부러움과 동경을 안겨주었다. 특히 이 구절이 오래 기억에 남아서 노을을 볼 때면 나 역시 서늘한 유리창에 이마를 대고 울고 싶어졌다.

    노을이 새빨갛게 타는 내 방의 유리창에 얼굴을 대고 운 일이 있다. 너무나 광경이 아름다워서였다. 부산에서 고등학교 3학년 때였던 것 같다. 아니면 대학교 1학년 때 아무 이유도 없었다. 내가 살고 있다는 사실에 갑자기 울었고 그것은 아늑하고 따스한 기분이었다.

또 밤을 새고 공부하고 난 다음 날 새벽에 닭이 일제히 울 때 느꼈던 생생한 환희와 야생적인 즐거움도 잊을 수 없다. 머리가 증발하는, 그리고 혀에 이끼가 돋아나고 손이 얼음 같이 되는, 그리고 눈이 빛나는 환희의 순간이었다.

완벽하게 인식에 바쳐진 순간이었다. 이런 완전한 순간이 지금의 나에게는 없다. 그것을 다시 소유하고 싶다. 완전한 환희나, 절망, 무엇이든지 잡물이 섞이지 않은 순수한 것에 의해서 뒤흔들려보고 싶다. 뼈속까지, 그런 순간에 대해서 갈증을 느끼고 있다.＊

여고 때 단짝이었던 주혜와의 지적인 교류도 동경의 대상이었다. 빨강 머리 앤과 다이애너의 영원한 우정과 비슷하면서도 좀 더 '인텔리' 같았다는 데서 결이 달랐다. 전혜린은 '마음의 벗' 주혜와 매일 편지를 교환했고, 앙드레 지드의 『지상의 양식』을 읽고 그 속의 구절 "나타나엘이여, 우리는 비를 받아들이자"에 감동해 폭우 속을 우산 없이 걸어 다녔다고 말한다. 마르탱 뒤 가르의 『회색 노트』를 읽고 교환 일기 삼아 회색 노트를 썼다고 이야기한다. 둘은 같은 대학에 진학했다. 전혜린은 법조인이었던 아버지의 간곡한 권유와 "커트라인 높은 학교에 대한 우등생다운 유치한 무의식의 흥미"로 법대에 입학했고, 주혜는 소신대로 영문과에 입학한다. 법학에 흥미를 느끼지 못했던 전혜린은 주혜가 듣는 강의를 도강하며 영국 시인 오든이나 엘리엇에 대해 배웠다.

주혜 같은 벗을 갖고 싶다는 것. 그것이 소녀 시절 나의 열망이자 과제 중 하나였다. 실제로 그런 벗이 있었다. 앞의 글에서 이야기했지만, 중학교 3학년 때 만난 펜팔 친구 H와 나는 고교 시절 내내, 재수할 때까지 편지를 주고받았고, 지금은 둘 다 광화문에 있는 직장에 다닌다. "나는 평범한 소녀이지만, 항상 특별하려고 노력해." H의 첫 편지에 그런 구절이 있었다. 그녀 역시 전혜린의 영향을 받았던 것일까?

• 『그리고 아무 말도 하지 않았다』, 「목마른 계절」, 전혜린 지음, 민서출판사, 1989, 114-115쪽.

전혜린에 대한 폄훼는 주로 30대 때 이루어졌다. 나는 어느새 요절한 그녀보다 나이가 많아졌다. 직장 생활을 한 세월이 오래되고 현실 감각이라는 것이 생기면서 인식욕이라든가, 지적 욕구라든가 하는 것이 우습게 여겨졌다. 내가 발붙이고 있는 이곳이 가장 중요하기 때문에, 이곳에서 살아남아야 밥벌이를 할 수 있었으므로, 그녀가 말하는 그런 이상적 세계를 더는 아름답다 여길 수 없었다. 그건 곧 자기 부정과도 같은 것이었으므로. 나는 내가 있는 곳, 천상의 양식과는 거리가 먼 지상의 밥벌이의 세계, 진창과도 같은 곳, 손에 피를 묻히지 않을 수 없는 곳, 이곳을 긍정해야만 했다.

"부잣집 철부지 문학소녀"라는 멸칭이 무엇인지 안다. 나 역시 꽤나 오랫동안 그렇게 생각했었다. 동경이 질투로 바뀌는 건 순식간이었다. 일제강점기 시절에 관료였던 아버지로부터 금지옥엽으로 사랑받으며, 모두가 경제적으로 어려운 시기에도 "백러시아계의 양복점에서 꼭 소공녀가 입을 것 같은 레이스 원피스"를 사 입고, 3~4세 때부터 한글 책과 일본어 책을 전부 읽을 수 있도록 교육받으며 공부 외의 다른 일은 해본 적 없이 20대 초반에 유학을 가서 훗날 교수가 된 그녀에 대해 엷은 시기심을 느꼈다. 실은 나도 마찬가지로 혜택받은 온실 속 화초 중 하나였음에도 불구하고, 그녀가 받은 혜택과 나의 혜택은 차원이 다르다고 여기고 싶었던 것 같다.

"물질, 인간, 육체에 대한 경시와 정신, 관념, 지식에 대한 광적인 숭

배, 그리고 내 내부에서부터 그 두 세계의 완전한 분리는 그러니까 거의 영아기부터 내 속에서 싹트고 지금까지 나에게 붙어 있는 병인 것이다." 이와 같은 문장, 한때는 사랑하며 나도 닮고 싶었던 그 문장을 오랫동안 경멸했다.

∞

이제 나는 다시 책상 앞에 앉아 이 문장을 옮겨 적어본다.

> 먼 데에 대한 그리움Fernweh, 어디론지 멀리멀리 미지의 곳으로 가고 싶은 충동은 그때부터 내 마음 속에 싹튼 것 같다.*

어린 전혜린이 압록강으로 떠내려오는 뗏목을 보면서 느꼈다는 감정은 평생 그녀를 추동하고, 글을 쓰게 하는 원동력이 된다. 그 감정이 무엇인지 나는 안다. 그녀와는 달리 나는 어린 시절 떠돌아다니지 않고 안정적으로 한곳에 있었지만, 나를 가장 사랑해주시는 외할머니가 돌아가시면 어떡하나, 하는 슬픔이 치밀어 올라 부모님 몰래 눈물 흘리며 잠드는 어린아이였다. 기질적으로 서글픔을 타고나는 사람들이

---

* 『그리고 아무 말도 하지 않았다』, 「홀로 걸어온 길」, 전혜린 지음, 민서출판사, 1989, 27쪽.

있다. 그런 면에서 전혜린과 나는 동류라 느낀다. 물론 '먼 데에 대한 그리움'이라는 이 감정 역시 전혜린을 부정했던 시기에는 재수 없다 여겼다. 뮌헨에 대한 그녀의 향수도 '엘리트적 이국취미'이기에 말살해야만 하는 어떤 것처럼 생각했던 시절이었다.

돌이켜보면 30대 때는 또래의 그녀가 나보다 우월한 것 같아 조바심을 느꼈던 것일까. 40대가 되니 더 이상 30대의 전혜린을 질투할 이유가 없다. '그건 너의 삶, 이건 나의 삶, 모두에게는 각자의 삶의 무게가 있다'고 생각하게 되었기 때문인 것 같기도 하다.

다시 전혜린을 읽으며 "뮌헨의 시월이 그립다. 돌아온 지 2년째 되는 요즈음 웬일인지 자꾸 뮌헨의 가을이 생각난다"는 문장에 특히 공감한다. 회사 연수차 가 있었던 뉴욕 생활을 마감하고 돌아온 지 3년 반쯤 되는 나 역시 못 견디게 뉴욕이 그리우므로. 이 영민한 여자에게 1960년대 한국 사회가 얼마나 숨 막혔을까 싶기도 하다.

여자는 전체로 보아서 아직도 하인의 신분에 있다. 그 결과 여성은 자기로서 살려고 하지 않고 남성으로부터 이렇다고 정해진 자기를 인식하고 자기를 선택하도록 된다. 남자의 손에 쥐어진 경제적 특권, 남자의 사회적 가치, 결혼의 명예, 남자에 의존하는 것에서 얻는 효과, 이러한 모든 것이 여자들로 하여금 남자의 마음에 들도록 애쓰게 하고 있다.*

책의 첫 글 '회색의 포도葡萄와 레몬빛 가스등'에서 전혜린은 뮌헨에 처음 도착한 가을날을 회상하며 말한다. "영원한 물음 '당신은 어디에서부터 왔는가?Woher sind Sie?'에서 도망하고 싶었고 황색 비젼을 나는 쫓고 있었다"라고.

이 책에 가장 잘 어울리는 그림은 폴 고갱의 1897년작 〈우리는 어디서 왔고, 누구이며, 어디로 가는가〉라고 생각한다. 타히티라는 이국異國에서 수많은 타자와 마주치며 그에 대한 반작용으로 스스로를 숙고한 고갱과 뮌헨에서 외국인으로 살며 자신이 누구인가 오히려 더 묻게 되었던 전혜린이 닮아 있기 때문에. 결국 그녀는 보수적이고 늘 남의 눈을 의식해야만 했던 1960년대 한국 사회에서 드물게 온전한 자기 자신으로 살고 싶었던 여자, 그리하여 사회와 불화하고 목숨을 끊을 수밖에 없었던 존재가 아닐까.『내가 누군지도 모른 채 마흔이 되었다』에서 홀리스는 융의 '개성화individualization' 개념을 설명하면서 말한다.

융은 "선한 사람이 되기보다 온전한 사람이 되고 싶다"라고 말했다. 개성화는 우리가 스스로 온전하다고 생각하는 모습에 가까이 다가서는 데 필수 요소다.**

• 『그리고 아무 말도 하지 않았다』,「사치의 바벨탑」, 전혜린 지음, 민서출판사, 1989, 145쪽.
•• 『내가 누군지도 모른 채 마흔이 되었다』, 제임스 홀리스 지음, 김현철 옮김, 더퀘스트, 2018, 8~9쪽.

매 순간 흔들려도 매일 우아하게   149

선하기보다는 온전하고 싶은 40대의 나는, 서른을 앞둔 전혜린이 적은 문장을 소리 내어 읽어본다.

　　　　　서른이라는 어떤 한계선을 경계로 해서 무의식에서 의식으로 피동에서 능동의 세계로 들어가서 보다 열렬하게 일과 사람과 세계를 사랑하고 싶다. 밀폐된 내면에서의 자기 수련이 아니라 사회와 현실 속에서 옛날에 내가 가졌던 인식애와 순수와 정열을 던져놓고 싶다.

● 『그리고 아무 말도 하지 않았다』, 「목마른 계절」, 전혜린 지음, 민서출판사, 1989, 115쪽.

그러한 끌림,
그러한 열정,
그러한 떨림,
미도리

『상실의 시대』미도리

『상실의 시대』
무라카미 하루키 지음
유유정 옮김
문학사상사, 1993

연애를 할 때면 생각한다. '나는 나오코인가, 미도리인가.'

연인으로서의 여자를 '나오코'와 '미도리' 둘로 나눠 생각하게 된 것은 순전히 무라카미 하루키村上春樹, 1949~ 의 『상실의 시대』 때문이다. 하루키가 마흔 살에 쓴 소설로, 원제는 『노르웨이의 숲』이고, 민음사에서 2013년 『노르웨이의 숲』이라는 제목으로 새로 번역돼 나오기도 했지만, 책을 처음 읽었던 중학생 때 접했던 것이 문학사상사의 『상실의 시대』이므로 내게는 영원히 『상실의 시대』로 기억될 책이다.

우리로 치면 386세대인 1960년대 일본의 전공투 세대를 다룬 소설이지만 본질은 연애 이야기라 생각한다. 배경은 1968년 도쿄. 갓 대학에 들어간 주인공 와타나베가 또래 여자(나오코), 어린 여자(미도리), 나이 많은 여자(레이코) 등을 만나면서 자아를 찾아가는 이야기인데, 어떻게 보면 영웅호걸이 다양한 미인들과 운우지정雲雨之情을 나누며 성장해가는 무협소설의 구도와도 비슷하다고나 할까. 요즘 많이 이야기

되고 있는 여성주의의 관점과는 지극히 어긋나는 소설일 것이고, 나 역시 책을 처음 읽은 10대 때는 와타나베가 너무 많은 여자와 잠자리를 하는 데다가, 그 과정이 상세하게 묘사된 것을 보고 '이렇게 야한 책이 다 있나', 기겁하기도 했다.

비로소 이 소설이 사랑스러워 보인 건 마흔 즈음이었다. 여자를 잘 모르고 사랑에 서툴며 자기감정에도 미숙한 스무 살 무렵의 어린 남자를 너그러이 이해할 수 있게 되었기 때문이다. 『하루키와 노르웨이 숲을 걷다(개정판 제목은 '어디까지나 개인적인')』를 쓴 임경선 작가가 인스타그램에 "1인칭 남성 화자가 쓴 소설을 좋아하는데, 남자의 속내, 연애하는 남자의 여린 속내를 알 수 있어서다. 하루키 책이 그렇다"라는 요지의 글을 올린 적이 있는데, 그 말에 100퍼센트 동의했다.

소설은 서른일곱 살의 와타나베가 함부르크 공항에 착륙하는 비행기 안에서 비틀스의 〈노르웨이의 숲〉이 흘러나오는 것을 들으며 과거를 회상하는 것으로 시작한다. 내가 무척 좋아하는 구절이 회상의 첫머리에 나온다.

기억이란 건 아무래도 이상한 것이다. 거기에 실제로 내가 있었을 때는 나는 그런 풍경에 거의 주의를 기울이지 않았었다. 특별히 인상적인 풍경이라는 느낌도 없었고, 18년 후에 그 풍경을 상세하게 기억하리라고는 생각조차 못 했었다. 정직하게 말해서 그때의 나에겐 그런 풍경 따위는 아무래도 좋았던 것이다.

　나는 나 자신에 대해 생각했으며, 그때 내 곁을 나란히 걷고 있던 아름다운 한 여인에 대해 생각했고, 나와 그녀에 대해 생각했다. 그리고 다시 나 자신에 대해 생각했다. 그것은 무엇을 보든, 무엇을 느끼든, 무엇을 생각하든, 결국 모든 것은 부메랑처럼 자기 자신에게로 되돌아온다는 그런 나이였던 것이다.

　게다가 나는 사랑을 하고 있었고, 그 사랑은 몹시 복잡한 곳으로 나를 끌어들이고 있었다. 주위의 풍경에 마음을 쏟을 여유 같은 건 어디에도 없었던 것이다.*

　와타나베가 사랑에 빠진 "아름다운 한 여인"이란 자살한 고향 친구 기즈키의 애인이었던 나오코. 고등학교 2학년 때부터 알던 사이인 와타나베와 나오코는 도쿄로 진학하게 되면서 다시 만난다. "조그맣고 차가운 손, 산뜻한 촉감의 곧고 깨끗한 머리칼, 부드럽고 동그란 모양의 귓볼"에 겨울이면 고상한 카멜 코트를 걸치고 다니며 언제나 상대의 눈을 물끄러미 들여다보면서 질문하는 버릇, 게다가 이따금 무슨 영문인지 떨리는 듯한 목소리…. 차분하면서 말 없고, 가녀리면서 병약한 데다가 시들어가는 식물을 닮은 나오코를 오랫동안 동경했다.

---

* 『상실의 시대』, 무라카미 하루키 지음, 유유정 옮김, 문학사상사, 1993, 25쪽.

「마지막 잎새」의 병든 주인공 같은 약하디 약한 여자가 멋있고 문학적이라 생각했던 시절, '어쩐지 안쓰러운 여자'여야만 사랑받을 수 있다 생각했던 어린 날의 일이다. 스스로의 정서적 건강함에 대해 자신감이 없었기 때문에 더 그랬는지도 모르겠다.

∾

"네가 나오코라고? 넌 그냥 미도리야. 아무 생각 없이 말하는 게 딱 미도리."

그는 '나오코'와 나를 동일시해왔던 오랜 시간이 무참하게도, 나를 '미도리'라 불렀다. 『상실의 시대』를 줄줄 외다시피 하는 하루키 팬의 말이라 할 말이 없었다. 고상한 나오코가 아니라 말괄량이 미도리라니! 실망스럽기도 했지만 한편으로는 '이 남자에게 나는 건강한 여자구나' 싶어 다행이다 느껴지기도 했다. 미도리에 대해 다시 생각하게 된 건 순전히 그와 사귀었기 때문이다. 하루키를 그다지 좋아하지 않으면서도 『상실의 시대』만은 여러 번 읽은 것도 그의 영향이었다.

미도리는 와타나베의 대학 후배로, 연극사 Ⅱ 수업에서 에우리피데스에 대한 강의를 듣고 나와 혼자 식사를 하고 있는 와타나베에게 먼저 말을 걸어온다. 와타나베는 묘사한다. "머리가 굉장히 짧은 여자아이인데, 짙은 선글라스를 끼고 하얀 면직 미니 원피스를 입고 있었다."

짧은 머리, 짧은 스커트, 곧고 긴 다리, 활달한 성격. '미도리綠·녹색'라는 이름과는 달리 초록색이 어울리지 않는 여자다.

미도리와 가까워진 와타나베가 그녀의 집 옥상에서 맥주를 마시며 불구경을 하다가 입맞춤하는 장면을 나는 무척 좋아하는데, 그 장면에 여린 낭만성과 평온한 우수가 깃들어 있어서다. 와타나베가 나오코를 만날 때와는 다른 어떤 굳건함.

내가 그녀의 눈을 보자, 그녀도 내 눈을 보았다. 나는 그녀의 어깨를 끌어안고, 입맞춤을 했다. 그녀는 아주 약간만 으쓱 어깨를 움직였으나, 이내 다시 몸의 힘을 빼고 눈을 감았다. 5초 아니면 6초, 우리는 가만히 입술을 맞추고 있었다. 초가을의 태양이 그녀의 뺨 위에 속눈썹 그림자를 드리우고, 그것이 가늘게 떨리고 있는 것이 보였다. 그것은 부드럽고 평온하고, 그리고 어디로 간다는 목표도 없는 입맞춤이었다.*

이 장면과 함께 소설에서 가장 유명한 장면은 아마도 '봄날의 곰' 에 피소드. 품에 안긴 채 "기분이 좋아질 만한 말을 해달라"는 미도리에게 와타나베가 귀여운 고백을 하는 바로 그 장면이다.

---

* 위의 책, 144쪽.

ᐱ   "너무 사랑스러워, 미도리" 하고 나는 고쳐 말했다. "너무라니 얼마만큼?"

"산이 무너져 바다가 메워질 만큼 사랑스러워." 미도리는 얼굴을 들고 나를 보았다. "자긴 정말 표현이 유니크해요."

"네게서 그런 말을 들으니 흐뭇한데" 하고 나는 웃으며 말했다. "더 멋진 말 해줘요."

"네가 너무 좋아, 미도리." "얼마만큼 좋아?"

"봄철의 곰만큼." "봄철의 곰?" 하고 미도리는 또 얼굴을 들었다. "그 게 무슨 말이야, 봄철의 곰이라니?"

"봄철의 들판을 네가 혼자 거닐고 있으면 말이지, 저쪽에서 벨벳같이 털결이 곱고 눈이 똘망똘망한 새끼곰이 다가오는 거야. 그리고 네게 이러는 거야. '안녕하세요, 아가씨. 나와 함께 뒹굴기 안 하겠어요?' 하고. 그래서 너와 새끼곰은 부둥켜안고 클로버가 무성한 언덕을 데굴데굴 구르면서 온종일 노는 거야, 그거 참 멋지지?" "정말 멋져."

"그만큼 네가 좋아." ᐧ

'봄날의 곰처럼 네가 좋다'는 사랑스러운 고백을 해놓고도 '나쁜 남자'(라기보다는 '어린 남자') 와타나베는 나오코와 미도리 사이에서 갈

ᐧ   위의 책, 376쪽.

팡질팡한다. 본인도 자신의 마음을 잘 모르지만, 독자들까지 헷갈리게 하므로 책을 읽은 사람들이 가장 많이 하는 논쟁 중 하나는 '와타나베가 정말 사랑한 여자는 나오코인가, 미도리인가'. 좀 더 어릴 적의 나는 첫사랑 나오코의 편을 들어주었지만, 나이가 든 요즘은 미도리의 손을 들어주고 싶다. 사랑에는 여러 빛깔이 있고, 동시에 둘을 사랑하는 것도 물론 가능하다. 하지만 와타나베가 나오코에게 느낀 감정은 '사랑'이라기보다는 병약해서 요양원에 입원해 있는 그녀에 대한 안쓰러움, 고향과 유년에 대한 아련한 그리움과 애상 같은 것 아니었을까 생각한다.

나오코의 요양원 동료인 레이코 여사에게 쓴 편지에서 와타나베는 고백한다.

✐   나는 나오코를 사랑해왔고, 지금도 역시 변함없이 사랑하고 있습니다. 하지만 미도리와 나 사이에 존재하는 것은 무엇인가 결정적인 것입니다. 그리고 나는 그 힘에 저항하지 못하고 이대로 자꾸자꾸 저 끝까지 떠밀려 가버릴 것만 같은 기분입니다. 내가 나오코에 대해 느끼는 것은 무섭게 조용하고 부드럽고 맑은 애정이지만, 미도리에 대해서 전혀 다른 종류의 감정을 느끼는 것입니다. 그것은 서서 걸어가고, 호흡을 하고, 고동치고 있는 것입니다. 그리고 그것은 나를 뒤흔듭니다. 저는 어찌할 바를 모르고 몹시 혼란되어 있습니다.*

그리고 열아홉 살 연상의 '성숙한 여자' 레이코는 답한다. "사람을 사랑한다는 것은 멋진 일이고, 그 애정이 성실한 것이라면 누구도 미궁 속에 내동댕이쳐지지는 않아요. 자신을 가져요."

∾

오랫동안 하루키를 좋아하지 않았다. 하루키를 무척 좋아하는 사촌 언니가 "하루키를 읽고 있으면 따스한 물이 차 있는 욕조 속에 목까지 담그고 있는 것 같은 기분이 든다"고 했지만 이해할 수 없었다. 지나치게 도회적이라 거리감이 느껴졌다. 맥주를 마시고, 달리기를 하고, 재즈를 듣는 그런 서구적인 세련됨을 많은 사람들이 좋아했지만 지방 출신으로 그런 문화적 세례를 받아본 적이 없는 나는 오히려 그 점이 불편했다. 마을버스비 300원을 아끼려 걸어다니며, 교내에서 가장 값이 싼 학생회관 밥만 먹던 대학 시절, 서울 강남 출신인 친구들이 "주말에 부모님과 함께 TGI 프라이데이스에서 티본스테이크를 먹었어"라고 말할 때 느꼈던 그런 거리감이랄까.

하루키를 비로소 이해하게 된 건 2015년 여름. 하루키 '덕후' 스물다섯 명과 함께 하루키가 유년기와 청소년기를 보낸 일본 교토, 니시

• 위의 책, 428쪽

노미야, 아시야, 고베 일대를 탐방하는 취재를 가게 되면서다. 내가 책을 좋아하니 당연히 하루키도 좋아할 거라 믿은 부장의 지시에 의해서 딱히 내키지 않지만 가게 된 출장이었다. 그러나 그 출장 덕에 도쿄 출신이라 생각했던 하루키가 '일본의 경상도'인 간사이 출신이라는 걸 알게 되었고, 하루키의 세련됨이 지방 출신의 고급문화에 대한 동경일 수도 있겠다 깨닫게 되었으며, 그 역시 대학에 오면서 고향을 떠났다는 걸 알게 되면서 비로소 나와 그의 공통점을 찾아 친근감을 느끼게 되었다.[*]

대학에서 학생들에게 시를 가르쳤던 아버지는 언젠가 이렇게 말해주었다. 시인이란 대개 고향을 떠난 사람이라고. 그리운 마음이 노래가 되는 거라고. 나는 왜 『색채가 없는 다자키 쓰쿠루와 그가 순례를 떠난 해』를 비롯한 하루키 작품 속 인물들은 끊임없이 고향의 이상적인 세계를 갈망하는지 알게 되었다. 고향을 그리는 마음이 "바람의 노래"가 되었던 것이다.

∽

---

[*] 어느 '하루키 덕후'는 나의 이러한 깨달음에 대해 "하루키의 고향인 고베는 교토와 쌍벽을 이룰 만큼 부유하고 우아한 도시이며 미군들이 들락거리는 항구가 있던 곳이다. 하루키의 세련된 이국 취향은 고베 출신인 데다 어릴 때부터 재즈 음악과 영미문학을 탐독한 데다 고등학교 때부터 열정적으로 연애한 덕에 길러진 것이지 도쿄에 대한 동경 때문은 아니다"라는 의견을 제시했다.

미도리에게 끌리지만, 나오코에 대한 의리 때문에 섣불리 관계를 진전시키지 못하는 와타나베에게, 미도리는 "기다려주겠다"며 말한다. "난 살아 있는 피가 흐르는 여자예요. 그런 내가 자기에게 안기어 자기를 좋아한다고 고백하고 있는 거예요."

미도리를 좋아하는 건 바로 이런 지점 때문이다. 상처받을 걸 뻔히 알면서도 한 발짝 더 나아가는 대담함, 내숭 떨지 않는 솔직함, 좋아하는 남자를 쟁취하려 나서는 용감함. 가수 요조와의 교환 일기 『여자로 살아가는 우리들에게』에서 작가 임경선은, 줄리언 반스가 『연애의 기억』 첫머리에서 던지는 이 질문을 자기 자신에게 던지면서 독자들에게도 묻는다.

"사랑을 더 하고 더 괴로워하겠는가, 아니면 사랑을 덜 하고 덜 괴로워하겠는가? 그게 단 하나의 진짜 질문이다라고 나는, 결국, 생각한다."

하루키를 무척 좋아해 그런 글을 쓰고 싶어서 작가가 되었다는 임경선은, "고통이 동반되지 않는 기쁨에 깨작대느니 고통이 동반되더라도 끝내 원하는 걸 가지는 기쁨을 누리고 싶어"라고 말한다. 나는 어떤 쪽이냐 하면, 그와 마찬가지로 사랑을 더 하고 더 괴로워하는 걸 택하겠다. 그 결과로 상처받고 울부짖게 되더라도, 미적거리다가 그 순간을 놓쳐버리는 건 너무 아까우니까. 용감하게 와타나베에게 다가가는 미도리처럼, 매 순간 감정에 충실하고 싶다. 관계의 득실이나 결과를 계산하기보다는 그저 이 순간이 좋으면 된다고 생각한다. 그러한 끌림, 그러한 열정, 그러한 떨림 같은 것이 언제나 쉽게 찾아오지 않는다는 걸 깨달은 나이가 되었기 때문에. 또한 열정이 만든 상처는 아프지만 때로는 삶의 자양분이 되기도 한다는 걸 알고 있으므로. 다만 미도리와 나 사이엔 한 가지 큰 차이점이 있으니, 그녀와 달리 내겐 녹색이 썩 잘 어울린다는 사실이다.

소설은 나오코가 자살한 후 괴로워하던 와타나베가 오랜 방황을 끝내고 미도리에게 전화를 거는 것으로 끝난다. "온 세상에서 너 외에 원하는 게 아무것도 없다. 너와 만나 이야기하고 싶다. 모든 걸 너와 둘이서 처음부터 시작하고 싶다"고 말하는 와타나베에게 "온 세계의 가랑비가 온 세계의 잔디에 내리고 있는 것 같은 침묵"을 이어나가던 미도리는 마침내 조용한 목소리로 묻는다.

"당신, 지금 어디 있어요?"

명심해,
나는 사랑에
미칠 줄 아는 여자야

『폭풍의 언덕』캐서린

『폭풍의 언덕』
에밀리 브론테 지음
김종길 옮김
민음사, 2018

연애는 '자, 이제부터 시작합시다' 해서 한다기보다 대책 없이 상대에게 푹 빠지는 거잖아. 그러면 이게 좋은 연애인지 나쁜 연애인지, 내가 이득을 볼지 손해를 볼지 애초에 가늠할 수가 없어. 사랑은 그냥 빠져버리는 것이니까. 행여 나에게 유리하거나 유익한, 절대 상처 줄 일이 없는, 그런 '좋은 연애'를 구하고 있는 사람에겐 '사랑에 푹 빠져버리는 사고'는 아마도 일어나지 않을 거다.*

최근 읽은 연애에 대한 글 중 가장 마음에 드는 건 이 구절이다. 가수 요조와의 교환 일기 『여자로 살아가는 우리들에게』에서 작가 임경선이 연애에 대해 말하는 부분. '사랑하라, 한 번도 상처받지 않은 것처럼'이라는 명구가 떠오르는 이 문장들이야말로 40대의 연애에 가장 잘

---

* 『여자로 살아가는 우리들에게』, 요조·임경선 지음, 문학동네, 2019, 180쪽.

어울리는 말이라 생각한다. 20대 때와는 달리, 30대 이후의 사랑엔 대개 옛 연애의 결과물인 망령과 상처들이 따라붙게 마련이지만, 40대의 연륜이란 30대와는 또 달라서 과거의 상처에 발목을 잡히기보다는 그런 것쯤은 잊고 '오늘이 마지막인 것처럼' 사랑에 몰두할 수 있기 때문이다.

마흔은 안다. 설렘과 몰입과 열정의 순간이라는 것이 지극히 귀하고 드물어 소중하다는 걸. 머뭇대고 미적댈 시간이 없다는 걸. 기쁨을 온전히 누려야 한다는 것을. 결혼이 인생 과제처럼 여겨지는 30대 때야 사랑을 앞에 두고 계산도 하지만, 마흔이 넘어가면 오히려 여유와 관록이 생겨 셈 따위는 하지 않게 된다. 결혼이야 어차피 늦었고, 필수도 아니라는 것도 깨닫게 된 나이, 그저 사랑이면 충분한 것이다.

물론 손원평 장편소설 『프리즘』의 이 구절도 잊지 않는다.

상대가 마냥 우주 전체인 것만 같은 달콤함은 통상 한두 달가량 지속된다. 그러다 석 달쯤 접어들 무렵, 두 사람이 서로를 마주 보게 되는 단계가 찾아온다. 우주의 시대가 차츰 저물면서 일상이 책갈피처럼 딸려 들어온다. 그러다 갑자기 현실이라는 단어가 야비한 강도처럼 두 연인을 습격하는 것이다.[*]

* 『프리즘』, 손원평 지음, 은행나무, 2020, 63쪽.

그렇지만 20~30대 때의 연애보다 마흔의 연애에서 일상은 더 느리게 습격한다. 석 달? 반년은 걸리는 것 같다. 사랑의 주체가 나이 들었기 때문에 '우주'도 나이를 먹어 천천히 저무는 것일지도.

∽

에밀리 브론테의 『폭풍의 언덕』을 다시 읽은 건 순전히 미우라 아야코의 『빙점』 때문이다. 『빙점』의 주인공 요코는 무더운 일요일, 서늘한 숲속의 나무 그루터기에 걸터앉아 『폭풍의 언덕』을 읽으며 부모로부터 버림받은 히스클리프와 입양아인 자신을 동일시한다.

　요코는 히스클리프가 부러웠다. 죽은 애인의 무덤을 파헤치고 그후에도 여전히 애인의 모습을 그리워하는 히스클리프야말로 '무엇과도 바꿀 수 없는 존재'를 가진 인간이었다고 요코는 부러워했다.
'그러나 그는 캐서린에게 무엇과도 바꿀 수 없는 존재가 아니었어.'
　요코는 책에서 얼굴을 든 채 생각에 잠겨 있었다.
'사랑을 한다면 나도 이렇게 뜨겁게 진실한 사랑을 하고 싶다.'●

● 『빙점』, 미우라 아야코 지음, 최현 옮김, 범우사, 1990, 347쪽.

코로나 바이러스 때문에 마음껏 봄날을 즐기지 못하고 집에만 콕 박혀 있던 화창한 4월, 식탁 앞에 앉아 『폭풍의 언덕』을 다시 읽었다. 봄이면 찾아오는 한껏 달뜬 기운을 야외에서 누리는 대신 책을 읽으며 느꼈다. '이런 이야기였던가.' 세계 명작 중 한 권이라 필수 교양 삼아 읽었던 10대 때는 미처 감지하지 못했던 열정과 광기 어린 사랑에 책장을 넘기는 손끝이 달아올랐다. 요코와는 달리 나는 히스클리프보다 여주인공 캐서린의 격정에 동화되었다.

"항상 들뜬 기분으로 지껄여대고, 노래를 부르다가는 깔깔 웃고, 자기가 하라는 대로 하지 않으면 성가시게 구는" "걷잡을 수 없는 말괄량이이기는 했지만 그 근방에서 가장 눈이 아름답고 웃음이 앳된, 발걸음이 가벼운 아가씨"였던 캐서린 언쇼가 일생의 사랑 히스클리프를 처음 만난 건 만 6세가 채 되지 않은 어느 날이다.

리버풀에 출장을 다녀온 아버지의 외투엔 그녀가 선물로 사다 달라고 부탁한 말채찍 대신 누더기를 걸친 새카만 머리의 더러운 소년이 감싸여 있었다. 부모에게 버림받아 리버풀 거리를 헤매고 있는 아이를 데려온 것이다. 아버지는 어릴 적 죽은 아들의 이름을 소년에게 붙여주고, 소년 히스클리프는 캐서린과 요크셔의 황야를 함께 누비며 둘도 없는 사이가 된다. 캐서린의 어머니와 아버지가 차례로 병으로 세상을 뜨고, 히스클리프를 눈엣가시처럼 미워하는 오빠 힌들리가 집안의 실세가 되어 히스클리프를 박대할수록, 두 사람의 감정은 더 깊어져만 간다.

그렇지만 캐서린은 히스클리프와 결혼하지 않는다. 흰 살결에 금발, 품위 있고 부드러운 성격의 이웃집 도련님 에드거 린튼의 청혼을 받아들인다. 히스클리프를 아꼈던 하녀 넬리가 "왜 그분을 사랑해요?"라고 묻자 제멋대로인 이 열다섯 살 아가씨는 이렇게 답한다.

"무슨 소리야, 사랑하니까 사랑하는 거지. 그것으로 충분해."

넬리는 굴하지 않고 묻는다. "결코 그렇지 않아요. 이유를 말해야만 해요."

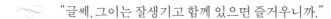 "글쎄, 그이는 잘생기고 함께 있으면 즐거우니까."

"안 돼요"라는 것이 제 의견이었어요.

"그리고 그이는 나를 사랑하니까."

"그것은 중요하지 않아요."

"그리고 그는 재산을 많이 물려받을 거고, 나는 근방에서 제일가는 부인이 되고 싶고, 그렇게 훌륭한 남편을 둔 것이 자랑스러울 테니까."•

에드거를 사랑하는 여러 이유가 있지만 캐서린 자신도 그 결혼이 어딘가 마음에 걸린다.

• 『폭풍의 언덕』, 에밀리 브론테 지음, 김종길 옮김, 민음사, 2018, 129쪽.

"여기에! 그리고 여기에도!"

캐서린 아가씨는 한 손으로는 이마를 치고 다른 손으로는 가슴을 치면서 대답하는 것이었어요.

"어느 쪽에 영혼이 들어 있든 영혼에 물어봐도 가슴에 물어봐도 틀렸다고만 생각되는 거야!"*

그리고 캐서린은 "히스클리프와 결혼한다면 우리가 거지가 될 것이지만, 에드거와 결혼한다면 히스클리프가 오빠의 손아귀에서 벗어나게 도울 수 있다"며 속내를 털어놓은 후 히스클리프에 대한 사랑이 얼마나 깊은지를 말한다.

"히스클리프가 잘생겼기 때문이 아니라, 넬리, 그가 나보다도 더 나 자신이기 때문이야. 우리의 영혼이 무엇으로 되어 있든 그의 영혼과 내 영혼은 같은 거고, 린튼의 영혼은 달빛과 번개, 서리와 불같이 전혀 다른 거야."**

이어 덧붙인다.

---

* 위의 책, 131쪽.
** 위의 책, 132쪽.

"린튼에 대한 내 사랑은 숲의 잎사귀와 같아. 겨울이 돼서 나무의 모습이 달라지듯이 세월이 흐르면 그것도 달라지리라는 것을 나는 잘 알고 있어. 그러나 히스클리프에 대한 애정은 땅 밑에 있는 영원한 바위와 같아. 눈에 보이는 기쁨의 근원은 아니더라도 없어서는 안 되는 거야. 넬리, 내가 바로 히스클리프야. 그는 언제까지나, 언제나 내 마음속에 있어. 나 자신이 반드시 나의 기쁨이 아닌 것처럼 그도 그저 기쁨으로서가 아니라 나 자신으로서 내 마음속에 있는 거야."*

이 유명한 고백의 핵심을 "내가 바로 히스클리프야! I am Heathcliff!"라는 문장이라고 짚은 글을 읽은 적이 있다. 사랑하는 이와 나의 완벽한 일체감을 이야기하는 그 문장도 물론 감동적이지만, 나는 "그가 나보다도 더 나 자신이기 때문이야 He's more myself than I am"라는 말이 더 아름답다 느낀다.

누구나 자기 자신을 세상에서 가장 사랑한다. 그렇지만 때때로 어떤 상대는 나보다 더 나 자신처럼 느껴져서, 나보다 그를 더 사랑할 수밖에 없는 것이다. 열다섯 살의 자그마한 머리로 나름 계산을 하며 "그러나 지금 히스클리프와 결혼한다면 격이 떨어지지. 그래서 내가 얼마나 그를 사랑하고 있는가 하는 것을 그에게 알릴 수가 없어"라고 속물근

---

* 위의 책, 136쪽.

성을 솔직하게 드러내지만, 그 철부지 같은 사랑의 순도가 지극히 높게 느껴지는 건 상대를 "나보다도 더 나"라고 느낄 수 있는 격렬한 몰입 덕분이 아닌가 싶다.

∞

캐서린이 에드거와 결혼하기로 했다는 사실을 안 히스클리프는 그녀와 자신이 함께 자란 저택, 워더링 하이츠Wuthering Heights, 즉 '폭풍의 언덕'을 떠났다가 3년 후에야 다시 나타난다. 히스클리프와 재회한 캐서린은 변함없는 열정에 휩싸이지만 뇌막염에 걸려 앓다가 칠삭둥이 딸을 낳고 숨진다.

"불행도, 타락도, 죽음도, 그리고 신이나 악마가 할 수 있는 어떠한 것도 우리 사이를 떼놓을 수는 없었기 때문에 당신 스스로 나를 버린 거야. 내가 당신의 마음을 찢어놓은 것이 아니라 당신 자신이 찢어놓은 거야"라며 캐서린을 원망하던 히스클리프는 에드거에 대한 복수심으로 그의 여동생 이사벨라를 유혹해 결혼한다.

복수는 여기서 끝나지 않는다. 어릴 적부터 자신을 미워한 캐서린의 오빠 힌들리에게 앙갚음하기 위해 고아가 된 힌들리의 아들 헤어튼을 하인처럼 부리며 자신처럼 무학無學으로 아무렇게나 키운다. 히스클리프의 학대를 견디다 못해 도망간 이사벨라가 아들 린튼을 낳고 몇 년 후 죽자 린튼을 데려와 캐서린과 에드거의 딸 캐시와 억지로 결혼시킨다. 병약한 린튼이 죽기 전 유언장을 쓰도록 강요해 유산이 며느리가 아니라 자신에게 오도록 만든다. 그리하여 캐서린의 집안 언쇼가와 에드거의 집안 린튼가의 모든 재산을 차지한다. 복수를 끝냈지만 캐서린을 잃은 공허는 채워지지 않는다. 그리움을 못 이겨 캐서린의 묘를 파헤치다 "난 확실히 캐시가 땅 위에 있는 걸 느꼈어"라고 넬리에게 고백한 히스클리프는 또 이렇게 말한다.

> "내 눈에 그녀와 관련되지 않은 것이 뭐가 있겠어? 무엇 하나 그녀 생각을 불러일으키지 않는 것이 있어야 말이지! 이 바닥을 내려다보기만 해도 그녀의 모습이, 깔린 돌마다 떠오른단 말이야! 흘러가는 구름송이마다, 나무마다, 밤이면 온 하늘에, 낮이면 눈에 띄는 온갖 것들 속에, 나는 온통 그녀의 모습으로 둘러싸여 있단 말이야! 흔해빠진 남자와 여자의 얼굴들. 심지어 나 자신의 모습마저 그녀의 얼굴을 닮아서 나를 비웃거든. 온 세상이 그녀가 전에 살아 있었다는 것과 내가 그녀를 잃었다는 무서운 기억의 진열장이라고!"*

『빙점』의 요코를 매혹시킨 건 바로 이 광포한 고백이다. 요코는 생

---

* 위의 책, 539쪽.

각한다. "지독하구나, 히스클리프에겐 마루도 포석鋪石도, 어떤 구름도 어떤 나무도 모두 캐서린의 얼굴로 보였구나."

이 스산한 소설의 등장인물은 하나하나 죽어나간다. 캐서린의 부모에서부터 시작해 힌들리의 아내 프랜시스, 에드거의 부모, 힌들리, 캐서린, 이사벨라, 에드거, 린튼에 이르기까지 차례로 괴질로 숨을 거둔다. 그리고 마침내 히스클리프의 차례가 온다. 그는 캐서린에 대한 그리움에 사무쳐 며칠간 먹지도, 자지도 못하다 숨진다. 사랑에 미쳐 평생을 살다가 세상을 떠난 이 사내와 캐서린의 유령이 요크셔의 황야를 함께 떠돌며 사람들 눈에 나타난다.

괴기스럽고 음산한 이야기. 그렇지만 끔찍한 비극만은 아니다. 에밀리 브론테는 캐서린의 딸 캐시와 히스클리프의 분신처럼 키워진 힌들리의 아들 헤어튼의 결혼으로 이루지 못한 두 주인공의 사랑을 매듭지어준다. 겨우 29세에 이처럼 격정적인 사랑 이야기를 써놓고 브론테는 이듬해 폐결핵으로 세상을 뜬다. 『폭풍의 언덕』은 그녀가 남긴 유일한 소설이다.

∽

"연애 이야기를 써보는 것이 어떠냐"는 말을 여러 번 들었다. 하지만 막상 나의 연애에 대해 쓰려고 하면 주저하게 된다. 나만의 이야기가 아니라 상대방도 얽혀 있는 '두 사람의 이야기'이므로. 상대에게도 사생활이 있기 때문에, 나만의 관점으로 두 사람의 연애에 관한 무언가를 쓴다는 건 결례라 생각한다. 현재 진행형인 연애이건, 이미 끝낸 연애이건 간에 상대에게 최대한의 예의를 갖추고 싶다.

나를 아주 잘 아는 오랜 친구는, 언젠가 내게 말했다. "너는 다른 이야기는 쉽게 하면서 연애에 대해서는 그렇지 않구나. 누군가를 사귀면 항상 그 일이 마음속에서 아주 오래전에 결정된 일인 것처럼 여기면서 도무지 이야기하지 않네."

시시콜콜한 이야기는 털어놓을 수 없지만 이 말만은 할 수 있다. 쉽게 사랑하지 않는다. 그렇지만 일단 사랑하면 나 자신을 온전히 던져버린다고. 20대일 때도, 30대일 때도, 40대가 되어서는 더 격렬하게 여전히. 『폭풍의 언덕』의 주인공들처럼 나는 사랑을 하고 있다. 현관 입구에 걸어놓은 배병우의 사진이 눈에 들어온다. 바람 휘몰아치는 억새밭을 찍은 흑백사진. 이 사진을 본 아버지는 언젠가 말했다. "히스클리프가 생각나네."

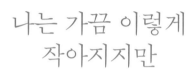

나는 가끔 이렇게
작아지지만

『우리가 이토록 작고 외롭지 않다면』
아스트리드 린드그렌

『우리가 이토록 작고 외롭지 않다면』
엔스 안데르센 지음
김경희 옮김
창비, 2020

외로움에 대해 생각한다. 혼자 앓을 때면 특히 그렇다. 5월 어느 날 종일 어지러워 출근도 못 한 채 거실 쿠션에 기대 뻐꾸기 소리를 들으며 시름시름 앓았다. 창밖 햇살과 신록은 찬연한데 홀로 덩그러니 앉아 오한이 들며 아픈 모습을 전지적 작가 시점(?)에서 내려다보자니 꼭 노르웨이 화가 에드바르 뭉크의 그림 〈아픈 아이〉 같다는 생각이 들었다.

　　뭉크는 폐결핵으로 숨진 누이를 모델로 그림을 그렸다. 나의 병명은 폐결핵이 아니라 급성 편도선염과 항생제 부작용, 만성 불면증으로 인한 탈진이었지만, 창으로 내리쬐는 햇살의 생명력과 대비되는 아픈 여자라니 어딘지 모르게 비슷하구나 싶었다. 역시 아는 게 병인가, 하면서 오랫동안 제목만 알고 있었던 유은실의 『나의 린드그렌 선생님』을 마침내 읽었다. 대학 선배 언니가 "딸이 이 책을 읽고 있는데 주인공이 꼭 너 같아"라며 이런 문자를 보내왔기에 당장 전자책으로 샀다.

책의 주인공은 『말괄량이 삐삐』를 쓴 스웨덴 작가 아스트리드 린드그렌Astrid Lindgren, 1907~2002을 삶의 지주로 삼는 외로운 소녀 비읍. 가족이라곤 엄마 하나인데 엄마에게 이해받지 못해 서러운 비읍이는 린드그렌 작품 국내 번역본을 판본별로 갖고 있는 헌책방 주인 '그러게 언니'와 친구가 되고 언니로부터 위로받으며 린드그렌 책에 점차 빠져든다. 삶이란 고달프다는 걸 일찍 알아채고 현실보다 소설 속 세계를 더 친숙하게 여기는 조숙한 아이. 그렇게 외부와 해자를 두르고 성을 쌓으며 나름의 방어 체계를 구축하는 예민한 소녀. 어릴 적 나 역시 그런 아이였다.

책을 권한 선배는 내게 "읽다가 울어도 모른다"고 했지만 여러 번 뭉클했으나 울지는 않았다. 다만 책 말미에(아마도 유은실 작가의 소장품일) '그러게 언니'의 소장품 목록과 서지사항이 나오는데, 린드그렌 작품 중 내가 가장 좋아하는 창비 아동문고의 『사자왕 형제의 모험』(1973) 발간 연도가 1990년인 걸 발견하고 짜릿한 승리감을 느꼈다. 나는 어릴 때 읽던 책인 1988년 판도 버리지 않고 갖고 있고, 어린이책 담당 기자를 할 때 나온 개정판인 2015년 출간본도 갖고 있었기 때문에. '아, 여기선 내가 이겼다'란 생각이 드는데 이건 도서수집가인 책벌레만이 알 수 있는 심리이다.

이어지는 주말에는 덴마크 전기 작가 옌스 안데르센이 쓴 린드그렌 전기 『우리가 이토록 작고 외롭지 않다면』을 읽었다. 그해(2020년)가 『말괄량이 삐삐』 출간 75주년이라 홍대 앞에서 출판사 시공주니어 주최로 삐삐의 75세 생일을 축하하는 자그마한 전시회가 열리고 있었던 데다가, 즐겨 듣는 CBS FM의 자정 프로그램에서 박준 시인이 린드그렌 이야기를 하기도 했기 때문에 마치 온 우주가 내게 '린드그렌'이라고 속삭이는 것만 같았다.

스칸디나비아 문화에서는 '외로움'이라는 단어를 매우 부정적으로 여기며 함부로 표현하는 것을 금기시한다는 것을 책을 읽으며 처음 알게 되었다. 그렇지만 린드그렌은 외로움을 정면으로 끌어안았다. 1950년대 스웨덴의 한 신문기자가 "남편의 갑작스러운 죽음을 어떻게 극복하고 있느냐"고 묻자 그녀는 답한다.

무엇보다 우리 아이들과 함께하고 싶어요. 그다음 친구들과 함께하고 싶고요. 마지막으로 나 자신과 함께하고 싶습니다. 나 혼자 있고 싶어요. 홀로 있는 법을 배우지 못한 사람들은 삶이 주는 상처에 대한 면역력이 약합니다. 정말이지 무엇보다 중요한 문제죠.•

• 『우리가 이토록 작고 외롭지 않다면』, 옌스 안데르센 지음, 김경희 옮김, 창비, 2020, 19쪽.

"홀로 있는 법을 배우지 못한 사람들은 삶이 주는 상처에 대한 면역력이 약하다"는 문장에 형광펜으로 밑줄을 그었다. 나 역시 그렇게 생각하므로. '혼자 잘 노는 사람'이라는 것이 나의 무기 중 하나라고 늘 생각해왔다. 회사 연수차 1년간 뉴욕에서 홀로 생활했던 서른여덟, 아홉 살 무렵 특히 그렇게 생각했다. 나는 모든 일을 혼자 하는 데 거리낌이 없었다. 홀로 있는 법을 안다는 것이 마흔 직전의 민감한 나이에 삶의 경험치를 쌓는 데 도움이 되었다. 혼자 미술관이며 서점을 쏘다니는 것은 물론이고, 근사한 미슐랭 레스토랑에서도 혼자 밥을 잘 먹었고 신혼여행지로 인기 있는 칸쿤이나 세인트 마틴 같은 휴양지로도 혼자 여행을 다녀왔다. 그런 '혼자'의 경험들이 마흔 이후 글을 쓰고 읽고 이해하며 일하는 데 큰 도움이 되었다. 어릴 때부터 책벌레인 사람은 '혼자력'을 키울 수밖에 없다. 책읽기야말로 혼자 놀기의 '끝판왕'이기 때문에.

린드그렌의 열렬한 팬인 10대 소녀, 사라 융크란츠가 1972년 봄 급성 공황발작을 일으켜 청소년 정신병원에 입원하며 보낸 편지에서 "저 자신을 이토록 못생기고, 바보 같고, 어리석고, 게으르다고 느낀 것은 처음이에요"라고 하자 린드그렌은 답한다.

　　하지만 열세 살 때는 누구나 자신이 못생겼다고 느끼지. 나도 그 나이에는 내가 세상에서 제일 못생긴 여자애라고 믿었고, 아무도 나

와 사랑에 빠지지 않을 거라고 생각했어. 그런데 시간이 지나고 보니
내가 생각한 것만큼 나쁘지는 않더구나.[*]

나는 모세혈관 기형으로 날 때부터 오른쪽 뺨에 커다란 붉은 점이
있는 여자아이였다. 외모에 흠결이 있는 나를 아무도 사랑하지 않을
것이므로, 상대의 마음에 부담을 주면 안 되니까, 나 같은 사람은 누군
가를 사랑하는 마음을 애초부터 가져서는 안 된다고 믿었던 열세 살
소녀이기도 했다. 사춘기 때의 자연스러운 감정을 그런 식으로 억제했
기 때문에 어른이 된 후에도 늘 사랑에 서툴렀다. 그렇지만 시간이 지
나고 보니 그 시절은 내가 생각한 것만큼 나쁘지 않았다. 돌이켜보면
그럼에도 불구하고 나라는 사람 그 자체를 좋아해주는 사람들이 있었
던 것이다.

전 세계적으로 5600만 부 이상 팔리고 65개 국어로 번역된 『말괄량
이 삐삐』의 주인공 삐삐 롱스타킹도 외로운 소녀다. 엄마는 하늘나라
에 있고, 선원인 아버지는 실종됐다. 잡초 무성한 정원이 딸린 낡은 집

* 위의 책, 21쪽.

'뒤죽박죽 별장'에서 혼자 산다. 아빠가 선물한 원숭이 닐슨 씨만이 유일한 친구다. 린드그렌은 삐삐를 "정말로 대단한 아이이며 무엇보다도 말 한 마리도 번쩍 들어 올릴 수 있을 만큼 힘이 장사였다"고 묘사하지만, 삐삐의 정말로 대단한 '힘'은 '혼자력'이 아닌가 싶다. 삐삐는 기존 동화의 모범생 주인공들과는 달리 학교에도 가지 않고 제멋대로인 캐릭터다. 그 배경에 2차 세계대전에 대한 참혹감과 폭력 및 선동, 전체주의 이데올로기에 대한 작가의 혐오가 깔려 있다는 사실은 이번에 전기를 읽으며 새롭게 알게 되었다.

1941년 늦겨울 폐렴으로 앓아누운 7세 딸 카린의 침대 맡에서 린드그렌은 삐삐 이야기를 지어내 들려주기 시작한다. 그 이야기를 책으로 만들어 1944년 5월 카린의 열 번째 생일 선물로 준다. 크고 힘센 소년들의 폭력에 대항하는 삐삐는, 전쟁 자체를 넘어서 광기에 사로잡힌 인물들에 대응한 것이라는 사실을 보여준다고 안데르센은 썼다. '아돌프'라는 거인 천하장사에게 사람들과 내기 씨름을 하도록 해 돈을 버는 곡마단장의 에피소드는 히틀러를 풍자한 것이다. 그 아돌프는 작지만 힘센 소녀 삐삐에게 패배한다.

린드그렌 자신이 삐삐처럼 외롭고 작은 거인이었다. 스웨덴 남부 스몰란드 지방의 작은 마을 빔메르뷔에서 신앙심 깊은 소작농의 딸로 태어나 자랐다. 우수한 성적으로 학교를 마치고 열여섯 살에 마을에서 제일가는 신문사인 빔메르뷔 티드닝에 취직한다. 기자 경력은 그렇지만 곧 중단된다. 신문사 소유주이자 편집장인 레인홀드 블롬베리의 아이를 가지면서다. 블롬베리의 일곱 자녀 중 몇몇은 린드그렌 또래였다. 블롬베리의 아내는 린드그렌의 임신과 출산을 이혼소송에 유리하게 이용하려 한다. 린드그렌은 1926년 11월, 열여덟 살의 나이에 스웨덴을 떠나 덴마크 코펜하겐의 국립 병원에서 출산한다. 당시 스칸디나비아에서 유일하게 아기의 부모 이름을 모두 밝히지 않아도 되는 병원이라 소송에 이용당할 염려가 없었기 때문이다. 그렇게 낳은 아들 라세를 직접 키우지 못하고 수년간 코펜하겐의 위탁모에게 맡겨둔 것은 린드그렌에게 평생의 죄책감으로 자리 잡는다.

린드그렌은 블롬베리의 청혼을 거절했다. 일곱 아이의 어머니 역할을 하고 싶지 않았던 것이 그 이유였다. 그러다 1931년 4월 4일 자신이 비서로 일하던 왕립 자동차 클럽의 상사 스투레 린드그렌과 결혼한다. 상대는 아홉 살 연상이었고, 아내와 딸이 있었으며, 이혼 절차를 밟고 있었다. 린드그렌은 노년에 이르러 자신이 젊은 시절에 남자를 유혹하는 일, 소위 "욕망의 장터에서 누린 인기"를 즐겼다고 고백한다.

미혼모로 낳은 아들 라세와 결혼 후 낳은 딸 카린을 키운 경험이 린드그렌 문학의 원천이 된다. 기존 아동문학과는 달리 교훈이나 설교가 없는 것이 린드그렌 작품의 특징이다. 그녀는 아이를 기르면서 동화와 이야기 속에 교훈적 요소를 넣는 것이 불필요할뿐더러 아이 스스로 사고하는 능력을 과소평가하는 처사임을 깨닫게 된다. 1978년 라디오 인터뷰에서 린드그렌은 자신의 자녀 교육법을 밝힌다. "나는 자식의 입장에서 나 자신을 바라봤습니다." 베스트셀러 제조기가 된 비결은 하나 더 있다. 1947년 잡지 인터뷰에서 린드그렌은 "어떻게 어린 독자들을 그토록 잘 이해하냐"는 질문에 답한다. "별다른 비결은 없어요. 나자신의 어린 시절을 상세히 기억하는 정도가 아닐까요…. 어렸을 때어떻게 느끼고, 생각하고, 말했는지 반추합니다."

　린드그렌 작품 중 나의 '최애'인 『사자왕 형제의 모험』 주인공은 '레욘', 즉 사자라는 성*을 가진 형제다. 열세 살인 형 요나탄은 금발에 짙푸른 눈, 쭉 뻗은 다리가 늘씬하고 다재다능한 미소년이지만 열 살 동생 카알은 다리를 저는 데다 병약해 늘 침대에 누워 있다. 남편 없이 홀로 아이들을 키우는 재단사 어머니가 일하러 나가고, 카알 혼자 있는 날 집에 불이 난다. 불길 속으로 뛰어들어간 요나탄이 카알을 업고 2층 창문에서 뛰어내린다. 동생은 살고 형은 숨진다. 학교 선생님은 형의 용맹함을 기리며 요나탄을 '사자왕'이라고 명명한다. '사자왕 리처드'에서 따온 이름이다. 어느 날 카알의 방 창가에 비둘기 한 마리가 날아와 요나탄이 가 있는 환상의 나라, 낭기열라에 대한 이야기를 들려준다. 카알은 낭기열라를 찾아가 형과 재회하고, 형제는 낭기열라를 지배하려 하는 악당과 맞서 싸운다. 괴물을 죽였지만 싸움 도중 치명적인 상처를 입은 요나탄에게 죽음의 그림자가 드리우자, 이번엔 카알이 형을 업고 낭떠러지 아래로 뛰어내린다. 또 다른 사후 세계 낭길리마로 가는 것이다. "사자왕 스코르빤,* 무섭지 않니?" 동생의 애칭을 부르며 묻는 형에게 카알은 답한다. "아니… 형, 사실은 무서워. 하지만 해낼 수 있어. 지금, 바로 지금 할 테야. 그러고 나면 다시는 겁나지 않겠지. 다시는 겁나지…" 이어 외친다. "아아, 낭길리마! 형, 보여! 낭길리마의 햇살이 보여!"

판타지라는 장막을 걷어내고 보면, 이 이야기의 결말은 아이들의 자살이다. 어떤 이들은 책을 '빗자루를 탄 마녀'가 썼다면서 어린이와 청소년들에게 자살을 권하고 환생을 설파하며, 비밀 종교를 퍼뜨린다고 비난했다. 어린이책이 사회주의적인 답변을 주어야 한다고 생각한 좌파 평론가들이 특히 심했다. 책이 출간된 1970년대가 아니라 21세기의 눈으로 보더라도 죽음을 다룬 『사자왕 형제의 모험』을 자식에게 읽히고 싶지 않을 부모가 꽤 될 것이다. 그렇지만 아버지가 사준 100여권의 창비 아동문고 중 한 권으로 이 책을 처음 접한 열두 살의 나는 이 이야기를 굉장히 좋아했다. 죽음에 대한 이야기라 생각해본 적이 없다. 신비한 세계로의 여행 이야기라 여겼고, 약하지만 용감한 소년이

---

* 스코르빤은 개정판이 나오기 전 판본의 표기법. 개정판에서는 스코르판.

악과 대적하며 성장하는 모험담으로 받아들였다.

　어린이책 담당 기자였던 2010년, 개정판이 나왔을 때 주저 없이 그 주 북섹션 서평으로 책을 소개했던 것은 20년 전 어린이였던 내가 『사자왕 형제의 모험』을 몹시 좋아했고, 이 책이 지금의 나를 만들고 키우는 데 큰 역할을 했다고 자신했기 때문이다. 그렇게 쓴 서평을 옮긴이인 김경희 선생님이 보고 나에게 이메일을 보내왔다. 20년 전의 어린 독자가 기자가 되어 서평을 쓰다니 기쁘고 보람차다며 밥을 사주셨다. 이번 전기를 번역하면서 선생님은 안데르센이 『사자왕 형제의 모험』에 대해 한 말을 이렇게 옮겼다.

　　그렇지만 『사자왕 형제의 모험』이 외로움에 관한 책이기도 하다는 작가의 말을 많은 이들이 간과했다. 외로움이라는 주제가 이야기의 전면에 등장하는 것은 마지막 장에서 스코르판이 결심하는 부분이다. "그 누구도 혼자 남아 슬피 울면서 두려움에 떨 필요가 없어."•

　린드그렌은 작가로서는 승승장구했지만 줄곧 깊은 우울과 불안에 시달렸다. 불륜을 저지르고 이혼을 요구하다 돌아온 남편은 알코올 중독으로 속을 썩이더니 1962년 6월 간경화로 인한 식도 파열로 숨을 거

•　위의 책, 383쪽.

둔다. 슬픔이 글을 쓰는 동력이었다. 결혼생활의 위기가 현재 진행형이던 1945년 린드그렌은 일기에 "어떤 때는 행복하고 어떤 때는 슬프다. 난 글을 쓰며 가장 큰 행복을 느낀다"고 적었다. 1954년 4월 30일 독일인 친구 루이제 하르퉁에게 보낸 편지엔 이렇게 썼다.

　　　다른 사람과 함께 있을 때는 즐거운 모습을 보이지만, 사실 난 삶에 대한 열정을 가진 적이 없었던 것 같아. 어릴 때부터 우울을 머리에 이고 살았지. 내가 진정 행복했던 시기는 유년기뿐이기 때문에 그 당시의 멋진 나날을 다시 경험하게 해주는 책을 쓰는 걸 좋아하는지도 몰라.*

린드그렌이 하르퉁에게 털어놓은 자신의 성격과 성향 중 '지나친 충실성'도 있었다는 구절이 나를 자석처럼 이끌었다. 그녀가 일상에서는 드러나지 않는, 가족과 친구들조차 알 수 없는 가장 내밀한 자신의 지나친 충실성을 "내 속의 광기"라고 표현했다는 것이다. 안데르센은 "충실성 자체는 미덕이지만, 경우에 따라 멍에가 될 수도 있다"고 해석한다. 나는 단박에 무슨 말인지 알아차렸다. 엄마는 항상 말했다. "너는 연애할 때조차 지나치게 성실해. 그렇지만 그러면 안 돼."

---

* 위의 책, 299~300쪽.

린드그렌에게 늘 '아픈 손가락'이었던 아들 라세가 이혼한다. 자신이 '세상에서 가장 아름다운 손주'라 불렀던 손자 마츠가 상처를 받을까 봐 린드그렌은 걱정했다. 그녀는 1957년 크리스마스 일기에 "어린이가 겪는 슬픔보다 더한 슬픔은 없다"고 적었다. 1950년대 후반 린드그렌은 가능하면 어디든 마츠를 데리고 다녔다. 자식들을 키울 때와 마찬가지로 책을 가까이할 수 있는 환경을 만들어주었다. 안데르센은 "1960년 2월, 마츠와 겨울 휴가차 달라르나로 향하면서 그녀는 문학이 마츠 주변에 부모가 들어올 수 없는 보호막을 만들 수 있다는 것을 깨달았다"고 썼다. 1960년 3월 6일 하르퉁에게 보낸 편지에서 린드그렌은 말한다.

마츠는 책을 아주 많이 읽는데, 책을 읽을 때는 아무것도 듣지 못하더군. 소리 지르다시피 목소리를 높이지 않으면 아무 반응도 보이지 않아. 내가 '책을 읽을 때는 다른 사람들이 뭐라는지 들리지 않는가 보구나'라고 했더니 마츠가 이렇게 대답했어. '네, 그래서 좋아요. 엄마가 화났을 때는 그냥 앉아서 책을 읽는 게 차라리 낫거든요.' 아이들이 빌어먹을 어른들을 감당할 방법을 찾을 수 있어서 얼마나 기쁜지 몰라.°

독서에는 여러 목적이 있겠지만 어린 날 책읽기의 가장 큰 효용이자 목적은 바로 이것이라 믿는다. 어린아이의 여린 마음을 둘러싸는 보호막이 되는 것. 그 막은 더 많은 책을 읽을수록 더욱 유연하면서도 튼튼해진다. 터지지 않는 비눗방울 같은 형태라고 나는 생각한다. 그리하여 훗날 어른이 되어 금력이라든가 권력이라든가 하는 세속적인 가치들이 마음을 어지럽힐 때 흔들림 없는 성채이자 단단한 방패가 되어준다. 그것이 '교양'의 참뜻이지 않을까. 그래서 나는 독서가 성적을 올리기 위한 지름길이라 설파하는 유의 책을 좋아하지 않는다. 그런 식의 얄팍한 꾐이 책읽기의 진정한 힘을 가려버리기 때문이다. 나의 아버지는 책읽기를 통해 세상과 타인에 대한 이해의 폭을 넓히고 연민을 가지라 가르쳤다.

1950년 전후로 린드그렌의 일기에는 '외로운, 혼자, 홀로 있는' 등의 의미를 지닌 스웨덴어, '엔삼ensam'이 등장하기 시작했다. 1956년 12월 4일 하르퉁에게 보낸 편지에는 이렇게 적었다. "친애하는 루이제, 내 마음속 깊은 곳에는 이런 전도서의 구절이 새겨져 있다는 걸 네게 전하고 싶어. '모두 헛되니 바람을 잡으려는 것이로다'." 1961년 9월 편지에선 말한다. "결국 모든 사람은 다른 누구에게도 기댈 수 없는 작고 외로운 존재야." 1970년대 노년의 린드그렌은 융크란츠에게 보낸 편

---

* 위의 책, 339쪽.

지에 쓴다. "우리 모두는 자신의 고독에 갇혀 있지. 인간은 누구나 외
롭단다."

많은 이들이 떠나간다. 남편에 이어 1974년 5월엔 여러 해 동안 심
장병과 호흡 곤란에 시달려온 오빠 군나르가 세상을 뜬다. 예술가이자
정치인인 군나르는 린드그렌의 정신적 동지이자 지주였다. 1986년엔
아들 라세를 암으로 잃는다. 1991년엔 죽마고우 안네마리가 병으로 숨
을 거둔다. 평생 외로웠고, 나이 들어 더 외로웠던 이 여자는 그렇지만
순간을 충실히 살았다. 1967년 한 잡지 기자가 "환갑의 나이에 어쩌면
그토록 나이를 잊은 듯이 살수 있냐"고 묻자 그는 답했다.

"매일을 마치 삶의 마지막 날처럼 여겨야 한다고 생각해요. 오
늘 하루가 인생이다."*

린드그렌은 1998년 5월 뇌졸중으로 쓰러졌다. 이후 3년간 그의 곁
에는 항시 간호사가 대기하고 있었다. 2002년 1월 28일 오전 10시 스
톡홀름의 자택 침대에서 깨지 못할 긴 잠에 들었다. 94세였다. 그날 수
많은 이들이 찾아와 문 앞에 꽃을 놓고 촛불을 밝혔다. 장례는 세계 여
성의 날인 3월 8일 총리, 국왕 가족, 10만 명 넘는 사람들이 함께하는

---

* 위의 책, 449쪽.

가운데 치러졌다. 안데르센은 이런 문장으로 글을 맺는다. "이 얼마나 경이로운 날인가. 얼마나 경이로운 삶인가." 이 책의 덴마크어 원제는 'denne dag, et liv'. '오늘, 인생'이라는 뜻이다.

품위를 알려준 책읽기

3부

촌년의 긍지

『우아한 연인』 케이트

『우아한 연인』
에이모 토울스 지음
김승욱 옮김
현대문학, 2019

토요일 정오의 스와니예는 한적했다. 바^{bar} 형식의 탁자에는 나와 수영, 둘밖에 없었다(그녀의 본명은 수영이 아니지만 왠지 그 이름이 떠오르므로 수영이라 하기로 한다). 탁자 한가운데의 오픈 키친에서 셰프 군단이 분주하게 움직였다. 깍듯한 맵시의 직원이 메뉴 설명을 시작했고, 버섯 크림을 넣어 버섯 모양으로 만든 슈^{Choux}가 애피타이저로 나오면서 런치 코스가 본격적으로 펼쳐지기 시작했다. 검정과 메탈그레이를 주조로 한 서래 마을의 그 레스토랑은 미슐랭 가이드 원 스타의 명성에 걸맞게 모던하면서 격조 높은 분위기였는데, 그 도도한 공간을 우리 둘이 빠른 속도로 내뱉는 시끄러운 경상도 사투리가 지배하는 풍경이 좀 우습기도 했다. "촌년들, 출세했네." 수영이 큰 소리로 말했다.

중학교 동창인 수영의 생일이었다. 서울 한 대학의 교수인 그녀는 그해 정년 보장을 받았는데, 건강 문제로 크게 고생한 데다 세 아이를 키우면서 이뤄낸 성취라 나는 특별히 근사한 곳에서 맛있는 점심을 사며 그녀의 생일을 축하하고 싶었다.

　우리는 경남 소도시의 한 여자중학교를 함께 다녔다. 중3 때 같은 반이었고, 고등학교는 달랐지만 서울로 올라와 또 같은 대학을 다녔다. 그녀는 공대, 나는 인문대 소속이었다. 서울대를 가면 장학금을 준다던 고향의 한 장학회에 장학금을 신청했다가 둘 다 보기 좋게 떨어졌다. "고고미술사학과 여학생이 지역사회 발전에 무슨 기여를 하겠냐고 했다던데." 엄마가 전해준 장학회 측 반응을 수영에게 옮기자 그녀는 이렇게 말했다. "나한테는 공대 여학생이 지역사회 발전에 무슨 기여를 하겠냐고 했는데."

　'고고미술사학과'라는 학과 명칭이 낯설어서, 장학회 측이 우리 과가 뭘 배우는 곳인지 몰라서 불합격한 것이라고 굳게 믿고 있던 나는 어렴풋이나마 깨달았다. 고고미술사학과냐, 공대냐의 문제가 아니라 '여학생'이라는 게 문제였던 게 아니었을까. 같은 재수 학원에 다닌 남학생들이 장학회에서 마련한 입학 축하 파티에서 술을 진탕 마시는 사진을 싸이월드 미니홈피에 올린 것을 보면서 한동안 입맛이 썼다.

　'지방 출신'에 대한 서울 사람들의 상상력에 한계가 있다는 걸 서울에 와서 알았다. 서울 사람들은 자신들이 지방에 대해 그리고 있는 어떤 '정형성'이 어그러지는 걸 인정하지 못하는 것 같았다. "서울대 갔다고 동네에 플래카드 붙었지?"라는 말은 수십 번 들었다. 내가 자란 도시는 '교육도시'로 손꼽히는 곳이라 내가 대학에 들어갈 무렵엔 대구를 제외한 경상도 모든 도시를 합친 것보다 그 도시의 서울대 입학생 수가 더 많았다는 이야기를 했지만 소용이 없었다. A형 간염에 걸렸을 땐 이런 말도 들었다. "지방 출신인데 왜 '위생적인' 환경에서 자란 신세대만 걸린다는 병에 걸려?"

여자이기까지 하면 편견은 더 심해졌다. 선배인 세현 언니는 이렇게 말했다. "현남 오빠가 나한테 그러더라고. 너는 '촌'에서 자랐고, 여자니까 집에서 당연히 남녀 차별 엄청나게 받았지?라고" 영화 〈82년생 김지영〉이 개봉 닷새 만에 관객 100만 명을 돌파하면서 한창 열기가 뜨겁던 시점이었다. 남동생이 있지만 자라면서 딸이라고 특별히 차별받아본 적이 없는 내가 "여자라면 모두 그 영화에 공감해야 한다고 하는 것도 여성에 대한 편견 아냐?"라며 '지방 출신 여자=촌년=차별받고 자란 여자'라는 현남 오빠의 여성론을 이야기해주었더니, 아이를 낳기 전에는 단 한 번도 여자라서 힘들다고 느껴본 적이 없었다는 수영은 나와 대화할 때면 자동적으로 나오는 경상도 사투리로 말했다. "촌에서 여자라고 차별받았으면 서울 왔겠나."

손님에 대한 마음 씀씀이가 섬세한 식당이었다. 예약할 때 '못 먹는 것'을 물어보기에, 카페인을 못 먹는다고 했더니 커피 들어간 소스를 끼얹은 음식을 내놓으면서 "카페인을 못 드신다기에 디카페인 커피를 사용했다"고 귀띔해주었다. "특별한 날이냐" 묻기에 "같이 가는 친구 생일"이라 했던 걸 기억해 수영의 디저트 접시에는 특별히 촛불을 곁들여 크림으로 'Happy Birthday' 문구를 그려내주었다. 만족스럽게 식사를 마치며 생각했다. '그러게, 네 말대로 우리 참 출세했다. 주변 사람들이 진반 농반으로 하던 말처럼 '맥도날드도 없던 동네'에서 고등학교를 졸업하고 서울 올라왔는데, 이런 곳에서 함께 밥을 다 먹고'.

1930년대 대공황기 뉴욕을 배경으로 한 에이모 토울스 소설 『우아한 연인』의 주인공 케이트는 브루클린 출신의 러시아 이민자 후손이다. 법률 회사 타이피스트로 일하며 박봉에 시달리는 그녀는 맨해튼 상류사회의 주류인 WASP(앵글로 색슨계 백인 신교도)의 삶을 동경하지만, 그렇다고 해서 주눅 들지 않는다. 찰스 디킨스와 헨리 데이비드 소로, E.M. 포스터와 애거서 크리스티의 저작을 넘나드는 엄청난 독서가 그녀를 지탱하는 힘. 지하철에서 마주친 직장 동료와 굳이 말을 섞지 않기 위해 가방에서 포스터의 『전망 좋은 방』을 꺼내 읽으며 케이트는 생각한다. "대화 중인 두 사람 사이에 끼어드는 일보다 책을 읽는 한 사람을 방해하는 일을 더 꺼리는 것은 인간의 본성 중에서 기묘하면서도 사랑스러운 부분이다."

소설은 1966년 남편과 함께 사진가 워커 에번스 전시회에 간 케이트가 예전에 알고 지내던 팅커 그레이라는 남자의 사진 두 장을 발견하면서, 팅커와 함께한 1938년을 회상하는 방식으로 진행된다. 1937년 연말, 케이트와 룸메이트 이브는 뉴욕의 한 클럽에서 우연히 팅커를 만난다. 이브는 팅커에게 관심이 있지만, 케이트와 팅커는 서로 끌린다. 그러다 팅커가 운전하는 차에 탄 이브가 얼굴이 망가질 정도로 크게 다치게 되면서 팅커는 '신사의 의무'를 다하기 위해 이브 곁에 남게 되는데⋯.

토울스의 또 다른 소설 『모스크바의 신사』에서와 마찬가지로 책에서 '품위'는 이야기를 이끌어가는 주요 모티프다. 팅커는 열네살 때 어머니로부터 선물받은 미국 초대 대통령 조지 워싱턴의 『사교와 토론에서 갖추어야 할 예의 및 품위 있는 행동 규칙』을 삶의 전범으로 여기고 따른다. 품위 있는 행동 규칙이라는 뜻의 원제 'Rules of Civility'는 워싱턴의 규칙에서 따온 것. 조지 워싱턴이 10대 때 직접 작성한 이 규칙은 이렇다.

첫째, 다른 사람들과 함께 행동할 때는 항상 주위 사람들을 존중해야 한다.

둘째, 다른 사람들과 함께 있을 때는 보통 겉으로 드러나지 않는 신체 부위에 손을 대면 안 된다.

셋째, 친구가 겁을 먹을 만한 것을 보여주면 안 된다.

넷째, 다른 사람들과 함께 있을 때는 혼자 콧노래 같은 소음을 내면서 노래해도 안 되고, 손가락이나 발가락으로 드럼처럼 박자를 맞춰도 안 된다.

∽

책은 미국 동부의 유서 깊은 가문 출신이지만 몰락해 빈털터리가 된 팅커가 '출세를 위한 입문서'로서 규칙이 110가지나 되는 조지 워싱턴의 책을 탐독하며 품위를 유지하려 애쓰는 모습에 초점을 맞추지만, 내게는 스스로의 존엄을 지키기 위한 케이트의 본능적인 우아함이 더 인상 깊었다. 스물다섯 번째 생일을 맞은 그녀가 이브와 팅커 모두 생일을 축하해주러 오지 못하자, 저녁에 홀로 웨스트빌리지의 고급 프렌치 레스토랑 벨 에포크에서 샴페인 잔을 들고 "틀에 박힌 삶에서 벗어나기 위하여"라고 건배하며 버터를 바른 빵조각과 폰티나 치즈가 섬세하게 뿌려진 아스파라거스 요리를 즐기는 장면은 이 책에서 내가 가장 좋아하는 부분이다.

우리 아버지는 설사 100만 달러를 벌었다 해도 벨 에포크에서 식사하지 않았을 것이다. 아버지에게 식당이란 지독한 낭비가 궁극적으로 실현되는 곳이었다. 돈으로 살 수 있는 모든 사치 중에서 식당은 쓸모가 가장 적었다. (…) 하지만 내게는 고급 식당에서 먹는 저녁 식사가 최고의 사치였다. 이것이야말로 문명의 정점이었다. 인간의 지성이 필수품(주거, 음식, 생존)으로만 이루어진 우울한 세상에서 화려하지만 꼭 필요하지는 않은 것들(시, 핸드백, 고급 요리)로 이루어진 저 창공으로 올라가는 것을 빼면 문명이 무엇이겠는가? 이런 경험 자체가 일상 생활과 워낙 동떨어져 있었기 때문에, 속까지 모두 형편없이 썩어버린 느낌이 들 때의 훌륭한 저녁 식사는 기운을 북돋워줄 수 있었다. 만약 내게 나만의 이름으로 된 20달러가 남는다면, 나는 그것을 바로 여기서 결코 저당 잡힐 수 없는 우아한 한 시간을 보내는 데 곧바로 투자할 것이다.※

"속까지 형편없이 썩어버린 느낌이 들 때"의 고급스러운 한 끼는 케이트의 우아함을 지탱하는 한 축이지만, 전부는 아니다. 일상의 소박한 즐거움을 지킬 줄 아는 단단한 자세가 다른 한 축을 튼튼하게 지탱한다.

※ 『우아한 연인』, 에이모 토울스 지음, 김승욱 옮김, 현대문학, 2019, 224쪽.

～　아버지는 살면서 아무리 힘든 일이 닥쳐도, 아무리 풀이 죽고 기운이 빠져도, 자신이 언제나 이겨낼 수 있을 거라고 확신했다고 말했다. 당신이 아침에 일어나 처음 커피를 마시는 순간을 고대하는 한은 이겨낼 수 있을 거라고, 나는 그로부터 수십 년이 지난 뒤에야 비로소 그것이 아버지가 내게 해준 조언이었음을 깨달았다.

타협을 모르고 목표를 추구하는 자세와 영원한 진리를 향한 탐구는 고귀한 이상을 지닌 젊은이들에게 확실히 매력적이다. 하지만 사람이 일상적인 것. 그러니까 현관 앞 계단에서 피우는 담배나 욕조에 몸을 담그고 먹는 생강 쿠키의 즐거움과 맛을 느끼지 못하게 된다면, 십중팔구 쓸데없는 위험 속에 몸을 담갔다고 보면 된다. 그때 아버지가 당신 인생의 결말을 앞두고 내게 말하려고 했던 것은, 이 위험을 가볍게 보면 안 된다는 것이었다. 사람은 반드시 소박한 즐거움을 위해 싸울 준비가 되어 있어야 한다. 우아함이나 박학다식처럼 온갖 화려한 유혹들에 맞서서 소박한 즐거움을 지켜야 한다.*

독서광 케이트에겐 "소박함, 소박함, 소박함! 말하노니, 자신의 일을 수백 가지나 수천 가지가 아니라 두세 개로 줄이라"고 말하는 소로의 『월든』이 화려한 삶을 동경하면서도 "소박한 즐거움"을 잊지 않도

---

* 위의 책, 209쪽.

록 지탱해주는 길잡이가 된다. 팅커와 같이, 로빈슨 크루소처럼 무인
도에 난파당하는 신세가 되었다고 가정하고 자신의 주머니에 들어 있
으면 좋을 두 가지 물건에 대해 이야기할 때, 케이트는 말한다. 카드 한
벌과 소로의 『월든』이라고. 모든 페이지에서 무한을 엿볼 수 있는 책이
라고. 그리하여 『월든』을 읽게 된 팅커는 상류사회에 편입하기 위한 조
지 워싱턴의 110개의 규칙을 버리고 제 삶의 주인이 되기 위한 하나의
규칙을 찾기로 결심한다.

　　　　　『월든』에서 자주 인용되는 구절이 하나 있다. 소로가 우리에
게 자신만의 북극성을 찾아 선원이나 도망 노예처럼 흔들림 없이 그 별
을 따라가라고 권고하는 구절이다. (…) 하지만 『월든』에서 지금까지
항상 내 곁에 머무르는 구절은 그것뿐만이 아니다. 소로는 진리가 멀
리 있다는 생각은 잘못된 것이라고 말한다. 저 멀고 먼 별 뒤에, 아담이
태어나기 이전과 심판의 날 이후에 진리가 있는 것이 아니라는 것이다.
"그 모든 시대와 장소와 일들이 모두 지금 이곳에 있다."•

『월든』에서 큰 감명을 받은 팅커는 케이트에게 고백한다.
"처음 봤을 때부터 나한테는 당신 안의 차분함이 보였어요. 사람들

•　위의 책, 371~372쪽.

이 책에 써놓았지만 실제로 갖고 있는 사람은 거의 없는 것 같은, 내면의 고요함 같은 것. 그래서 속으로 이런 생각을 했죠. 저 여자는 어떻게 저럴 수 있지? 그러다가 저건 후회가 없는 사람만이 가능하다는 생각이 들었어요. 뭔가 결정을 내릴 때… 아주 차분한 마음으로 단호하게 결정을 내리는 사람만 가능한 일이라는 생각. 그게 나를 멈칫하게 했죠. 그래서 그걸 다시 보고 싶어서 참을 수가 없었어요."

그러나 둘은 헤어진다. 팅커가 과거의 모든 걸 다 버리고, 『월든』의 가르침대로 현재에만 충실하며 살아보겠다며 케이트를 떠나기 때문에. 그리고 법률 회사를 떠나 취직한 잡지사에서 새로 만드는 잡지 창간호 기획 아이디어를 내 크게 인정받은 케이트는 이후 에디터로 승승장구한다. 전시회에서 돌아온 중년의 케이트가 센트럴파크를 굽어보는 5번가의 고급 아파트 발코니에서 팅커를 떠올리는 것으로 소설은 끝이 난다. 팅커가 그립지만 지금의 남편을 선택한 삶을 후회하지는 않는다면서 케이트는 또 생각한다.

"하지만 나는 올바른 선택이란 원래 인생이 상실을 결정화시키는 수단이라는 것 또한 잘 알고 있다."

∾

촌년은 어떻게 출세하는가. 드라마 〈동백꽃 필 무렵〉의 주인공 용식은 고향 웅산에 대해 "여기는 텃세에 대한 투지가 있는 동네"라 말한다. "텃세에 대한 투지"가 있을 때 촌년은 출세한다. 고향에 대한 긍지를 가질 때, 사투리를 부끄러워하지 않을 때, 도회의 화려함을 동경하되 지나치게 욕망하지 않고 내면의 꼿꼿함을 유지하며 품위를 지킬 때. 그리고 팅커가 소홀히 했으나 케이트는 중요하다 생각했던 조지 워싱턴의 101번째 규칙 "양심이라 불리는 천상의 불꽃이 가슴속에 항상 살아 있게 노력하라"는 지침을 지킬 때.

우아함은 교양의 영역에 있다. 부유함이라든가 도회적인 것과는 다른 문제로 어느 정도의 천성과 어느 정도의 훈련을 필요로 한다. 그리고 독서란 교양을 쌓기 위한 가장 효과적이면서 많은 돈을 필요로 하지 않는 훈련법이다.

아버지가 아침에 커피를 마시는 것처럼, 케이트는 찰스 디킨스의 책을 읽으며 작품 속 용감한 주인공들로부터 삶의 태도를 배우는 것을 "일상의 소박한 즐거움"으로 여기고 지켜왔다. 지방의 작은 도시에서 자라면서, 책을 통해 모든 걸 배운 '어린 독서광'이었던 나는, 독서를 통해 스스로를 단련시키는 케이트를 단번에 이해할 수 있었다. 소설에서 진정으로 '우아한 연인'은 누구일까. 상류계급 출신의 팅커라기보다는 이민자들의 동네 브루클린 출신 케이트가 '우아한 연인'이라고 생각하는 것은, 욕망의 천박한 민낯을 드러내지 않고 차근차근 성취를 이뤄나가는 그녀의 자제력 때문이다.

팅커의 내연녀로, 케이트를 연적으로 여겼던 맨해튼의 상류층 여성 앤은 마침내 케이트를 인정하며 이렇게 말한다. "대부분의 사람들은 필요한 것보다 원하는 것이 더 많아요. 그래서 다들 그렇게 살아가는 거예요. 하지만 이 세상을 움직이는 건 필요한 것이 원하는 것을 능가하는 사람들이에요."

두 시간 가까이 이어지는 코스 요리를 만끽하며 케이트가 벨 에포크에서 즐겼던 기품 있는 정찬을 떠올렸던 그날 저녁, 수영이 낮에 식당에서 둘이 찍은 사진과 함께 문자를 보내왔다. "카톡 프로필 사진 이걸로 ㅋㅋ. 제목: 출세한 촌년들."

주저하는
사람의 성장기

『비커밍』 미셸 오바마

『비커밍』
미셸 오바마 지음
김명남 옮김
웅진지식하우스, 2018

전전긍긍하는 성격의 모범생으로서 불만인 것이, 왜 모범생이 성공하는 이야기는 별로 없느냐 하는 것이다. 그리스 신화 「헤라클레스의 열두 가지 모험」의 영웅부터 무협지의 주인공들까지 호걸들은 대개 호방하고, 자잘한 일에 신경 쓰지 않으며, 스스로에 대해 자신감이 가득하여 거침이 없다.

여성 영웅들도 마찬가지다. 『바리공주』의 바리데기는 위독한 아버지를 치료할 약수를 구하기 위해 위험을 무릅쓰고, 자기계발서를 쓰는 성공한 여자들은 성공의 키워드로 '자신감'과 '거침없음'을 내세운다. 힐러리 로댐 클린턴의 자서전 제목을 보고 나는 기가 질려 차마 책장을 넘기지 못했는데,『살아 있는 역사』라는 제목에서 나처럼 소심한 사람은 뼈까지 발라 먹을 듯한 엄청난 자신감이 느껴졌기 때문이다. 지난 2008년 미국 대선에 출마하면서 "나는 승리하기 위해 뛰어들었다"고 말했던 힐러리를 도무지 좋아할 수 없었던 것은 아마도 나라는 여자는 항상 스스로의 능력을 의심하며, 웬만해서는 게임에 참여하지 않고, 어쩔 수 없이 참여하게 되더라도 승리를 확신하지 못하고 끊임없이 '나는 잘하고 있는 걸까?' 하고 자기 검열을 하기 때문일 것이다.

쉽사리 나대지 못하는 건 천성이자 교육의 결과물이다. 부모님은 항상 성과를 칭찬하기보다는 "세상에 너보다 훌륭한 사람 훨씬 많다"고 가르쳤다. 기를 북돋아주기는커녕 오히려 꺾어 주저앉혔던 그 지나치게 엄격한 공정함이, 영민한 딸이 오만해져 남들로부터 미움받을까 염려했던 부모의 경계라는 걸 알게 된 건 30대가 되어서였다. 어쨌든 간에 나는 거칠 것 없이 야심 넘치는 영웅호걸 부류를 도무지 좋아할 수 없었다. 나 자신과 도저히 동일시가 되지 않았기 때문에.

여기, '내가 충분히 잘해내고 있을까?'라고 버릇처럼 자문하는 모범생 소녀가 있다. 미셸 오바마의 자서전 『비커밍』은 매사에 주저하는 성격의 이 소녀가 세상을 향해 '날 좀 봐줘, 내가 그럭저럭 해내고 있는 거 봤어?'라고 묻는 워킹맘에서, '나는 충분히 훌륭할까? 그럼 물론이지' 하고 자문자답하는 자신감에 찬 퍼스트레이디가 되기까지의 건실한 성장기다.

프린스턴 대학과 하버드 대학 로스쿨을 나온 변호사에 시카고 대학

병원 부사장이라는 경력. 굳이 남편 덕에 걸친 '퍼스트레이디'라는 이름이 아니더라도 충분히 잘난 이 여자의 이야기가 단순히 '잘난 여자의 잘난 이야기'로 읽히지 않았던 것은, 미셸이 매사에 주저하는 신중하면서도 소심한 성격과 흑인이기 때문에 "남들보다 두 배 이상 잘해야 절반이라도 인정받는다"는 말을 항상 들어왔던 소수자의 자아를 책에서 솔직하게 드러내고 있기 때문이다.

2018년 11월 13일 전 세계 31개 언어로 300만 부 동시 출간된 이 책이 나왔을 무렵엔 미셸이 유력한 대권 후보로 떠오르고 있다는 이야기가 들렸고, 책을 이용해 정치 기반을 다지려 한다는 소문도 떠돌았다. 정치인이 노림수를 가지고 쓴 책을 좋아하지 않는데도, 나는 책장을 넘기자마자 깊이 빠져들었다. 첫 문장에서부터 매혹되었기 때문이다. 미셸은 썼다.

나는 어린 시절 대부분을 노력의 소리를 들으면서 자랐다.[•]

시카고 흑인 노동자 동네에서 태어나 자란 미셸은 어머니의 고모인 로비 할머니 부부 소유인 아담한 벽돌 건물의 2층을 빌려 살았다. 1층에 살았던 로비 할머니가 동네 아이들에게 피아노를 가르칠 때, 아이

• 『비커밍』, 미셸 오바마 지음, 김명남 옮김, 웅진지식하우스, 2018, 17쪽.

들이 할머니의 인정을 받고자 딩동댕거리는 그 소리가 미셸의 귀에는 '노력의 소리'처럼 들렸던 것이다.

∞

~~ 사람들이 '미셸! 미셸!' 하고 불렀다. 나는 너무 피곤해서 울음이 터질 것 같았다.*

버락 오바마의 대통령 취임식이 있었던 2009년 1월 20일 밤, 미국 최초의 흑인 영부인이 된 이 여자는 한계에 다다랐다. 퍼스트레이디다운 발언을 할 기력도, 친구들에게 손 흔들 기력도 없었다. 붉고 두꺼운 카펫을 재빨리 걸어가서, 관저로 올라가는 엘리베이터에 올라탔다. 낯선 복도를 걸어 낯선 침실로 들어간 뒤, 신발과 드레스를 벗고 낯선 침대에 기어들어갔다.

560쪽 분량의 책에서 가장 인상적이었던 건 이 장면이었다. 거침없고 외향적인 성격인 남편과는 달리 복잡하고 내향적인 성격의 미셸이, 남편의 대통령 취임식 날 같이 환호하며 우쭐하기보다는 "파티장 속으로 삼켜진" 버락을 뒤로하고 잠시 우두커니 서 있다가 아무와도 말

---

* 위의 책, 401쪽.

214

을 섞고 싶지 않다는 듯 몸을 빙글 돌려 도망치는 장면.

미셸 오바마는 '너무 야심 많은 남자'와 결혼해 힘에 부치고 혼돈에 빠진 한 여성의 이야기를 차분한 목소리로 들려준다. 유력한 차기 대권 후보로 꼽히는 그녀지만 책에서 정치적 야망을 드러내지 않는다. 오히려 이렇게 못 박는다.

> 나는 공직에 출마할 의향이 없다. 전혀 없다. 나는 애초에 정치를 그다지 좋아하지 않았고, 지난 10년의 경험으로도 그 생각이 별로 달라지지 않았다. 나는 정치의 불쾌한 측면을 아무래도 좋아할 수가 없다.[*]

진심일까, 아니면 정치적 제스처일까? 한 가지 확실한 것은 미셸이 '누구의 아내'란 사실을 후광 삼아 권력을 얻는 것을 탐탁히 여기는 부류의 사람은 아니라는 것이다. 그녀는 썼다.

> "엄밀히 말해서 퍼스트레이디는 직업이 아니고, 정부의 공식 직함도 아니다. 연봉도, 정해진 의무도 없다. 대통령에게 딸린 사이드카 같은 자리일 뿐이다."[**]

---

[*] 위의 책, 555쪽
[**] 위의 책, 377쪽.

책의 전반부는 노예의 후손인 그녀가 똑똑한 머리와 근면함 덕에 명문 프린스턴 대학과 하버드 대학 로스쿨을 졸업하고 대형 로펌에서 변호사로 일하던 중 인턴으로 들어온 하버드 대학 로스쿨 후배 버락 오바마와 사랑에 빠져 결혼하기까지의 과정을 세밀하게 다룬다.

버락과의 첫 만남에 대해서는 이렇게 쓴다. "버락 오바마는 첫날 늦었다." 반한 이유는 모범생인 자신과는 정반대였기 때문이다.

> 버락에게는 조언이 필요 없다는 사실을 금세 알 수 있었다. 그는 나보다 세 살이 많아 곧 스물여덟 살이었고, 컬럼비아 대학에서 학부를 졸업한 뒤 법대에 곧장 진학하지 않고 몇 년 동안 이런저런 일을 했다. 나는 그가 자기 삶의 방향을 확신하는 것 같아서 내심 놀랐다. 내가 한 박자도 놓치지 않고 성공을 향해 행진하여 프린스턴에서 하버드로, 하버드에서 47층 사무실로 일직선으로 날아온 데 비해, 그는 이질적인 여러 세상을 오가면서 그때그때 되는대로 지그재그로 걸어온 것 같았다.[*]

버락이 미셸과 데이트하다 아이스크림 콘을 먹던 중 "키스해도 되나요?"라고 묻는 장면은 어떤 독자들에겐 신데렐라 이야기를 다룬 로

---

* 위의 책, 137쪽.

맨스 영화처럼 달콤하게 여겨질지도 모른다. 그러나 미셸은 알파걸이 결혼 후 여성으로서 겪는 좌절에 초점을 맞춘다. 이를테면 난임 치료의 고통을 홀로 견뎌내야 하는 아픔 같은 것.

　　　나는 가족을 꾸리고 싶었다. 버락도 가족을 원했다. 하지만 나는 혼자서 집 욕실에 앉아 그 소망의 이름으로 내 허벅지에 주삿바늘을 꽂을 용기를 내려고 애쓰고 있었다. 어쩌면 바로 그 순간 정치에 대해서, 또한 버락이 흔들림 없이 정치에 몰두하는 데 대해서 처음으로 희미한 분노를 느꼈는지도 모르겠다.[*]

버락이 정치에 빠져 가정을 소홀히하는 바람에 부부 상담을 받았던 일, '독박 육아'의 고통, 자신이 시카고 대학 병원 부사장으로 승승장구했음에도 불구하고 남편의 정치 기반이 탄탄해질수록 자신의 야망에 무감각해져야만 했던 슬픔도 솔직히 털어놓는다.

　　　적어도 사회의 몇몇 영역에서는, 내가 오바마 부인이라는 사실이 나를 위축시켰다. 나는 이제 남편을 통해서 존재가 정의되는 여자가 된 것 같았다.[**]

---

[*]　위의 책, 253쪽.
[**]　위의 책, 293쪽.

집에서는 업무 통화를 하며 죄책감을 느꼈고, 직장에서는 큰딸 말리아에게 땅콩 알레르기가 있을지도 모른다는 생각에 정신이 팔렸다가역시 죄책감을 느꼈다는 이 똑똑한 여자가, 본인은 혼돈 속에서 발을동동 구르는데 '한 발짝도 헛디디지 않는 것 같은' 남편을 보며 얼마나무력감을 느꼈을지 나는 짐작할 수 있었다. 두 아이를 둔 워킹맘이라늘 종종대는 친구가 언젠가 이런 말을 했다. "나는 결혼이란 남편과 같은 배를 타는 거라고 생각했는데, 막상 결혼하고 아이 낳고 보니 남편은 일등실에 타고 있는데, 나는 삼등실에 있더라고."

'최초의 흑인 영부인'이라는 타이틀은 그녀에게 일종의 도전이었다. 미셸은 말한다.

내 백인 전임자들은 그 자리에 어울리는 우아함을 당연하게 인정받는 듯했지만, 나는 그렇지 않을 터였다. 내 우아함은 스스로 쟁취해야 했다.*

• 위의 책, 378쪽.

　　　　어느 연방 하원의원은 그녀의 엉덩이가 너무 크다고 조롱했다. 대중은 그녀를 '성난 흑인 여자'라 깎아내렸다. "나는 여성이고, 흑인이고, 강했다. 그런데 특정 사고방식을 지닌 사람들에게는 그 사실이 '성난 사람'이라는 한 가지 뜻으로만 번역되는 듯했다."*

도널드 트럼프는 흑인이자 여성으로 이중의 소수자인 그녀가 절대로 묵인해서는 안 되는 존재로 다뤄진다. 그녀는 지난 대선 결과를 언급하면서 "왜 그토록 많은 사람이, 특히 여성들이 유례없이 자격이 출중한 여성 후보자를 놔두고 여성 혐오자를 대통령으로 선택했을까 하는 의아함을 평생 간직할 것이다"라고 썼다.
　　'퍼스트레이디'라는 화려한 역할에 손쉽게 안착할 수 있으리라는 생각은 한순간도 하지 않았던 이 여자에게, 인종주의자들과 여성혐오자들의 공격 앞에서 힘이 된 것은 오랜 '의구심'과 '주저하는 성격'이었다. 미셸은 옛날, 시카고 최초의 매그닛 고등학교[특목고]인 휘트니 M. 영 고등학교에 합격했을 때 느꼈던 의구심까지 소환한다.

　　　　자신감이란 때로 자신의 내면에서 이끌어내야 함을 그 시절에 배웠고, 이후에도 여러 산을 오르면서 자신에게 여러 차례 똑같은 질문

---

* 　위의 책, 354쪽.

을 묻고 똑같은 응답을 했다. 나는 충분히 훌륭할까? 그럼, 물론이지.[*]

제목이 『비커밍becoming』인 건 무언가 '되느라' 분투해온 한 여성의 여정이기 때문이다. 책은 '내가 되다Becoming Me' '우리가 되다Becoming Us' '그이상이 되다Becoming More'라는 세 부분으로 이루어져 있다. 이 이야기의 주인공이 앞으로 또 무엇이 '될지'는 시간이 말해줄 것이다.

거대한 야망을 가져본 적도 없고, 야심을 가진다 한들 이루어지리라 생각해본 적도 없다. 직장 생활은 늘 버거웠고, 특별히 유능하지 못한 나는 늘 기신기신 버텼다. 어릴 적 부모님 말씀대로 세상엔 나보다 훌륭한 사람들이 너무 많았다. 도망가고 싶은 마음에 대학원 진학을 핑계로 휴직을 한 적도 있고, 도저히 못 견뎌 사표를 쓴 적도 있다. 회사 생활 만 18년을 꽉 채운 지금도 내가 이 직장에서 더이상 승진한다거나, 인정받을 거라 기대하지 않는다. 언젠가 한 역술인이 엄마에게 이런 말을 했다고 한다. "양띠 자식은 객지 인연하여 의외로 크게 성공한다." "근데 왜 '의외로'야?" 농 삼아 엄마에게 물었지만, 나 스스로도

● 위의 책, 378쪽.

내가 '의외로' 여기까지 왔다는 걸 잘 알고 있다.

그나마 일을 그만두지 않고 버텼던 건 쉽게 말하자면 '목구멍이 포도청'이라, 내 한 입은 스스로 벌어먹여야 한다는 생각 때문이었다. 남자의 경제력에 의지해 살아보고 싶다는 생각, 솔직히 안 해본 건 아니다. 지금도 종종 한다. 다만 팔자도, 자존심도 아직까지는(!) 허락하지 않았다. 한때의 남자 친구는 "그래도 괜찮아. 많은 여자들이 그렇게 사는데 넌 뭐가 잘났다고 그걸 못 하겠다는 거니?"라며 한숨을 내쉬기도 했지만 나는 잘 버는 남자를 만나느니 내가 잘 버는 편이 좋았고, 남자 친구의 성취를 늘 질투했으며, 항상 내가 더 잘 나가고 싶었다. 그렇기 때문에 '오바마 부인'이라는 사실에 위축되는 미셸을 이해할 수 있었다. 누군가는 그녀를 일러 남편 덕에 명성 얻은 운 좋은 여자라 하겠지만, 커리어를 가져본 여자라면 알 것이다. 제 이름이 아니라 '누군가의 아내'로만 불리는 삶이 얼마나 허약한지. 살면서 조그마한 '야심'이나마 품어보았다면, 내 밥벌이는 내 힘으로 한다는 것이다.

이따금 마흔 살, 지금 내 또래 무렵의 미셸을 떠올린다. 세 살 사샤와 여섯 살 말리아의 에너지를 따라잡기 버거워 숨이 가빴다는 그녀를, 쇼핑몰에 주차해놓은 차 안에서 라디오를 틀어두고 혼자 패스트푸드를 먹으면서, 할 일을 해치웠다는 안도감을 느끼고 효율성에 뿌듯해했다는 그녀를. 들어주는 사람도 없지만 이렇게 말하고 싶었다는 그녀. 날 좀 봐줘. 내가 그럭저럭 해내고 있는 거, 봤어?

그녀와 동류인 나는 가끔씩 생각한다. 나는 왜 스스로를 끊임없이 다독여야만 삶을 지탱할 수 있는 부류의 인간인가. 그 사실이 절망스러울 때도 있다. 그렇지만 "괜찮아"라고 나 자신에게 여러 번 얘기한다. 괜찮아, 넌 생각보다 강해. 괜찮아.

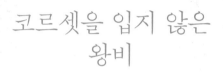

코르셋을 입지 않은 왕비

『여혐의 희생자, 마리 앙투아네트』
마리 앙투아네트

『여혐의 희생자, 마리 앙투아네트』 1~2
엔도 슈사쿠 지음
김미형 옮김
티타임, 2017

"여성들이 페미니즘을 부정하고 페미니스트라 불리는 걸 거부하면서 페미니즘에서 잉태된 모든 발전과 변화를 지지한다고 말할 때는 솔직히 화가 난다."

미국 페미니스트이자 작가인 록산 게이는 『나쁜 페미니스트』에서 이렇게 말했다. 나는 요즘 페미니스트를 자처하며, 페미니즘에서 잉태된 발전과 변화를 분명히 흡수했을 몇몇 여성들이 특정 당파에 대한 추종이나 소위 '이념' 때문에 선택적으로 어떤 여성의 고난에 눈을 감는 걸 보고 있자니 솔직히 화가 난다.

성추행 혐의로 고소당한 후 세상을 버린 어느 권력자와 관련된 이야기다. 남자들이야 원래 이런 사건에서 대개 남자 편을 들게 마련이므로 애초부터 크게 기대하지 않는다. 그렇지만 명색이 페미니즘을 부르짖었던 여자라면 달라야 하는 것 아닌가? 성희롱·성추행·성폭행이 나쁜 짓인 건 한 인간이 타고난 성별을 이유로, 다른 성별의 인간을 노리

개로 삼는 것을 당연하다 여겼다는 지점 때문이다. 성폭력은 피해자의 영혼을 말살한다. 죽음보다 더한 고통이다. 영혼이 파괴된 자의 고통에 어떻게 '선택적' 공감이 적용될 수 있는지 도무지 이해할 수 없다.

록산 게이는 또 이렇게 말했다.

"그러나 페미니즘은 선택이기도 하다. 어떤 여성이 페미니스트가 되고 싶지 않다면 그 역시 그녀의 권리이기에 존중한다. 하지만 그녀의 권리를 위해 싸우는 것 또한 나의 의무이며, 나라면 하지 않을 법한 선택을 하는 여성들을 지지하는 것이 페미니즘의 근본 원칙이라고 믿는다."

이는 "나는 당신의 의견에 동의하지 않는다. 그렇지만 당신이 '아니'라고 말할 권리를 위해 끝까지 싸우겠다"고 했던 볼테르의 말과도 상통한다. 좀 더 확장시켜보자면 "당신과 나는 이념이 다르고, 당파도 다르지만, 당신이 여성이기 때문에 고통받는다면 당신이 한 인간으로서의 권리를 찾는 것을 돕기 위해 끝까지 싸우겠다"는 말과도 통한다.

피해자에게 가해지는 2차 가해를 목격하며 '여성은 그저 2등 국민이었을 뿐'이라며 분노했다. 그간 사회생활하며 겪었던 모든 위력에 의한 성폭력의 순간이 스쳐 지나갔다. 그 앞에서 무력했던 나 자신이 피해자와 겹쳐졌다. 그래서 괴로웠다. 피해자가 더 큰 고통을 겪게 될까 우려했다. 복잡하고 괴로운 마음을 주체하지 못하며 엔도 슈사쿠遠藤周作, 1923~96의 『여혐의 희생자, 마리 앙투아네트』를 다시 읽었다.

1979~80년 아사히신문출판부에서 출간된 책의 원제는『왕비 마리 앙투아네트』이지만 2017년 국내 번역판의 제목은『여혐의 희생자, 마리 앙투아네트』로 붙여졌다.

∞

　많은 사람들이 금발의 남장 여자 오스칼이 미남인 스위스 귀족 페르젠을 놓고 마리 앙투아네트와 내심 경쟁하는 이야기인, 이케다 리요코의 만화『베르사유의 장미』로 마리 앙투아네트를 기억할 것이다. 이 만화는 마리 앙투아네트를 배고픈 민중들의 실상을 전해 듣고는 "빵이 없으면 과자를 먹으면 될 것 아니냐"고 말했다는 매정한 지배계급, 척살해야 할 민중의 적이 아니라 입체적인 '인간'으로 그려낸다. 그렇지만 내게 그저 처단해야 할 대상인 '귀족'이 아니라 한 인간으로서의 마리 앙투아네트를 가장 먼저 알려준 책은『베르사유의 장미』가 아니라 초등학교 저학년 때 읽은 또 다른 책이다.
　『소공녀』에 이런 구절이 있다.

　　　　하늘이 두 쪽 나도 이것 하나만은 바뀌지 않을 거야. 내가 만일 공주라면 너덜너덜한 누더기를 걸쳤다고 해도 속마음은 공주처럼 될 수 있어. 금빛 찬란한 옷을 입으면 공주처럼 행동하기가 한결 쉽겠지만 아무도 몰라줄 때에도 한결같이 진짜 공주처럼 행동하는 게 훨씬 보람 있을 거야. 마리 앙투아네트는 왕비 자리에서 쫓겨나 감옥에 갇혀서 검정 옷만 입고, 머리는 하얗게 세고, 카페의 과부라고 불리며 수모를 당했지. 그래도 난 마리 앙투아네트가 감옥에서 지낼 때가 가장 좋았어. 모든 게 으리으리한 곳에서 더없이 화려하게 지낼 때보다 그때가 훨씬 더 왕비다웠으니까. 성난 사람들이 아우성을 쳐도 눈도 꿈쩍하지 않았던 그때가. 비록 그들에게 목은 잘렸지만 그 사람들보다 마리 앙투아네트가 훨씬 더 강했던 거야.*

이는 아버지의 죽음으로 고아가 되어 학교의 '특별 학생' 신분에서 허드렛일을 하는 하녀로 전락한 주인공 세라가 스스로를 위로하고 북돋기 위해 하는 말이다. 『소공녀』의 저자인 버넷은 덧붙인다.

     이건 이 무렵에 처음 한 것이 아니라 세라가 오래전부터 해오던 생각이었다. 그런 생각이 숱한 고난의 나날을 버티게 해주는 힘이 되었고 그 덕분에 의연한 얼굴로 기숙학교를 돌아다닐 수 있었다. 마치 세상 모든 사람들보다 높은 정신세계를 살아가는 듯한 세라의 모습을 보면서 민친 교장은 이해가 되기는커녕 곤혹스럽기 짝이 없었다.**

세상사에 초연해 보인다는 이야기를 어릴 때부터 여러 번 들었다. 세라에게 비할 바는 아니지만 나름의 고난 앞에서도 의연할 수 있었던 것은 '한 차원 높은 정신세계'에 대해 일찍 배웠기 때문이다. 세라에게 그걸 가르쳐준 이가 마리 앙투아네트였으니, 한 인간으로서의 '나'를 구축하는 데 마리 앙투아네트의 기여분이 조금은 있는 셈이다.

사무실로 배달되어 온 신간 더미에서 엔도 슈사쿠의 『여혐의 희생자, 마리 앙투아네트』를 발견했을 때, 맨 처음 든 생각은 '엔도 슈사쿠 같은 작가가 왜 이런 주제로 책을 썼지?'였다. 내게도 마리 앙투아네트에 대한 편견이 있었기 때문이다. 사치스러운 생활을 일삼다 단두대에서 생을 마감한 프랑스 왕비라는 주제는, 『베르사유의 장미』와 같은 순정만화에서는 작가의 상상력을 버무려 충분히 다룰 만하다고 생각했지만 마틴 스콜세지 감독이 영화로 만들기도 한 『침묵』(영화 명 〈사일런스〉)과 같은 명저를 남긴 진지하고 고매한 작가, 엔도 슈사쿠와는 잘 연결되지 않았다.

● 『소공녀』, 프랜시스 호지슨 버넷 지음, 곽명단 옮김, 펭귄클래식코리아, 2017, 167쪽.
●● 『소공녀』, 167쪽.

아쿠타가와 상, 다나자키 준이치로 상 등을 받은 일본 문학계의 지성 슈사쿠는 "절체절명의 순간, 신은 어디에 있는가?"를 물은 『침묵』에서와 마찬가지로 『여혐의 희생자, 마리 앙투아네트』에서도 기독교 주의를 바탕으로 죄와 악, 인간의 허약함, 눈에 보이는 것 너머의 진실에 대해 이야기한다. 열네 살에 프랑스 왕비가 된 오스트리아 공주 마리 앙투아네트가 서른일곱 살에 단두대의 이슬로 사라지기까지의 이야기는 익히 알려진 것이지만, 슈사쿠는 '민중'을 대표하는 빵집 하녀 마르그리트, 선악과 인간 본성에 대해 치열하게 고민하는 아녜스 수녀라는 허구의 인물을 등장시켜 이 역사적 이야기에 소설의 색채를 더한다. 가진 자는 악이요, 가난한 자는 선이라는 단순한 이분법에서 벗어나 독자들이 세계의 복잡성에 대해 깊이 고민하도록 만든다.

'미투 운동'이 활발해지고, 그 어느 때보다 페미니즘에 대한 관심이 높은 이 시점에 슈사쿠의 『여혐의 희생자, 마리 앙투아네트』는 '모든 것을 다 가진 것처럼 보이는 여성'에 대해 세상이 얼마나 잔인하고 가혹한지, 세인들이 그의 몰락을 얼마나 가학적으로 즐기는지를 생생히 증언한 텍스트로 읽힌다.

어떤 여인의 미모와 부, 지위를 선망하고 열광하는 사람들의 마음 속에서는 그림자처럼 시기와 질투가 자라게 마련이다. 그리고 어느 순간, 그렇게 부러워했던 그 여자가 한 발이라도 헛디뎌 미끄러지면 가차 없는 돌팔매질이 시작된다. "너희 중 죄 없는 자 이 여인에게 돌을

던지라"는 예수의 말이 무색하게, 스스로는 무해하고 무결한 존재인 양, 한때 완벽해 보였던 여자에 대해 비판하고 비난하고 심판한다. 대중이 고위층 남자의 몰락보다 많이 가진 여인의 비극에 유독 잔인한 것은 제2의 성[*]이요, 비루한 존재인 여성이 감히 고귀한 지위를 누린다는 사실을 견디지 못한 이들이 제 본성을 스스럼없이 드러내기 때문이 아닌가 한다.

소설 속 하녀 마르그리트는 프랑스로 시집오는 마리 앙투아네트를 환영하는 인파를 보며 "미워 죽겠어"라고 생각한다. 자신보다 한 살 어린 저 소녀가 자신은 차마 꿈도 꾸지 못하던 것들을 누린다는 사실에 시기와 질투를 느껴서다. 이후 마리 앙투아네트를 겨냥한 악행을 저지르고, 그의 죽음에 일부 기여하며, 그 죽음 앞에서 '정당한 일을 했다'고 합리화하는 마르그리트에 대해 슈사쿠는 이렇게 쓴다.

> 부유한 자에 대한 가난한 자의 질투였다. 행복한 자에 대한 불행한 자의 증오였다. 충만한 자에 대한 굶주린 자의 선망과 원한이었다. 마르그리트는 그 여자가 행복해 보일수록 자신의 처지와 얼마나 다른지 사무치게 느끼고, 말할 수 없는 적의를 느끼는 것이었다.[*]

---

* 『여혐의 희생자, 마리 앙투아네트』 2, 엔도 슈사쿠 지음, 김미형 옮김, 티타임, 2017, 115쪽.

질투의 화신 마르그리트를 등장시킴으로써 슈사쿠는 '선량한 민중'이라는 평범한 공식을 깬다. 모두의 마음속에 악이 자리 잡을 수 있음을 상기시킨다.

여성 혐오의 대상으로서의 마리 앙투아네트에 대해서는 그녀가 처형된 최종 죄목이 아홉 살 난 아들과 근친상간을 했다는 것이었음을 상기시킨다. 혐의를 부인하며 "자연이 어머니에 대한 그런 혐의를 거부하기에 그렇다"고 답한 마리 앙투아네트의 답변은 재판정의 어머니들을 감복시켰지만, 어떤 사람들은 그럼에도 불구하고 그녀를 '오스트리아의 매춘부' '암원숭이' 등으로 불렀다. '쉬운 여자' '몸 파는 년' '걸레'와 같은 말로 행하는 성적인 모독은 여성에 대해 공공연하게 저질러지는 테러다. 요즘은 래디컬 페미니스트들의 등장으로 상황이 좀 바뀌긴 했지만 남성은 아무리 무거운 죄를 저질러도 웬만해서는 그런 이야기를 듣지 않는다. 상명대 명예교수 박정자는 책의 해제에 썼다.

난잡함, 근친상간, 음모 등을 빌미로 삼은 이 모든 공격은 공적 여성에 대한 남성들의 근본적인 불안감을 반영한다. 창녀를 빼고는 공적 영역에 진입한 여성이 아무도 없던 구체제하에서 왕비는 가장 극단적인 형태의 공적 여성이었다.

● 『여혐의 희생자, 마리 앙투아네트』 1, 엔도 슈사쿠 지음, 김미형 옮김, 티타임, 2017, 11쪽.

"마리 앙투아네트는 사상 최초로 정치적 영역에서의 여혐의 희생자"였다고 박정자 교수는 말한다. 나는 좋은 교육을 받고 사회적으로 높은 지위에 있는 남성이 정치적인 이유로 구속 수감된 고위직 여성에 대해 "저 여자도 수감 전 일반 여죄수들처럼 질膣 속에 금지 물품을 숨기고 있지 않은지 수색을 당했겠지"라고 말하며 흐뭇해하는 것을 본 적이 있다. 억측을 피하기 위해 덧붙이자면 직장에서 목격한 광경은 아니다.

여혐이 못 배운 자들이나 가지는 비뚤어진 마음이라 생각하면 오산이다. 여성 혐오는 많이 배우고 높은 지위에 있는 여성과 접할 기회가 많고, 그 여성들과 밥그릇 싸움을 해야 하는 계층의 남성들에게서 더욱 도드라진다. 성급한 일반화는 금물이지만, 많은 경우 남성은 여성이 자신보다 못하다 생각할 때만 너그럽다. 일단 '상대할 만하다' 싶으면 동성에게 하는 것보다 훨씬 더 잔인하게 짓밟는 경우가 많다. 성적인 모독을 서슴지 않는 경우도 있다. 어떤 여성이든 성적으로 정복할 수 있어야 남자다운 것이라는 생각이 남자들의 무의식에 깔려 있기라도 한 걸까. 그 무도함에 여러 번 소스라쳤다.

슈사쿠는 혁명의 이름으로 왕비의 친구 랑발 공작 부인을 처형한 이들이 그녀의 성기를 자르고 음모를 코밑에 달아, 모여든 사람들에게 자랑삼아 내보이는 광경을 묘사한다. 그리고 쓴다.

　　　　∽　　모든 인간이 갖는 폭력에 대한 욕망이, 이날은 당당하게 인정을 받았다. 인정을 받았을 뿐만 아니라 그것을 정의라고 믿었다.*

그렇지만 혁명의 대의에 동조하면서도 그 방법론에 회의하는 아녜스 수녀는 묻는다.

　　　　∽　　"그 사람들을 죽이는 게 과연 이 혁명에 꼭 필요할까요? 상징은 근본적으로 제거해야 한다고 일부 과격파들은 말합니다. 하지만 그 방법은 인간을 정치적인 면에서만 바라보고 하나의 인격으로서는 바라보지 않는 태도입니다. 인간을 단순히 정치의 도구로만 여기고 인격으로 간주하지 않는 혁명이란, 그리스도교 신자인 제겐 정말 끔찍한 것으로 여겨져요."**

아녜스 수녀의 질문이 곧 슈사쿠 작품의 핵심이다. 수녀는 또 묻는다.

　　　　∽　　"혁명에 왜 국왕과 왕비의 처형이 필요하지? 국왕이 반동주의자의 상징이기 때문에 말살시켜야 한다는 건, 자신들의 실정에서 민중

---

* 『여혐의 희생자, 마리 앙투아네트』 2, 224쪽
** 위의 책, 200쪽.

들의 눈을 돌리게 하기 위한 구실에 불과하잖아."[*]

슈사쿠는 아녜스 수녀를 혁명 과격파의 거두 장 폴 마라를 암살한 여인 코르데로 그림으로써 작품의 소설적 재미와 의미를 부각시킨다. 그리하여 두 여인, 아녜스 수녀와 왕비는 같은 날 단두대에서 처형된다.

마리 앙투아네트의 품위는 마르그리트의 거칠고 포악한 마음가짐과 대비된다. 슈사쿠는 면세 특권을 지닌 귀족이 약 30만 명, 몰락 귀족의 신분을 돈으로 사고 귀족 계급으로 신분 상승을 한 새로운 귀족들이 약 10만 명, 귀족과 성직자를 제외한 프랑스 국민 전체인 제3신분이 2600만 명이라는 프랑스 혁명 직전의 사회구조를 적시한 후에 혁명이 불타오를 분위기를 깨달은 마리 앙투아네트가 이렇게 말하는 것으로 그린다.

"세상은 왕실에 점점 더 악의를 품게 되겠죠. 천박하고 야만스러운 생각들이 사회 정의라는 이름하에 널리 퍼져갈 테지요. 하지만 난

---

* 위의 책, 269쪽.

이렇게 생각해요. 어떤 상황에서든 나는… 이것 하나만은 지켜나가겠다고요."

"이것 하나요? 그건 뭔가요?"

"우아함이요." 왕비는 골똘히 생각에 빠진 듯 혼잣말을 했다. "내가 태어나면서 배워온 그 우아함이요. 난 내게 무슨 일이 일어나더라도, 무엇을 잃게 되더라도, 그것만은 잃지 않을 생각이에요."*

그리하여 이 이야기는 모든 걸 다 가지고 태어난 철없는 소녀가 고난을 겪으며 어떤 포악한 상황에서도 기품을 잃지 않는 '품위의 인간'으로 거듭나는 성장담이 된다. 화려한 궁전에서 끌려 나와 투옥당하고 남편의 처형, 아들과의 생이별 등 갖은 고초를 겪으며 삽시간에 백발의 노파가 되어버린 이 여인은 말한다.

"사람은 언젠가 모두 죽습니다. 하지만 중요한 건 죽음 그 자체가 아니라 어떻게 죽는가 하는 것입니다. 나는 왕비로서 죽고 싶습니다."**

---

* 위의 책, 273쪽.
** 위의 책, 318쪽.

"미안해요. 저도 모르고 한 실수였어요."

형장의 이슬로 사라진 마리 앙투아네트가 최후로 남긴 말이다. 단두대에 오르다 형리의 발을 밟았기 때문이다. 어머니인 오스트리아 여제 마리아 테레지아는 딸에게 가르쳤다. "무슨 일이 있어도 사람들에게 미소 지어 보일 것." 그것이 공적 아이콘으로서 앙투아네트의 의무였다. 말괄량이 마리 앙투아네트가 프랑스 궁정에서 시아버지의 애첩 뒤바리 부인을 노골적으로 무시하는 등 자유분방하게 행동하자 주 프랑스 오스트리아 대사는 마리아 테레지아에게 이런 편지를 써서 보고한다. "비 전하는 요즘… 코르셋을 입지… 않으시는 것 같습니다."

탈코르셋 운동이 본격화된 이 시대에 대사의 말은 의미심장하게 여겨진다. 왕비이기보다 자기 자신이고 싶었던, 그러나 결국은 왕비로서 죽음을 맞이한 마리 앙투아네트의 비극은 코르셋을 벗어던질 때 잉태되었던 것일까? 아니면 그와 반대로 무슨 일이 있어도 미소 짓기보다는 울고 화내고 감정을 드러냈더라면, 품위 따위 버리고 사람들에게 '고상한 척하던 저 여자도 우리와 같은 사람'이라는 동정심을 자아냈다면, 그녀의 운명이 바뀔 수 있었을까?

여러 생각을 하면서 마리 앙투아네트에 대한 또 다른 명저인 슈테판 츠바이크의 『마리 앙투아네트, 베르사유의 장미』(청미래)를 펼쳐본다.

츠바이크는 이 평전에서 "빵이 아니면 과자를 먹으면 될 거 아니에요"
라는 말에 가려져 빛을 보지 못했던 이 여인의 명언을 소개한다.

　　　　"불행 속에서 비로소 사람들은 자기가 누구인지를 알게 됩니다."

내 옆의 언니

『걱정 마, 잘될 거야』 마리코

『걱정 마, 잘될 거야』
마스다 미리 지음
오연정 옮김
이봄, 2019

한국여기자협회가 마련한 신년회에 갔다. '올해의 여기자상' 시상식을 겸한 저녁 자리였다. 오랜만에 그런 행사에 참석하니 몇 가지 생각이 들었다. '원더키디의 시대' 2020년인데, 왜 아직도 '여기자협회'가 따로 존재할 수밖에 없으며, 별도로 '여기자상'을 시상하는가. 수상자들을 위해 축사를 하러 온 각 언론사 간부는 왜 모두 남자인가. 우리는 왜 아직도 그냥 '기자' 아닌 '여기자'로 불리는가.

2003년 갓 입사했을 때, 여성이라는 이유로 여기자협회에 자동 가입하게 되어 있는 시스템에 저항했다. 가정에서도, 학교에서도 여자라는 이유로 차별받은 적이 없었으므로, "시대가 어느 시대인데 여성이라는 이유로 스스로를 소수자라는 벽에 가두려 하는 건지 이해가 안 간다"며 내게 사내 여기자 모임 총무를 맡기려던 선배한테 대들었다. 이런 나를 "좀 더 지나면 왜 이 조직이 필요한지 저절로 알게 될 것"이라 말하며 선배는 신선해했던가, 당혹스러워했던가. 당시 우리 회사는 한국 언론사 최초로 여성과 남성을 동일 비율로 뽑았는데, 그것이 여성신문에서 기사화할 만큼 획기적인 일이었다는 것도 그때는 몰랐다. 어찌하였든 만 스물셋의 청춘이 젊고 뭘 모르니 부릴 수 있는 패기였다.

시대가 많이 바뀌었지만 아직도 여성은 이 직군에서도, 조직에서도, 여전히 '절반'이 못 된다. 머릿수는 많은 것을 보장한다. 2020년에도 별수 없이 '제2의 성'이라는 사실에 자그마한 치욕과 비애를 느끼며 재빨리 밥을 욱여넣고, 당직하러 사무실로 돌아왔다.

∽

마스다 미리益⽥ミリ, 1969~의 2019년작 만화 『걱정 마, 잘될 거야』의 주인공은 이름이 '마리코'인 세 여성이다. 이름도 같고 회사 동료이지만, 근속 연수와 나이대가 다르다. 2년차 오카자키 마리코는 20대, 12년차 아베 마리코는 30대, 20년차 나가사와 마리코는 40대다. 이 세 여성의 직장 생활을 통해 여성이 나이에 따라 사회에서 어떻게 규정되는지를 날카롭게 보여주며, 궁극적으로는 여성 간의 연대를 이야기하는 작품이다.

여기자협회 신년회에 다녀온 그날, 이 책의 「초대받거나 초대받지 못하거나」라는 에피소드를 떠올렸다. 30대 마리코가 다른 팀 남자 사원으로부터 저녁 회식 초대를 받는다. 명분은 "여성이 너무 없어서".

마리코는 생각한다. "여성이라는 프레임으로 초대받은 자리." 그리고
옆자리의 40대 마리코를 보며 생각한다. "이 사람은, 이제 그런 프레임
에는 들어 있지 않겠지. 나도 그리 머지않은 미래에 이런 역할 끝내게
되겠지." 회식 자리에서 고기를 굽고, 상냥하게 대화하며 또 생각한다.

    눈치 빠른 나의 시간. 그러라고 시키지도 않았는데, 그러라고
시키지 않았지만 그러는 편이 원만하니까. 그리 귀찮은 건 아니니까.
하지만 가끔은 잘 모르겠습니다. 이용당하는 걸까, 자발적인 걸까.•

마리코와 맥락은 다르지만 역시나 "여성이라는 프레임으로 초대받
은 자리"에 다녀온 나는, 이 이야기를 읽으며 울고 싶어졌다. "눈치 빠
른 나의 시간"이라는 말이 무언지 잘 알고 있기 때문에. 나이도, 근속
연수도 '30대 마리코'보다 '40대 마리코'에 가깝지만, 나는 아직도 '그
러라고 시키지 않았지만 그러는 편이 원만하니까' '이용당하는 건지,
자발적인 건지' 잘 모르게 웃고 맞장구치며 '여성'이라는 프레임에 어
울리는 역할을 한다. 그것이 20년 가까이 사회생활을 하며 소수자로서
터득한 생존 전략 중 하나이다. 어린 날엔 '내게 왜 그런 걸 요구하냐'
며 뿌리치는 기개라도 있었지만, 요즘은 일종의 '조건반사' 같은 행동

•　『걱정 마, 잘될 거야』, 마스다 미리 지음, 오연정 옮김, 이봄, 2019, 159쪽.

으로, 혹은 그냥 만사가 귀찮아서 '해주지, 뭐' 하는 심정으로 그냥 한다. 나이를 더 먹어 그런 기회마저 주어지지 않는 날이 오면, 나 역시 '30대 마리코'들로부터 복잡미묘하게 애틋한 눈길을 받게 되려나?

아래로는 이른바 '90년대생'인 유토리 세대 '20대 마리코'의 눈치를 보고, 위로는 우리로 치자면 '586세대'인 버블 세대 상사들에게 눌리는 '낀 세대'인 '40대 마리코'는 그야말로 나의 자화상이다.

「자상한 선배로 여겨지고 싶지만」이라는 에피소드에 많이 공감했다. 회의에서 적극적으로 발언하지 못해 풀 죽어 있는 '20대 마리코'에게 "좀 어때? 회의도 익숙해졌지?"라고 말한 '40대 마리코'는 알고 있다. '나도 젊은 시절엔 아무 발언도 못 했었어'라고 '미지근한 공감', 혹은 '지금 그대로도 괜찮아'라는 부드러운 거짓말을 해줬다면 '자상한 선배'로 여겨졌을 거라는 걸. 그렇지만 그녀는 그러지 않는다. 이어 생각한다. '자신이 사랑받고 싶을 뿐인 말들이 회사 안에 맴돌고 있습니다.'

마리코의 이야기는 40대 직장인으로 조직의 허리 역할을 하고 있는 나와 내 친구들의 가장 큰 고민과도 겹친다. "'충조평판(충고·조언·평가·판단)하지 말라'는 말이 한국에선 유행"이라고 이야기해줬더니 해외 기업의 인사 담당 간부인 친구는 단칼에 말했다. "그렇지만 보스는 충조평판하지 않을 수 없어. 그러지 않으면 비즈니스를 망쳐." 딱히 엄청난 '보스'가 아니더라도 같은 고민을 안고 있다. '꼰대' 소리를 듣는 것은 나이 먹은 사람의 필연이니 상관없지만, 그렇다고 마음먹고 '충조평판'한다고 해서 상대가 달라지느냐. 대개는 별다른 변화도 없이 사이만 나빠지기 마련이다. 저건 정말 아닌데, 싫은 소리를 해야만 하는 순간인데, 그래야만 후배에게도 조직에도 도움이 될 것 같은데, 굳이 에너지 낭비하기 싫어 '자상한 선배' 코스프레하며 쓴소리를 삼키는 나는, 정말 잘하고 있는 걸까? 미리의 또 다른 작품 제목처럼, 지금 이대로 괜찮은 걸까?

몇 달만 지나면 3년차가 되는 '20대 마리코'는 동료들과 구태의연한 직장 내 이야기를 하고, 상사와 마주쳐 짐짓 즐거운 척 사교적으로 행동하는 자신을 보고 깨닫는다. "회사란, 어른의 세계란 이렇게 쭉 계속되는 것이구나." 그리고 자문한다. "무언가 멀어져간다. 무엇이? 열심히 하면, 반드시 보상받는다고 생각했던 마음?" 미국 융 심리학 전문가 홀리스는 인생의 중간항로에서 겪는 심리적 방황을 설명한 책 『내가 누군지도 모른 채 마흔이 되었다』에서 이렇게 말한다.

> ✑　중간항로에서 겪는 가장 강력한 충격 중 하나는 우리가 암묵적으로 우주와 맺었던 계약, 다시 말해 우리가 옳게 행동하고 선의를 지니면 모든 일이 제대로 풀릴 거라는 생각이 무너지는 것이다.*

---

* 『내가 누군지도 모른 채 마흔이 되었다』, 제임스 홀리스 지음, 김현철 옮김, 더퀘스트, 2018, 86쪽.

'중간항로'란 아프리카 노예를 아메리카 대륙으로 싣고 갔던 바닷길을 뜻한다. '강제로 끌려가는 삶'의 은유적 표현인 셈. 홀리스는 또 "중간항로의 특징은 고루한 표현이긴 하지만 '현실적 사고'다"라고 이야기한다. 끊임없이 '어른이 되어가고 있는' 세 마리코 모두 커다란 산을 오르는 것만 같은 회사 생활을 하며 깨닫는다. '애써 올라간 산 너머의 경치는 밋밋한 평지'라고. 여성은 여전히 약자이며, 편견은 굳건하고, 유리천장은 건재하다. 그렇지만 원숙한 '40대 마리코'는 말한다.

 "쬐~금 열린 창문으로 산들바람 정도는 계속 불어오면서 공기는 바뀐다. 이렇게 생각하고 싶어."[•]

안방 화장대 서랍에 한 번도 쓰지 않고 포장조차 그대로 두고 애지중지하는 '한카치ハンカチ'가 있다. '손수건'이 아니라 굳이 '한카치'라 부르고 싶은 그 천은 히비노 코즈에가 디자인한 것으로 베이지색 바탕에 찻잔이며 바구니, 탁자, 촛대 등이 흰 면과 빨간 선으로 단순하게 그려져 있고 오른쪽 아래 끄트머리에는 빨간 격자무늬가 아로새겨진 푸른

[•] 『격정 마, 잘될 거야』, 195쪽.

지붕을 인 집 모양의 자수가 놓였다. 뒷면은 산뜻한 하늘색. 미리에게 받은 선물이다.

2014년 11월, 한국에 온 미리를 인터뷰했다. 에세이『여자라는 생물』과『나는 사랑을 하고 있어』출간 기념 방한이었다. 인터뷰 장소에 함께 간 사진기자 후배에게 "마스다 미리에 대해 가장 궁금한 게 뭐냐"고 물었더니 "얼굴"이라는 답이 돌아왔다. 얼굴 공개를 꺼리는 미리는 인터넷에 본인 사진이 돌아다니는 걸 좋아하지 않는다며, 종이 신문에만 싣는 조건으로 사진 촬영을 허용했다. '까다롭고 신경질적인 사람이면 어떡하지', 우려했는데 세련된 기하학 무늬의 원피스를 산뜻하게 차려입은 귀엽고 쾌활한 사람이었다. 촬영에 비협조적일까 걱정했는데 "한 시간을 찍어도 돼요"라며 호쾌하게 웃기도 했다.

당시 45세로 30대 여성의 '언니'이자 '멘토'로 여겨지던 미리는『여자라는 생물』에 남자 친구와 대판 싸우고 훌쩍대며 울고 있는 20대 여성을 목격한 기분을 이렇게 적었다.

나는 화를 내고 있었다. 무엇에? 좀 전에 훌쩍거리며 울던 사람이 내가 아니라는 사실에 화를 내고 있었다.*

---

* 『여자라는 생물』, 마스다 미리 지음, 권남희 옮김, 이봄, 2014, 55쪽.

미리보다 꼭 열 살 아래로, 당시 30대 중반이던 나는 이 구절을 언급하며 호기롭게 농 섞어 물었다. "당신보다 젊은 여자들을 질투하는 겁니까?" 그랬더니 이런 답이 돌아왔다. "질투라기보다는 예전 내 모습을 그리워하는 마음이었다. 당신에게도 그런 날이 올 거다."

아니나 다를까, 세월은 흐르고 그녀의 '예언'처럼 내게도 그런 날이 왔다. 언제나 '언니'로 여겨졌던 미리의 나이에 내가 가까워질 줄은 정말 몰랐는데…. 『지금 이대로 괜찮은 걸까?』『결혼하지 않아도 괜찮을까?』 등의 주인공인 30대 중반의 수짱도 항상 '언니'라 여겼었는데, 어느새 나보다 한참 어리게 되다니 당혹스럽다.

그날의 인터뷰에서 특히 기억에 남는 건 '연애'에 대한 문답이었다. 여행 에세이 『잠깐 저기까지만,』에 남자 친구와의 여행 이야기를 적은 걸 상기시키며 "연애는 계속 하고 있냐"고 묻자 그녀는 답했다.

"그 질문엔 대답을 안 하고 있다. 책에서만 서비스 차원에서 조금씩 밝힌다. '연애'라는 테마를 좋아해서 그에 대해 계속 쓰려 한다. 사랑하는 사람과 손을 잡은 후 '특별한 손'으로 느껴지는 오른손의 느낌, 그런 '특별함'에 대해 항상 쓰고 싶다."

연애의 '특별함'에 대해 계속 쓸 수 있는 40대 작가가 된다는 것이 얼마나 대단한 일인지 이제야 깨달은 나는, "내가 좋아하는 디자이너가 만든 것"이라며 미리가 선물해준 그 '한카치'를 만지작거린다. '한카치'는 일종의 토템. 그녀의 기운을 받아 나 역시 그러할 수 있기를 기도하는 것이다.

∞

30대 초반의 내게 '수짱' 시리즈를 선물한 사람은 내 책을 낸 출판사 관계자였다. 업무 때문에 격식 갖춰 만난 자리여서, 의미가 담겨 있다기보다는 의례적인 선물이라 여겼지만, 아니었다. 그렇게 처음 내 삶에 들어온 미리는 생의 여러 페이지에 함께했다.

〈응답하라, 1988〉에서 수학여행을 가는 주인공들이 환호하는 걸 보며 '나는 왜 대체 수학여행에 한 번도 설렌 적이 없나' 생각한 적이 있다. 왜 단체 여행이란 항상 버거웠을까. 초·중·고 때의 수학여행 때도, 대학의 학과 답사 때도 즐거워해본 적이 없다. 강제성을 띠고 집단적으로 행해지는 모든 것들이 싫었다. 여행의 경우 기간이 길어진다는 점에서 더 싫었다. 『잠깐 저기까지만,』을 읽으며 미리가 나라奈良 여행에서 만난 수학여행단의 한 아이, 수학여행단에 섞이지 못하고 혼자 오도카니 앉아 있는 아이를 묘사한 구절에 깊이 공감했다.

멈춰서서 그 집단을 물끄러미 보았다. 그러다 발견했다. 혼자 있는 아이. 어느 그룹과도 섞이지 못했다. 사슴도, 나라공원도, 예쁜 노을도, 토산품 가게도, 그 아이에게는 상관없는 것들이 아닐까. 이 일정을 무난히 넘기는 것만이 전부일지도 모른다.

빨리 '어른'이라는 장소로 도망쳐 오렴.

아무것도 할 수 없는 나는 그에게, 그녀에게 빔을 보냈다.

어른이 되면 좀 자유롭단다. 혼자 여행을 떠나도 괜찮아.[●]

또 다른 에세이 『어느 날 문득 어른이 되었습니다』에선 「오사카 사투리를 쓰는 나」라는 에피소드에 동질감을 느꼈다. 상경한 지 20년이 넘었지만 여전히 종일 서울말로 떠들고 오면 혀가 피로하다 느끼며, '경상도 사투리를 쓰는 나'를 가장 좋아하기 때문에. 오사카 출신인 미리는 대학에서 유화를 전공했다. 졸업 후 오사카의 화장품 회사 홍보부에서 카피라이터로 일했다. 26세 때 직장을 그만두고 도쿄로 올라갔다. 잡지를 뒤적이다 '26세가 인생을 바꿀 수 있는 나이'라는 구절을 보았기 때문이었다. 집을 떠나기 전날 밤 아버지는 도쿄−신오사카 구간 신칸센 기차표 여섯 장을 쥐여줬다. '힘들면 언제든 집으로 돌아오라'는 메시지였다. 착실한 미리는 퇴직금 100만 엔을 포함한 저금 300만 엔으로 도쿄 생활을 버텼다. 카페, 옷가게 등에서 아르바이트하며 출판사 수십 군데에 포트폴리오를 들이밀었다. 요리 잡지에 조리 도구를 자그맣게 그리게 됐고, 이후 일러스트에 몇 마디 곁들인 게 재미있

● 『잠깐 저기까지만』, 마스다 미리 지음, 권남희 옮김, 이봄, 2014, 186쪽.

다는 평을 들으며 조금씩 이름을 알렸다. 20대 후반 센류川柳·짧은 운문 책
을 내며 데뷔했다. 미리는 적었다.

〰️　　친한 친구와 얘기할 때의 나는 내가 좋아하는 '나'다. 그런데
미묘하게 다르다. 아주 조금 부족하다. 역시 오사카 사투리로 얘기할
때의 내가, 내가 좋아하는 '나'에 가장 가까운 것 같다. (…)
　　도쿄에서 만난 친구 대부분은 지방 출신이다. 홋카이도, 아키타, 시
즈오카, 오카야마, 교토, 가가와, 가고시마…. 정말로 다양하다. 그렇지
만 모두 표준어로 사귄다. 나는 그 친구들이 '좋아하는 자신'을 만나지
못한 것이다. 그것은 도쿄 출신 친구에게는 느끼지 못하는 씁쓰레한 감
각이다.＊

미리의 주인공들한테 위로받으며 30대를 보냈고, 그의 에세이에 동
질감을 느끼는 40대가 되었다. 아직 오지 않은 50대에도 미리가 길을
제시해줄까? 요즘 내가 가장 궁금한 것은, 나 역시 더 나이를 먹고 기
력이 떨어진다면 미리처럼 패키지 투어에 혼자 참가하게 될까, 하는
것이다. 만화 에세이 『마음이 급해졌어, 아름다운 것을 모두 보고 싶
어』는 마흔 살이 된 미리가 제목 그대로 마음이 급해져서, 아름다운 걸

＊ 『어느 날 문득 어른이 되었습니다』, 마스다 미리 지음, 권남희 옮김, 이봄, 2014, 15~16쪽.

모두 보고 싶다며 패키지 투어에 혼자 참가해 북유럽 오로라 투어, 독일 크리스마스 마켓 투어, 프랑스 몽생미셸 투어, 리우 카니발 투어, 대만 팡시 풍등제 투어 등을 하는 이야기다. 지금으로서는 혼자 하는 여행이 좋지, 패키지 여행에서 커플이나 가족 여행객들의 질문 공세를 받으며 어색하게 서 있는 건 질색이라 여기고 있지만, 나의 이런 마음을 알게 된다면 미리는 웃으며 이렇게 말할지도 모른다. "당신에게도 그런 날이 올 거다."

어쨌든 간에 지금의 내게 가장 힘이 되는 건 '40대 마리코'의 말.

      오랫동안 회사에 다니다 보면 자신이 앞으로 출세하지 못하리란 것을 깨닫지만, 그래도 조금은 도움이 되고 있다며 의욕을 북돋우며 지내는 것도 일한다는 의미 아닐까.•

• 『걱정 마, 잘될 거야』, 마스다 미리 지음, 오연정 옮김, 이봄, 2019, 25쪽.

싸우는 여자와
연대하는 여자

『긴즈버그의 말』『노터리어스 RBG』
긴즈버그

『긴즈버그의 말』
루스 베이더 긴즈버그·헬레나 헌트 지음
오현아 옮김, 마음산책, 2020

『노터리어스 RBG』
아이린 카먼·셔나 크니즈닉 지음
정태영 옮김, 글항아리, 2016

누구나 처음부터 '싸우는 여자'였던 것은 아니다. '싸우는 사람'으로 사는 것은 피곤한 일이고, 여성에게 친절함과 유순함을 기대하는 가부장제 사회의 특성상 싸우는 '여자'로 산다는 건 더더욱 피곤한 일이지만 살다 보면 어쩔 수 없이 '싸우는 여자'가 되고야 마는 경우가 있다. 나의 권리를 남에게 빼앗기지 않으려면 '투쟁'할 수밖에 없다는 걸 사회생활을 하면서 깨달았다.

모범생에 우등생으로 자라온 많은 소녀들이 그렇듯 나 역시 직장에서도 학교에서처럼 선하고 성실하게 살면 그에 따른 보상이 주어질 줄 알았다. 그러나, 웬걸. 사회생활은 녹록지 않다. 원하는 것이 있으면 쟁취해야 한다. 내가 성실하고 근면하며 선하므로, 가만히 있어도 대가가 주어지겠지, 생각하고 있는 새 적극적이고 손 빠른 사람들이 내 몫(이라고 생각한 것들)을 재빨리 낚아챈다. 나무 밑에서 입 벌리고 있다고 열매가 알아서 제 입속으로 쏙 떨어지나. 착한 아이처럼 가만히 있으면, 회사는 이렇게 말한다. "응. 착하지? 계속 그렇게만 가만히 있어."

 '우는 아이한테 떡 하나 더 준다'는 우리 속담이 진리라는 걸 깨달은 건 입사 6년차 즈음이었던가? 원하는 대로 인사가 나지 않았는데 그 이유가 내가 좀 더 적극적으로 내 의사를 회사에 어필하지 않았기 때문이라는 걸 깨닫고 울면서 퇴근하는 길, 다짐했다. 다시는 수동적으로 살지 않겠다고. '달려드는' 일이 쉽지는 않다. 구차한 데다 모양도 빠지고, 인간의 존엄성도 훼손되는 것 같다. 겉보기에도 썩 아름답지 않다. 그래서 망설이게 된다. '괜찮아. 나는 너그러우니까. 양보가 미덕이야' 같은 말로 스스로를 속일 때도 있다. 그럴 때마다 생각한다. '너 정말 괜찮아? 빼앗기고 울래? 아니면 일단 달려들어볼래?'

 그렇게 '온실 속 화초 같다'는 평을 들었던 어린 여자가 점점 드세고 그악스러워진다. 명절 때 오래간만에 만난 아버지는 회사에서 있었던 이런저런 이야기를 '투쟁적으로' 말하는 나를 보더니 신음하듯 내뱉었다. "내 자식이 그악스러운 건 너무 싫어." 나는 답했다. "아버지가 그렇게 키워서, 제가 회사에서 '곱게 자라서 저렇다'며 비난받는 거잖아요." 심통이 나 답했지만 마음이 좋지 않았다. 자식이 고운 결을 망치지 않고 자라길 바라는 부모 마음을 이해하지 못하는 건 아니다. 약칭으로 'RBG'라 불리는 루스 베이더 긴즈버그Ruth Bader Ginsburg, 1933~2020의 어머니도 딸이 '싸우는 여자'가 되기를 결코 원치 않았을 것이다. 긴즈

버그의 대학 졸업식 전날 세상을 뜬 어머니 셀리아는 딸이 숙녀답게
행동하길 바랐다.

 "숙녀다운 행실이란 늘 예의바르게 행동하라는 의미였습니다.
다시 말해서 분노나 질투 같은 감정을 드러내지 말라는 뜻이었지요."•

셀리아는 딸 루스가 교사가 되었으면 했다. 그렇지만 딸은 어머니의
바람을 따르지 않았다. 그녀는 로스쿨에 진학했고, 미국의 두 번째 여
성 대법관이 되었다.

'루스 베이더 긴즈버그'라는 이름을 처음 들은 건, '미술경영 협동과
정'이라는 복잡한 시스템의 박사과정에 다니던 2015년 즈음이었다. 대
학원 공부와 직장일을 병행했기 때문에, 주중 수업은 들을 수가 없었
다. 미대가 주축이 된 이 '협동과정'에 법대가 참여하고 있어서 법대 수
업을 들으면 학점 인정이 되었다. 로스쿨 수업이 아니라 주로 현직 법
조인들을 대상으로 하는 법대 일반 대학원 수업이 주로 토요일에 개설

• 『노터리어스 RBG』, 아이린 카먼·셔나 크니즈닉 지음, 정태영 옮김, 글항아리, 2016, 44쪽.

되었으므로 울며 겨자 먹기로 법대 수업을 들었다.

수업 내용을 반쯤은 이해하지 못하는 상태로 강의실에 앉아 있던 시절이었다. 미국 논문을 번역해 오는 과제가 많았는데, 한국 법도 모르는데 미국 법을 알 리가···. 'act'라는 단어에서 연극의 막幕을 가장 먼저 떠올리는 인문대 출신인 나와, '법률'을 생각하는 그들과의 차이를 매일 인지하며, 소위 '리걸 마인드legal mind'란 뭘까, 내게도 그런 게 있나, 생각하던 시절이었다.

그 시절에 긴즈버그를 처음 만났다. 저작권 관련 수업을 주로 들었는데 과제를 번역하다 보면 항상 소수 의견을 제시하는 대법관이 등장했다. 그 이름이 '긴즈버그Ginsburg'였다. 인문학도의 흔한 습성대로 『치즈와 구더기』를 쓴 이탈리아 역사학자 카를로 진즈부르그Ginzburg라고 무심코 생각했지만, 그럴 리가 없지. 그리하여 (과제는 해야겠기에) 검색해본 끝에, 그녀가 미국의 여성 대법관이라는 걸 알게 되었다. 그렇게 긴즈버그에 대한 얄팍한 지식이나마 머릿속에 넣게 되었다. 그 덕에 미국 연수 중 워싱턴 D.C.의 국립초상화미술관에 갔을 땐 네 명의 여성 대법관을 그린 넬슨 섕크스의 작품 〈네 명의 법관들The Four Justices〉을 보고 긴즈버그와 함께 그 수업 덕에 알게 된 미국의 첫 여성 대법관 샌드라 데이 오코너가 있다며, 반가워하며 사진 찍어 오기도 했다.

2020년 설 연휴 첫날 고향의 미장원에 앉아 머리를 하면서 왓챠플레이로 긴즈버그의 일생을 다룬 다큐멘터리 《루스 베이더 긴즈버그:

나는 반대한다》를 봤다. 생존 인물에 대한 다큐를 좋아하지 않는데, 직업적 특성 때문이다. 유명인들의 민낯을 많이 보게 되는 직업에 종사하면 세상에는 미디어가 위대하게 보이도록 만든 인간만 있을 뿐, 진정으로 위대한 인간은 많지 않다고 생각하게 된다. 그런 편견을 갖고 본 다큐였는데 의외로 흥미로웠다.

∾

"I dissent(나는 반대한다)."

그녀는 '반대'의 아이콘이었다. 보수적인 대법관들 사이에서 소수의 진보적인 목소리를 냈다. 남자 학생만 받던 버지니아 군사 대학교에 여성이 지원할 기회를 열어주는 판결을 내리고, 남성 동료보다 임금이 적었던 여성 노동자를 위해 싸웠다. 그런 용기도 대단했지만, 이 87세 할머니의 일대기에서 내가 깨달은 또다른 교훈은, '남자 보는 눈이 중요하다'는 것. 더불어 '배우자 복'이란 정말 큰 복이라는 것이었다.

긴즈버그는 코넬 대학에 다니던 17세 때 처음 만났다는 남편 마틴에 대해 말한다. "그는 내게 뇌가 있다는 걸 알아봐준 유일한 남자였어요." 코넬 대학을 졸업하고 하버드 대학 로스쿨에 진학한 마틴은 아내 루스 역시 법조인의 길을 걷기를 바란다. 뉴욕의 잘 나가는 세무 변호사였던 마틴은 루스가 1980년 워싱턴 D.C.의 연방항소법원 판사로 지명되자 아내를 따라 워싱턴으로 떠난다. 아내의 직장 때문에 남편이 근무지를 바꾸는 일이 드문 시절이었다. 그렇지만 그는 자신을 일컬어 늘 "아내가 '좋은 직장'을 구한 덕분에 워싱턴으로 이사를 오게 된 행운아"라고 말했다. "이건 희생이 아닙니다. 가족이죠"라고 말하기도 했다.

물론 루스 역시 1958년 남편이 뉴욕에서 일자리를 구했을 때, 그의 앞길을 위해 하버드 대학 로스쿨을 포기하고 뉴욕의 컬럼비아 대학 로스쿨로 옮겨 가는 선택을 했지만, '주는 것이 있으니 받는 것도 있다'라는 말은 21세기의 부부관계에서조차 쉽게 통하지 않는다는 걸 우리는 잘 알고 있다. 아내의 커리어를 위해 발 벗고 나서는 남편은 흔하지 않다. 루스는 말한다.

"인생을 통틀어 마티에게 받은 가장 중요한 조언은 내가 스스로 생각하는 것보다 더 나은 사람이라는 것입니다."*

요리를 못하는 루스 대신 요리를 배워 집안의 요리사를 자처하다가, 요리책도 낸 마틴은 오랜 암 투병 끝에 2010년 6월 27일 세상을 뜬다. 결혼기념일을 일주일 앞둔 날이자, 루스 어머니의 기일이기도 했다.

---

* 위의 책, 132쪽. 루스는 남편 마틴을 애칭 마티로 부르곤 했다.

다큐멘터리를 본 덕에 미국 언론인 아이린 카먼과 법조인 셔나 크니즈닉이 함께 쓴 긴즈버그 평전『노터리어스 RBG』를 읽기 시작했다. 책은 2015년 2월 진행된 카먼의 긴즈버그 인터뷰와 긴즈버그 본인의 발언을 중심으로 쓰여졌다. '노터리어스notorious', 즉 '악명 높은' RBG라는 별칭은 전설적인 래퍼 '노터리어스 BIG'를 오마주한 것이다. 다큐멘터리에서 인상적인 장면 중 하나는 87세의 긴즈버그가 팔굽혀펴기를 하는 모습이었다. 책의 지은이들도 "차별을 딛고 일어선 한 여성이 세상을 어떻게 바꾸었는지"를 궁금해하며 더불어 "나이 여든 먹은 상노인이 대체 무슨 수로 팔굽혀펴기를 스무 개나 할 수 있는지 의아했다"고 쓴다. 결장암, 췌장암, 폐암 등 평생 네 번의 암과 싸웠던 이 여자는 2014년 개인 트레이너와 운동을 하던 중 잠시 정신을 잃었다. 이후 관상동맥에 스텐트를 삽입하느라 오른 손목이 시퍼렇게 멍이 든 채 손님을 맞은 그녀는 청년 세대에게 주고 싶은 메시지가 뭐냐고 묻는 사람들에게 답한다. "이렇게 말하면 어떨까 싶네요. 내가 다음 주부터 팔굽혀펴기를 다시 시작한다고."

긴즈버그 역시 처음부터 '싸우는 여자'는 아니었다. 수줍고 조용한 성격에 나서기를 좋아하지 않았다. 그렇지만 그녀는 싸웠다. 정의를 쟁취하기 위해 싸웠다. 임금 차별, 부당한 처우, 이중 잣대, 임신중절 금지, 사회보험 등 여러 분야의 다양한 문제를 껴안고 젠더 평등과 여성 및 남성의 해방을 일관되게 주장했다. 여성뿐 아니라 남성을 위해서도 싸웠다. 아이를 낳다가 아내가 숨져 홀로 된 스티븐 비젠펠트가 '홀어머니'에게만 사회보험수당을 주는 제도에 대해 소송을 제기한 1972년의 스티븐 비젠펠트 사건을 변호한 것이 대표적이다. 긴즈버그는 여성이 평등한 지위를 확보하려면 남성도 해방되어야 한다는 확고한 신념을 가지고 있었다. 누군가 자신을 '여성 해방'에 앞장선 사람이라 소개했을 때, 거칠게 말을 자르며 "여성 해방이 아니라 여성과 남성 모두의 해방"이라 말했다.*

내가 소수자에 대한 공감력을 갖게 된 것은 아무래도 여성이기 때문인 것 같다. 아무리 유복한 환경에서 자라나고 많이 배웠더라도, 여성은 여성이라는 이유만으로 태생적으로 소수자의 삶을 경험할 수밖에 없다. 긴즈버그는 1959년 컬럼비아 대학 로스쿨을 공동 수석으로 졸업하고도 구직에 계속 실패했다. "유대인이고 여자인 데다 엄마였기 때문에" 그녀를 고용하려 한 로펌이 한 군데도 없었다. 겨우 대학 교직을 얻었지만, 재계약이 안 될까 봐 임신한 사실을 숨기기 위해 시어머니의 큰 옷을 빌려 입고 부른 배를 감춘다. 그는 말했다.

• 위의 책, 99쪽.

때로 사람들은 내게 묻는다. "자, 이제 여성 대법관이 세 명이다. 미국 연방대법원에 여성 대법관이 몇 명 있어야 충분하다고 보십니까?" 그러면 나는 속으로 생각한다. 아홉 명이 될 때라고.*

다시 나의 대학원 수업 이야기로 돌아가자면, 법조인들 틈에서 유일한 타과생으로, '나는 누구? 여긴 어디?' 하며 알아듣지도 못하는 수업을 듣던 그 시절에, 지치고 힘겨울 때마다 '그래도 무언가라도 해놓으면 이다음에 쓸모가 있을 거야. 어느 구름에 비 들었을지 모른다고 하잖아?' 하고 생각했다. 그 '쓸모'라는 것을 이 글을 쓰며 생각보다 일찍 찾게 되어 기쁘다.

긴즈버그와 달리 나는 차분하고 조용하게 할 말을 다 하는 여자는 아니다. 다혈질이라 버럭 화내고 혼자 울부짖느라 싸울 시기를 놓치는 쪽에 더 가깝다. 그렇지만 싸운다. 서툴지만 내 방식대로, 있는 힘껏 싸운다. 긴즈버그처럼 엄청난 정의를 위한 것이 아닐지라도, '나의 옳음'을 지키기 위해 목소리를 낸다. 나의 자그마한 투쟁이 언젠가는 큰 투쟁으로 이어지길 바란다. 긴즈버그의 이 말이 나의 바람을 지켜내는 데

---

* 『긴즈버그의 말』, 루스 베이더 긴즈버그·헬레나 헌트 지음, 오현아 옮김, 마음산책, 2020, 58쪽.

도움이 된다.

목소리를 높이는 것에 부끄러워하지 마라. 목소리를 높여야
할 때는 외로운 목소리가 되지 않게 다른 사람들과 함께하라.*

---

* 위의 책, 150쪽.

혼자 사는 여자의
워너비

《애거서 크리스티 전집》 마플 양

《애거서 크리스티 전집》
애거서 크리스티 지음
이은선 등 옮김
황금가지, 2003~2015

퇴근 버스 안에서 울었다. 슬퍼서가 아니라 모멸감을 느껴서다.

발단은 빈부격차와 부의 세습, 사회적 불평등이었다. 거창한 주제로 사람들과 이야기하다가 세상에는 부모님으로부터 한 달 용돈만 수백만 원을 받는 학생도 있더라고 했더니, 그중 한 사람이 말했다. "너도 한 달 용돈만 몇 백만 원 받잖아." 잘못 들었나 싶어서 "네?" 했더니 돌아오는 말. "월급 받아서 혼자 쓰잖아. 그러면 용돈이지, 뭐."

배우자와 자식이 있다는 이유로 본인의 일은 밥벌이용 '노동'인 것이고, 내 일은 용돈벌이용 '여가선용'이라는 이야기인 건지. 그렇다면 외벌이인 A는 밥벌이하는 것이고 맞벌이인 B는 용돈벌이를 한다는 것인지, 아이가 있는 C는 숭고한 노동을 하고 있는데, 딩크(결혼은 하되 아이는 두지 않는 맞벌이 부부)인 D는 쉬엄쉬엄 용돈이나 번다는 건지, 아이가 하나인 E는 아이가 여럿인 F에 비하자면 그저 용돈벌이 삼아 직장을 다닌다는 건지…. 노동자로서 나의 존엄성, 내 밥벌이의 무게,

사회인으로서 나의 지위를 삽시간에 무시당한 것만 같은 느낌이었다.

만 23세에 입사해 마흔 넘도록 집과 회사만 오가는 인생을 살았는데 단지 독신이라는 이유만으로 회사도, 사회도 나를 종종 배신한다. "그렇게 일한 대가가 '용돈녀' 취급이라니 너무하지 않아?" 이야기 들은 친구들이 함께 분개하며 위로해주었고, 나는 친구들과의 단체 대화방에서 '광화문 용돈녀'라는 닉네임을 자학개그처럼 사용했다.

설 연휴, 고향에 내려가려고 서울역까지 가는 택시를 불렀다. 택시 기사는 슈트케이스를 든 나를 힐끗 보더니 "고향 가시나 봐요? 그런데 왜 혼자 내려가세요?" 했다. 별 생각 없이 웃으며 "혼자니까 혼자 가죠" 했더니 그는 고개를 90도로 돌려 나를 민망할 정도로 빤히 쳐다봤다. "목소리가 젊은 것 같은데, 서울서 사신 건 오래되셨다고 하고, 싱글이시라니 어떻게 생겼나 궁금해서 쳐다본 거예요. 젊어 보이시는데…. 실례가 되었다면 죄송합니다." 어떤 일이 실례라는 걸 안다면, 그 일은 하지 말아야 한다. 알면서도 계속하는 건 무례다. 그러나 그는 계속 "실례인 줄은 알지만"을 되풀이하며 말을 이어나갔다. "왜 결혼을 안 하셨어요?" "아직 인연을 못 만난 건가 봐요?" "부모님이 걱정하시겠네요." 왜 내가 연휴 첫날부터 생판 처음 보는 남자에게 이런 이야기를 들어야 하는지 잘 모르겠지만 기차 시간이 촉박하고 운전대 잡은 사람은 건드리지 않는 게 상책이라 그냥 참았다.

다른 책에서도 인용한 적 있지만, 다나베 세이코 소설 『서른 넘어 함박눈』의 이 구절은 정말이지 명문이다.

> 혼자 산다는 건 어렵다. 오해받기 쉽다. 고영오연孤影傲然.·외롭고도 도도하게 살지 않으면 모욕을 당한다. 그러나 또한 어딘지 조금 애처로운 데가 없으면 얄밉게 보인다. 그러나 또한 너무 애처로운 티를 내면 색기가 있다는 말을 듣는다. 그 균형이 어렵다.•

일본 사회와 마찬가지로, 한국 사회에서도 혼자 산다는 건 정말 어렵다. 나이가 들수록 더 그렇다. 내 경우 싱글 여성이 많은 직종에서 일하고 있고, 대학 친구들 중에도 독신인 사람이 많다. 이렇듯 같은 처지의 사람이 많아 상대적으로 낫다 할 수 있는 나도 이럴진대, 다른 싱글은 대체 어떻게 버티고들 있는지 모르겠다. 고등학교 졸업하면 대학 가고, 대학 졸업하면 취직하는 것처럼 결혼과 출산을 인생의 달성 과제로 생각하는 경향이 짙은 이 사회에서 그 문법에 어긋나는 삶을 살고 있는 사람은 아무래도 별종 취급을 받게 된다. 1인 가구가 대세라지만 40대 이상 독신은 아직도 드문 존재다. 결혼 안 한 사람을 뭔가 문제 있는 사람, 무언가 결여된 사람 취급하는 풍토는 여전하다.

얼마 전 친구 결혼식에 갔다가 주례가 성혼선언문을 낭독한 후 이어

• 『서른 넘어 함박눈』, 다나베 세이코 지음, 서혜영 옮김, 포레, 2013, 63쪽.

진 사회자의 말에 혼자 분개했다. "이제 성인이 된 두 사람을 축복해주시기 바랍니다." 신랑 신부 둘 다 40대이고, 어엿한 직업인인데, 그간은 결혼을 안 했다는 이유만으로 어른이 아니었다는 건지? 한 친구는 아이를 낳더니 내게 대놓고 말했다. "나는 아이가 있으니 너보다 어른이야. 너는 나이만 먹었지 아직 어린애인 거야." 어이가 없어서 "그런 말을 하는 것 보니 넌 철 좀 더 들어야겠다. 미숙하다는 걸 스스로 증명하고 있어"라고 말해주었다.

문득 궁금해졌다. 2020년대에 40대 싱글인 나도 갖은 핍박에 저항하느라 피곤한데 대체 1930년대에 할머니 독신이었던 마플 양은 어떻게 사람들의 편견을 이겨낸 거지?

∽

눈처럼 흰 머리카락, 수레국화처럼 푸른 눈, 의자 등받이에 절대 기대지 않는 꼿꼿한 자세, 빅토리아시대의 우아한 생활양식을 높이 평가하는 제인 마플 양은 '추리소설의 여왕'으로 불리는 영국 소설가 애거서 크리스티Agatha Christie, 1890~1976의 작품에 등장하는 할머니 탐정이다. 세인트 메리 미드라는 작은 마을에서 평생을 살며, 조카이자 작가인 레이먼드가 가끔씩 여행을 보내줄 때를 제외하곤 그 마을을 벗어나본 적 없는 이 노부인은, 당시로서는 정말 드문 독신 여성인데, 특유의 직관력으로 각종 살인 사건을 해결해간다. 마플 양은 조카 레이먼드에게 입버릇처럼 말한다.

> "시골에도 끔찍한 일들이 얼마나 많은지 몰라. 너희처럼 젊은 사람들은 부디 이 세상이 얼마나 끔찍한 곳인지 모르고 살아야 할 텐데 말이다."[*]

"아무리 작은 시골 마을에서도 살인은 벌어지게 마련"이라는 마플 양의 말을 어릴 적부터 명언이라 생각했다. 아무리 마을이 작다고 해도 세상사의 축소판이기에 넓은 세상을 여행하고 수많은 일을 겪어야만 세상사에 능통한 게 아니라는 것. 때로는 작은 부분 하나가 전체를 짐작하기에 충분한 큰 단서가 되기도 한다는 것. 지금 다시 그 말을 곱씹어보면 결혼을 하고 아이를 낳는다고 해서 그렇지 않은 사람보다 세상을 더 잘 아는 것도 아니라는 뜻도 되지 않을까? 두 번 결혼하고 자식도 있었던 크리스티 여사가 자신의 분신과도 같은 마플 양을 독신으로 설정했다는 사실은 의미심장하다.

추리소설광인 어머니의 영향으로 추리소설에 발을 들이기 시작한 초등학교 고학년 때, 첫 길잡이는 책등 아랫부분에 판다가 그려진 빨

---

[*] 『열세 가지 수수께끼』, 「피로 물든 보도」, 애거서 크리스티 지음, 이은선 옮김, 황금가지, 2003, 86쪽.

간 표지의 '애거서 크리스티 전집(해문출판사)'이었다. 당시 한 권에 1500원이었던 책. 용돈을 받으면 서점으로 달려가 내 마음을 끄는 제목이 달린 책을 한 권씩 샀다. 수년간 그렇게 사서 모아 전집 여든 권을 모두 읽었다. 프랑스 억양이 매력적인 벨기에 탐정 에르퀼 푸아로도, 부부 탐정 토미와 터펜스도 좋아했지만, 할머니 탐정 마플 양을 특히 좋아했다. 그녀는 나와 마찬가지로 여성이었고, 나이가 많았지만 여전히 지적이었으며, 살인이라는 엄청난 사건을 별 무리 없이 해결해나갔다. 그리고 무엇보다, 우아한 사람이었다. 내가 이른바 '노처녀'라는 호칭으로 불리는 것을 비참한 일이라 생각해본 적이 없는 건 어쩌면 '마플 양'이라는 바람직한 롤 모델을 이른 나이에 만났기 때문인지도 모르겠다.

크리스티의 여러 작품 중에서 마플 양은 열네 편에 등장하는데, 첫 작품인 『목사관의 살인』(1930)에서 이미 65~70세였다. 논리적으로 따지자면 그녀가 마지막으로 등장하는 작품인 『잠자는 살인』(1976)에서는 100세가 넘었을 테지만, 작품 속에서는 보통 70대 노부인으로 그려진다. 크리스티는 마플 양이라는 캐릭터를 만들어낸 배경에 대해 이렇게 말한다.

　　　마플 양은 나도 모르게 삽시간에 내 인생으로 스며들었다. 나는 잡지에 실을 짧은 단편을 여섯 편 쓰면서, 작은 마을에서 여섯 명의 사람들이 일주일에 한 번씩 만나 미해결 범죄를 푸는 모습을 묘사했다. 제인 마플은 이모할머니가 일링에서 사귄 노부인 친구들을 본떠 그려졌다. 그분들은 내가 어릴 적에 가본 적이 있는 여러 마을에서 쉽게 만날 수 있는 할머니들이었다.

마플 양은 나의 이모할머니하고는 전혀 다르다. 더 말이 많고 노처녀답다. 하지만 한 가지 공통점은 있다. 성품이 쾌활하면서도 모든 사람과 모든 일에 대해 항상 최악의 경우를 생각하며, 그런 예측이 무시무시할 정도로 정확하게 맞아떨어질 때가 많다는 점이다.[*]

크리스티가 말하는 "노처녀답다"는 건 대체 무슨 뜻일까? 당시 통념에 비추어 보면, 긍정적인 의미는 아닐 것이다. 참견꾼에 수다쟁이. 그렇지만 대부분의 크리스티 작품에서 마플 양은 말이 많고 세상일에도 관심이 많지만 동시에 품위 있고 심지 굳은 캐릭터로 그려진다.

전 런던 경시청 국장이자 마플 양의 친구인 헨리 경은, 자그마한 마을 신문에 예고된 살인 사건이 실제로 일어나고, 그 범인을 마플 양이 찾아내는 이야기인 『살인을 예고합니다』에서 마플 양에 대해 "뜨개질과 정원 가꾸기가 취미인 나이 많은 노처녀가 그 어떤 경찰보다 뛰어날 수 있다"고 말한다. "이 세상 최고의 탐정이라고 할까. 타고난 천재

● 『애거서 크리스티 자서전』, 애거서 크리스티 지음, 김시현 옮김, 황금가지, 2014, 646쪽.

가 적합한 토양에서 한층 능력을 쌓았다고 할까"라고 평가하기도 한다. 또 "이 세상에 단 한 명뿐이자 별 네 개를 주어도 아깝지 않은 바로 그 숙녀! 모든 할머니를 능가하는 초특급 할머니!"라며 찬사를 보낸다.

크리스티는 말한다.

> 나는 마플 양에게 이모할머니의 예언력을 선사했다. 마플 양의 성품이 냉담한 것은 아니다. 그저 사람을 믿지 않을 뿐이다. 그렇게 최악의 경우를 상정하고 있으면서도 마플 양은 종종 어떤 사람이든 가리지 않고 친절하게 받아들인다.[•]

'사람을 믿지 않는다'는 마플 양의 특성이 섬뜩하기보다는 오히려 반가웠다. 나 역시 '사람을 믿지 않는 직업'에 종사하기 때문에, 동류를 발견한 기쁨에 종종 흥분하곤 하는 빨강 머리 앤처럼 기쁨마저 살풋 느껴졌다. 처음 기자가 되었을 때 일이다. 인터뷰 잘하기로 소문난 선배는 후배들이 비결을 묻자 말했다. "모든 인터뷰이는 사기꾼이라고 생각하고 대합니다." 또 다른 선배는 말했다. "미디어 앞에 서는 사람들은 대개 우리를 이용하려 하지. 그들이 얼마만큼 사실을 부풀리는지를 파악하고, 그중 어느 만큼을 수용할지를 판단하는 것이 우리 일이

• 위의 책, 647쪽.

야." 이 일을 십수 년 하다 보면, 세상에 특별한 사람은 없다는 걸 알게 된다. '위대한 인물'이 있다기보다는 미디어가 '위대하게 포장한 인물'이 있을 뿐. 인간이란 거기서 거기다. 물론 교양을 통해 스스로를 단련한 '좀 더 나은 사람'은 분명히 존재한다. 그렇지만 그런 사람은 오히려 언론의 조명을 피한다. 마플 양은 입버릇처럼 말한다.

"난 인간의 본성을 알아요. 시골에서 이렇게 오랫동안 살다 보면 인간의 본성을 모르려야 모를 수 없지요."•

오래 살았고, 관찰력이 뛰어나고, 인간의 본성을 꿰뚫고 있기 때문에, 이 할머니는 유추를 통해 사건의 정황을 추리하여 족집게처럼 범인을 잡아내는 것이다.

"인간은 가여운 한편으로 아주 위험한 존재거든. 나약하고 정이 많은 살인범일수록 특히 위험하지. 나약한 사람일수록 궁지에 몰리면 두려운 나머지 잔인하게 변하고 절제를 전혀 못 하니까."••

•   『열세 가지 수수께끼』, 「익사」, 애거서 크리스티 지음, 이은선 옮김, 황금가지, 2003, 291쪽.
•• 『살인을 예고합니다』, 애거서 크리스티 지음, 이은선 옮김, 황금가지, 2013, 369쪽.

　　그렇지만 신랄하고 꼿꼿한 그녀도 외로움 앞에서는 종종 무너진다. 오랜 친구가 살해당해 공황 상태에 빠진 여성에게 마플 양은 공감을 표하며 마음을 털어놓는다.

　　"무슨 뜻인지 알아요. 나를 기억해주던 마지막 사람이 떠나고 혼자가 된 기분. 나도 조카가 있고 다정한 친구들이 있지만 어렸을 적 내 모습을 아는 사람은 한 명도 없답니다. 아주 오래전 이야기를 함께 추억할 사람이 없지요. 난 아주 오랫동안 혼자로 지내왔답니다."[*]

　　설 연휴 부모님 댁에서 이 구절을 읽고 있자니 사무쳤다. 부모님이 돌아가시면 나 역시 세상에 혼자 남을 거라는 생각을 종종 해왔기 때문에. 선물 보따리를 들고 화사한 설빔 차림으로 부부와 아이들이 와글거리며 기차에 오르는 명절 귀성객들 속에서 단출한 차림으로 있는 나만 홀로 이방인 같다는 생각이 들기도 했던 참이었다. 그렇지만 남편과 자식이 있다고 해서, 어렸을 적 내 모습을 함께 추억할 수 있는 건 아니잖아? 선구자란 언제나 쉽지 않은 법이지. 우울해지려는 마음을

* 위의 책, 262쪽.

276

발딱 치켜세우며 마플 양의 또 다른 명언을 되새겨보았다. 다나베 세이코가 이야기한 '고영오연'이란 이런 마음가짐인지도 모른다.

꒱   "우리 어머니께서 늘 말씀하시길 혼자 있을 때에는 아무리 무너져도 상관없지만 다른 사람들 앞에서는 감정을 다스리는 게 숙녀의 기본이라고 하셨는데 말이에요."•

─────────

•   『열세 가지 수수께끼』, 「크리스마스의 비극」, 애거서 크리스티 지음, 이은선 옮김, 황금가지, 2003, 220쪽.

가짜 사금파리가 아닌
우리는

『배움의 발견』 타라 웨스트오버

『배움의 발견』
타라 웨스트오버 지음
김희정 옮김
열린책들, 2020

상경上京이라는 단어를 떠올리면 눈물이 고인다. 서울로 올라가는 일, 집을 떠나는 일, 가족과 헤어지는 일, 고향을 벗어나는 일. 대학에 입학하려 상경한 지 20년이 넘었지만 아직도 '상경'이라는 말을 입에 올리면 마음속 저 깊은 곳이 뭉근하게 아려온다. 상경, 어린 날엔 동경의 단어였지만 지금은 성장통과 동의어가 된 말. 나를 더 넓은 세상으로 가게 해준 일, 『데미안』의 한 구절처럼 어린 새가 알을 깨고 나와 커다란 날개를 갖도록 해준 일, 그렇지만 역시나 '데미안'이 말하듯 '투쟁'이었던 일.

새는 알에서 나오려고 투쟁한다. 알은 세계이다. 태어나려는 자는 하나의 세계를 깨뜨려야 한다. 새는 신에게로 날아간다. 신의 이름은 압락사스.*

『데미안』의 유명한 구절을 옮겨 적으며 타라 웨스트오버를 생각한다. 2018년 미국에서 출간돼 영미권에서 300만 부 넘게 팔리고 2020년 초 국내 소개된 『배움의 발견』의 지은이다. 2019년 《타임지》가 선정한 '세계에서 가장 영향력 있는 인물 100인' 중 한 명이기도 하다. 고아가 아닌데도, 타라는 생일이 언제인지 모른다. 1986년생이라는 서류상 나이는 어림짐작일 뿐이다. 부모는 일곱 자녀 중 아래 넷의 출생신고를 하지 않았고, 아이들 나이조차 정확히 기억하지 못했다. 모르몬교 근본주의자로 종말론을 믿었던 아버지는 "공교육은 아이들을 신에게서 멀어지게 하려는 정부의 음모"라며 자식을 학교에 보내지 않았다. 병원에 가거나 양약을 먹는 건 "신을 배신하고 정조를 파는 일"이라 여겼다. "여자가 있어야 할 곳은 부엌"이라 가르쳤다. 가학 성향이 있는 둘째 오빠는 형제 중 막내인 타라를 상습 폭행했다. 화장을 한다고 '창녀'라 불렀고 순종하지 않는다며 변기에 머리를 처박았다.

　케임브리지 대학 역사학 박사로 현재 영국에서 살고 있는 타라의 이 회고록은 '가족이라는 이름의 감옥'에서 탈출해 자신을 찾아간 한 여

・　『데미안』, 헤르만 헤세 지음, 전영애 옮김, 민음사, 2008, 123쪽.

성의 이야기다. 미국 아이다호주 산골에서 나고 자란 타라는 만 열여섯 살까지 학교 문턱에도 가보지 못하고 아버지의 폐철 공장에서 크레인을 작동시키며 일을 도왔다. 공장 기계에 다리를 찢겼지만 동종요법 치료사인 엄마의 약초만이 허용됐다. 미래는 빤했다. 열여덟 살쯤 결혼하고 엄마처럼 산파가 될 것이었다. 구원의 동아줄을 내린 건 아버지의 반대를 무릅쓰고 대학에 진학한 셋째 오빠였다. "내 생각에 이 집이 너한테는 최악의 곳이야. 대학으로 가는 거야."

겨우 글을 읽고 쓸 줄이나 알았던 타라에게 대입 자격시험은 높다란 벽과 같았다. 그렇지만 독학에는 이력이 나 있었다. 부모가 학교엘 보내지 않았지만 아이들은 저마다 궁금한 것을 알아서 공부했다. 어두컴컴한 지하실에서 백과사전에 탐닉하는 오빠도, 혼자서 수학을 공부하는 오빠도 있었다. 타라는 자신이 궁금한 것, 모르몬교의 역사를 책을 뒤져가며 혼자 공부했다. 일곱 남매 중 집을 떠난 세 명이 박사학위를 받았다.

> 우리 집에서 무엇을 배운다는 것은 온전히 혼자서 방향을 찾아야 가능한 일이었다. 맡은 일을 끝내면 뭐든 혼자 배울 수 있었다. 우리 중 비교적 자기 조절이 더 잘되는 사람도 있었고, 그렇지 못한 사람도 있었다.[*]

---

* 『배움의 발견』, 타라 웨스트오버 지음, 김희정 옮김, 열린책들, 2020, 84쪽.

타라는 "호기심의 씨는 이미 뿌려졌다. 그 씨앗을 기르는 데는 시간과 지루함 말고는 다른 것이 필요 없었다"면서 "나 자신을 위해 공부했다. 아직 이해할 수 없는 것들을 참고 읽어내는 그 끈기야말로 내가 익힌 기술의 핵심이었다"고 말한다. 매일 새벽 6시에 일어나 공부한 끝에 17세에 모르몬교 재단에서 운영하는 브리검 영 대학에 입학한다. 대학 생활은 고난의 행군이었다. 장 발장과 나폴레옹 중 누가 허구의 인물인지 몰라『레 미제라블』을 이해할 수 없었다. '홀로코스트'라는 말도 처음 들어봤다. 유대인 학살 문제에 대해 '정치적으로 올바른' 태도를 보이지 않는 타라에게 친구는 말한다. "그런 걸 가지고 농담하면 안 돼. 농담할 주제가 아니잖아." 저축이 바닥나 생활고에 시달렸지만 매혈賣血을 할지언정 정부 학자금을 차마 신청하지 못했다. 아버지가 주입시킨 종교적 신념에 따르면 정부 의존은 금기였기 때문이다.

책은 "세상 전체가 틀렸고 아버지만이 옳다"고 생각한 타라가 아버지야말로 이 세상의 '이방인'이라는 사실을 깨닫고 '아버지가 기른 그 소녀'와 헤어지는 투쟁에 초점을 맞춘다. 대학이 가장 큰 지원군이었다. 눈 밝은 교수가 타라의 가능성을 알아보고 케임브리지 대학 교환학생 프로그램에 지원하라고 독려한다.

꙾ "학생은 가짜 사금파리가 아니에요. 그런 가짜는 특별한 빛을 비출 때만 빛이 나지요. 학생이 어떤 사람이 되든, 자신을 어떤 사람으로 만들어나가든, 그것은 학생의 본모습이에요."꙾

교수는 또 말한다.

꙾ "자신이 누군지를 결정하는 가장 강력한 요소는 그 사람의 내부에 있어요."꙾꙾

엄격하다 못해 가혹한 부모 밑에서 자랐기 때문에 교수가 수업 시간에 쓴 에세이를 극찬하자 "나는 친절을 제외한 어떤 형태의 잔인함도 견뎌낼 수 있었다. 칭찬은 내게 독과도 같았다. 그것을 마시면 나는 목이 메었다"라고 적는 소녀, 대학에서 주눅 들었던 이유가 가난과 무지 때문이 아니라는 걸 깨닫고 "내 수치심은 철컥철컥 돌아가는 전단기의 칼날로부터 나를 밀어내는 대신, 오히려 그쪽으로 나를 밀어넣는 아버지를 가졌다는 사실에서 나온 것이었다"고 고백하는 여자, 그렇지만 수업 시간에 '누가 역사를 쓰는가'라는 문장을 교수가 칠판에 적을

꙾ 위의 책, 379쪽.
꙾꙾ 위의 책, 381쪽.

때, '바로 나'라고 생각했다는 타라는 이후 "진흙이 조각가에게 몸을 맡기듯" 자신을 대학에 맡긴다. 최우수 학부생으로 브리검 영 대학을 졸업하고 케임브리지 대학원에 진학한다. 하버드 대학 방문연구원을 거쳐 19세기 모르몬주의 연구로 2014년 박사학위를 받는다. 그리고 마침내 '사랑'이라는 미명 아래 그녀를 속박했던 부모와 관계를 끊는다.

아버지의 지배에서 벗어나게 한 자각을 타라는 이 문장으로 요약한다. "나는 아버지가 기른 그 아이가 아니지만, 아버지는 그 아이를 기른 아버지다." 자주적이고 독립적인 인물이 되려 할 때마다 나타나 발목을 잡는 기억, 둘째 오빠에게 변기에 머리를 처박히고, 주차장 바닥에 쓰러진 채 옷이 벗겨져 속옷이 다 드러날 때까지 폭행당하던 무력한 열여섯 살의 자신과도 마침내 작별한다.

열여섯 살 소녀. 그날 밤 나는 그 소녀를 불렀지만 그녀는 대답하지 않았다. 나를 떠난 것이다. 그 소녀는 거울 속에 머물렀다. 그 이후에 내가 내린 결정들은 그 소녀는 내리지 않을 결정들이었다. 그것들은 변화한 사람, 새로운 자아가 내린 결정들이었다. 이 자아는 여러 이름으로 불릴 수 있을 것이다. 변신, 탈바꿈, 허위, 배신.

나는 그것을 교육이라 부른다.*

---

* 위의 책, 507쪽.

1월 어느 수요일, 모두가 퇴근하고 텅 빈 사무실에 새벽 1시까지 앉아 이 책을 읽었다. 밤이 깊었지만 책 속 세계에서 벗어나고 싶지 않았다. 흐름이 끊기는 게 싫었다. 그만큼 흡인력이 강했다. "나는 그것을 교육이라 부른다"라는 마지막 문장을 읽고 전율을 느끼며 구글링을 해 원문을 확인했다. "I call it an education." 또박또박 소리 내 읽으며 다시 전율했다. 내가 곧 타라였으니까.

정도의 차이는 있지만, 누구나 부모가 만들어준 세계를 부수고 자신만의 세계를 구축하며 어른이 된다. 그 과정에서 '교육'이 힘이 된다. "모든 사람이 경험하는 부모와의 관계를 극단적으로 몰고 간 예"라는 빌 게이츠의 서평에 깊이 공감했다. 게이츠는 또 말한다. "어릴 때 우리는 부모를 모든 걸 다 아는 존재로 생각하지만 성장하면서 그들도 나름의 한계를 지닌 성인이라는 것을 깨닫게 되는 시각의 전환을 경험한다." 타라의 이야기가 커다란 감동을 주는 건 기저에 깔린 이 보편성 때문이리라.

나 역시 '아버지가 키운 소녀'였다. 물론 타라처럼 극단적인 경우는 아니지만 나는 아버지를 존경했고, 동경했고, 위대하다 생각했고, 그에게 인정받고 싶었다. 아버지는 어린 나의 세계에서 가장 커다란 인물이었다. 가끔은 신과 다름없었다. 아버지 같은 사람이 되는 것. 그렇게 올곧고, 이해의 폭이 넓고, 문학적이며, 박학다식한 사람이 되는 것이 어린 날의 내 목표였다. 아버지처럼 학자가 되고 싶었지만 정작 그는 "왜 힘든 길을 가려 하느냐"며 매섭게 반대했다. 어찌하였든 나는 그가 소중히 여기는 가치를 함께 소중히 여겼고, 겉으론 아니더라도 마음속으론 그에게 순종했다.

서울, 그리고 대학은 내게 혼돈의 공간이었다. 대학에서 만난 사람들은 자유분방했다. 대학은 학문의 전당이며, 학문의 세계는 아버지와 같을 줄 알았는데 엄격한 아버지와는 많이 달랐다. 신입생 모임에서 술을 진탕 마신 선배들이 "자, 이제 망가집시다"라고 말할 때, 나는 그런 흐트러짐을 엄히 경계했던 아버지의 '교육'과 이 새로운 세계의 '교육'의 간극에 아찔해졌다. 『데미안』에 이런 구절이 있다.

그리고 보잘것없는 술집의 더러운 테이블, 맥주가 쏟아져 고인 곳에서, 내가 전대미문의 냉소주의로 내 친구들을 놀리고 놀라게 하는 동안에도, 실제로 나는 내가 냉소를 보내는 모든 것에 경외심을 갖고 있었으며 마음속으로 울며 내 영혼 앞에서, 내 과거 앞에서, 우리 어머니 앞에서, 신 앞에서 무릎을 꿇은 채 엎드려 있었던 것이다.*

고향을 떠나 상급 학교에 진학한 주인공 싱클레어의 고백, 이는 곧 부모님의 착실한 맏딸로 자라온 나의 이야기였다. 사랑받는 자식일수록 부모의 세계에서 뛰쳐나오기 쉽지 않다. 타라 역시 그랬다. 남들이 보기에 기괴한 방식이지만 타라의 부모는 지극히 타라를 사랑했다. 타라가 케임브리지에서 석사과정을 밟기 위해 런던으로 떠나겠다고 선언하자 아버지는 말한다.

　　⟿　"네가 미국에 있으면, 우리가 널 데리러 갈 수 있어. 어디에 있든지. 들에 묻힌 지하 탱크에 연료가 4000리터나 있으니 종말이 오면 네가 있는 곳으로 가서 집으로 데려올 수 있어. 안전한 곳으로 말이야. 하지만 네가 바다를 건너가 버리면…."••

아버지는 때가 오면 신이 일부다처제를 다시 부활시킬 것이고, 내세에는 타라가 의로운 남성의 여러 아내 중 한 명이 될 것이라고 가르쳤다. 딸의 방종과 성적 타락을 지나치게 경계해 무더워서 어깨가 보일 정도까지 걷어올린 타라의 소매를 확 잡아내리며 "여기는 매춘굴이 아니야"라고 말했다. 옷차림이 정숙하지 못하다는 이유로 어린 타라의 뮤지컬 출연을 금지했다. 그렇지만 타라가 노래에 뛰어난 재능을 보이자 무척 기뻐하며 공연 오디션을 보는 걸 허락하고, 맨 앞줄에 앉아 그

•　『데미안』, 헤르만 헤세 지음, 전영애 옮김, 민음사, 2008, 101쪽.
••　『배움의 발견』, 타라 웨스트오버 지음, 김희정 옮김, 열린책들, 2020, 394쪽.

공연을 관람했다. 사랑했기 때문에, 사랑이라서, 타라는 아버지에게서 벗어날 수 없었다.

결단을 내린 건 석사학위를 받고 하버드 대학 방문연구원으로 가 있을 때였다. 딸을 보러 온 아버지는 "너는 사탄의 포로가 되어버렸다"며 자신이 내리는 신의 은총을 받으라고 강요한다. 아버지로부터 탈출하려다 결국 복종해 구속당하며 살고 있는 언니를 떠올리며 타라는 언니와 자신의 차이점을 깨닫는다.

> 내가 그때까지 해온 모든 노력, 몇 년 동안 해온 모든 공부는 바로 이 특권을 사기 위한 것이었다. 아버지가 내게 준 것 이상의 진실을 보고 경험하고, 그 진실들을 사용해 내 정신을 구축할 수 있는 특권. 나는 수많은 생각과 수많은 역사와 수많은 시각들을 평가할 수 있는 능력이야말로 스스로 자신을 창조할 수 있는 능력의 핵심이라는 사실을 믿게 됐다. 지금 굴복한다는 것은 단순히 언쟁에 한 번 지는 것 이상의 의미를 지녔다. 그것은 내 정신의 소유권을 잃는다는 의미였다. 이것이 내게 요구되는 대가였다. 이제 이해가 됐다. 아버지가 내게서 쫓고자 하는 것은 악마가 아니라 바로 나 자신이었다.•

• 위의 책, 471쪽.

타라는 말한다. "사랑해요. 하지만 그럴 수 없어요. 죄송해요, 아버지." 그렇게 부모로부터 정서적으로도 이유離乳한다.

∞

　만 19세에 대학에 진학한 나는 육체적으로는 일찍 부모로부터 독립했지만 정서적으로는 그렇지 못했다. 완벽하다 여겼던 아버지의 세계도 때론 틀릴 수 있다는 것을 인정하고, 내가 구축한 새로운 세계에서 법칙을 정하고 결정을 내리는 자는 나여야 한다고 마음먹는 것이 쉽지 않았다. 나의 정신적 세계는 오랫동안 여전히 부모님이 만들어준 안전한 온실 속에 있었다.

　고향의 세계와 서울로 표방되는 대학의 세계가 충돌하는 경험을 나만 겪은 것은 아니었다. 스무 살 청년은 성인이라 불리지만 실은 어린 나와 성인이 된 나 사이에 걸쳐져 있는 존재였다. 집을 떠나 혼자 사는 친구들은 대개 나처럼 그런 일을 겪었다. 외로움과 혼돈, 방황과 갈등이 지배하던 대학 시절. 자주 서러웠고, 부모님과 함께 사는 서울 출신 친구들이 못내 부러웠다. 그렇지만 차츰 적응해나갔고, 온전한 성인으로서 새로운 자아를 만들어나갔다. 수업 시간에 습득한 지식뿐 아니라 동기들 및 선후배와 어울리며 갖게 된 새로운 시야, 낯설지만 신선했던 삶의 태도가 그런 일을 가능하게 했다. 나 역시 그것을 '교육'이라 부른다.

가끔 운전하다 대학 시절에 살던 동네를 지나칠 때면 그 인근에 살던 친구들과 선후배의 얼굴이 하나하나 떠오른다. 고향을 떠나와 어두컴컴하고 습한 반지하 방에서, 좁은 원룸에서 홀로 서울살이하느라 분투하던 그들의 앳된 모습과 당당한 어른으로 한몫하고 있는 현재를 비교해 본다. 그럴 때마다 '교육이란 얼마나 대단한 것인가' 하고 생각한다.

윤동주의 「쉽게 쓰여진 시」에 "나는 나에게 작은 손을 내밀어 / 눈물과 위안으로 잡는 최초의 악수"라는 구절이 있다. 책읽기란 어린 날의 내가 울고 있는 자신에게 작은 손을 내밀어 건넨 최초의 악수이자, 어른이 된 내가 아직도 마음 밑바닥에 웅크리고 있는 어린 내게 눈물과 위안으로 부단히 건네는 악수이기도 하다. 스스로가 스스로에게 실시한 최초의 교육이자, 최후의 교육일 것이다.

마치며

절망에서
희망 찾기

『폴리애나의 기쁨 놀이』폴리애나

『폴리애나의 기쁨 놀이』
엘리너 H. 포터 지음
김옥수 옮김
토파즈, 2010

"긍정 소녀 폴리애나의 행복한 '기쁨 바이러스'."

오랜만에 꺼낸 책의 띠지에 쓰인 문구를 보고 웃었다. 그냥 웃음이 아니라 쓴웃음이다.

'바이러스'라는 단어만 봐도 지친다. 코로나19 때문에 마음 졸인 지도 한 달 반이 넘었다.* 그간 나는 '바이러스'는 백신으로 예방하고, '세균'은 항생제로 죽인다는 것과 바이러스는 2차 감염이 되지만, 세균은 2차 감염이 되지 않는다는 것 등 '바이러스'와 '세균(박테리아)'의 차이를 명확히 알게 되었다.

마스크를 오래 쓰고 있으면 산소 부족으로 호흡곤란이 온다는 걸 체감하게 되었고, 질병 예방에 손 씻기가 얼마나 중요한지도 새삼 깨달았다. 바야흐로 손의 수난 시대. 지나치게 손을 많이 씻고 손 소독제를

---

* 이 글은 코로나 사태가 일어나고 한 달이 지난 2020년 3월에 쓴 것이다.

자주 썼더니 가뭄에 논바닥 갈라지듯 손이 부르터서 병 주고 약 주듯 핸드크림을 발라주고 있다. 손을 씻는다는 건 스스로가 불결하다는 인식에서 온다. 강박적으로 손을 씻으며 던컨 왕을 죽인 후 손에 묻은 피를 씻는 맥베스 부인을, 무고한 예수에게 형을 선고한 후 손을 씻는 본디오 빌라도를 생각했다. 손 씻는 일이 힘든 것은 그 행위가 버겁기 때문이기도 하지만 스스로를 불결한 사람, 혹은 죄 지은 사람으로 인식하고 있다는 정서적 무거움 때문이기도 하다는 걸 깨달았다.

깨달은 것은 또 있다. 일상이란 얼마나 소중하며 사람과 사람의 만남이란 또 얼마나 따스한가. 회사는 2월 중순부터 최소한의 인원만 출근하고 가능한 한 재택 근무 하라는 방침을 내렸다. 입사 18년 만에 처음 있는 일이다. 집에서 일하면 좋을 것 같았지만 일과 생활의 경계가 무너졌다. 씻지도 않고 잠옷 차림으로 하루 종일 책상 앞에 앉아 '폐인 모드'로 살다 보니 퇴근 후 귀가해 누리던 명료한 휴식이 그리워졌다. 구내식당의 식사도, 동료들과의 대화도 아쉬웠다.

당직이라 사무실로 나간 2월 말의 어느 날, 함께 근무하는 후배에게 "저녁 뭐 먹을래?"라는 일상의 말을 건네지 못했다. "상황이 상황이니만큼 따로 먹는 게 좋겠다" 하고선 조용히 사라져 구내식당에서 혼자 저녁을 먹었다. 사무실로 복귀하며 회사 건물을 바라보는데 갑자기 슬픈 마음이 치밀어 오르며 눈물이 쏟아졌다. 내가 타인을 '인간'이 아니라 감염원으로 인식하고 있다는 사실이 슬펐다. 나 또한 타인에게 감염원인 것이다. 신뢰의 악수, 밥 먹으며 하는 일상의 대화, 다정한 눈맞춤…. 이 모든 것들은 요 며칠 새 어디로 사라진 걸까. 입맞춤, 포옹, 섹스…. 수많은 바이러스와 세균을 공유하는 행위를 거리낌 없이 하게 했던 사랑은 얼마나 대단한 것이었던가. 그런 생각들을 했다.

육체적으로 지쳤지만 정서적으로도 지쳤다. 모두들 예민하다. 대기에 바이러스와 함께 질병에 대한 공포가 깔려 있다. 숨 쉴 때 바이러스만이 아니라 공포마저 들이쉬고 내쉰다. 나뿐 아니라 다들 신경이 곤두서 있어, 서로가 서로의 신경을 긁지 않기 위해 조심해야 한다. 재택근무가 일상화되며 대면 접촉이 줄어든 것이 불편하다 생각했지만 '거리두기' 덕에 사람과 직접 부대끼기 때문에 받는 스트레스가 줄어들었다는 점에서는 비대면 접촉이 대면 접촉보다 더 나은가, 아직은 잘 모르겠다.

16년간 혼자 살다 뉴욕에서 룸메이트 세 명과 함께 넷이 생활할 때, 동거가 가능하려면 최소한 소음과 위생에 대한 민감도가 비슷해야 한다는 사실을 깨달았다. 코로나 사태 이후로 동거뿐 아니라 같이 일하기 수월하려면, 질병에 대한 민감도도 중요하다는 것을 깨닫고 있다. 모든 사람이 다 다르게 타고나기 때문에 이 문제에 대해선 민감도가 다를 수밖에 없다. 유난하게 보이는 것도 싫지만 그렇게 보여 욕먹는 것보다 감염이 더 싫기 때문에, 아니, 솔직히 말하자면 감염도 두렵지만, 확진 판정을 받아 동선 및 개인정보가 전 국민에게 공개되어 감염원으로 낙인찍히는 것은 더 두렵기 때문에 최대한 사람들과 '사회적 거리'를 두려 애쓴다. 한센병 환자였던 시인 한하운이 어떤 심정으로 「보리피리」를 썼는지 감히 다 안다고 하지는 못하지만 조금은 이해하게 되었다.

질병에 대한 민감도가 비슷한 친구와 하루 종일 채팅하며 스트레스를 푼다. 정치색과 함께 질병에 대한 민감도도 사람 사귐에 있어 중요하다는 걸 깨닫는 날이 내 생에 오게 될 줄이야⋯. 나보다 더 민감한 이들에게는 어쩔 수 없이 민폐 끼치고 있다는 것도, 나보다 덜 민감한 이들에겐 유난하고 뾰족하게 보이며 불편함을 준다는 것도 알지만, 어쩔 수 없는 일인 것이다.

난리법석에도 신문은 매일 나온다. 난리법석이기 때문에 더 꼬박꼬박 나온다. 하긴, 전쟁이 나도 나오는 것이 신문이니까, 나는 절대적으로 늘 정해진 일과를 수행하고 있구나, 하는 생각과 더불어 최소한의 견고한 궤도가 있어서 감사하다는 마음도 들었다. 내가 감사하는 와중에, 대구 출신 친구가 "또 죽었다. 치료받지 못하고 죽었다"며 사망자 뉴스를 공유하며 슬퍼하고 분노한다. 나의 감사가 그의 슬픔 앞에서 안일하기 짝이 없게 여겨져 참담해진다. 여하튼 아프지 말자고 결심한다. 나 자신을 위해, 가족을 위해, 친구를 위해, 세상 모든 사람들을 위해.

그 와중에 『폴리애나의 기쁨 놀이』를 다시 읽었다. 연일 쏟아지는 우울한 뉴스에도 지치고, 매사 긴장하고 있는 것에도 지쳐서 '아, 몰라, 그냥 막 살아버리고 싶어' 하는 자포자기의 심정과, '그래도 그러면 안 돼' 하는 경계의 마음이 악마와 천사의 목소리처럼 교차하던 때였다. 초등학교 저학년 아이들을 둔 친구가 한 말이 계기가 되었다.

　　"우리집 애들은 매일매일 '코로나 축제'야. 엄마 아빠 다 집에 있고, 학교도 학원도 안 가도 되고, 매일 집에만 있어도 되니 너무 좋대. 병에 걸리지만 않으면 좋겠대."

　　"이 와중에 애들이라도 즐겁다니 좋네"라고 말한 건 입에 발린 말이 아니라 진심이었다. 우울과 낙담, 위축감에 지배되는 것도 하루 이틀이지 진절머리가 났다. 낙관주의와는 거리가 먼 성격이지만, 다시 한 번 『폴리애나의 기쁨 놀이』를 읽어보고 싶어졌다.

　　『폴리애나의 기쁨 놀이』는 미국 작가 엘리너 H. 포터_{Eleanor Porter, 1868~1920}가 1913년 발표한 소설이다. 내 또래의 독자에겐 1980년대 중반 텔레비전에서 방영된 〈시골 소녀 폴리아나〉라는 일본 만화영화가 더 친숙할 것이다. 미국 버몬트주 벨딩스빌, 부유한 40대 독신녀 폴리 해링턴에게 어느 날 편지가 한 통 날아온다. 서부의 작은 읍에 사는 열한 살짜리 조카 폴리애나가 최근 아버지를 잃고 고아가 되었으니 맡아주면 좋겠다는 내용이다. 폴리애나는 가난한 목사와 사랑에 빠져 가족과 절연하고 서부로 떠나버린 언니 제니의 딸. 제니는 두 여동생인 '폴리'와 '안나'의 이름을 따서 딸 이름을 지어놓고 낳은 지 몇 년 안 돼 숨졌는데, 이런 언니를 폴리는 결코 용서할 수 없었다. 언니에 대한 사랑이 컸기 때문에, 배신당했다는 상처도 못지않게 컸던 것이다. 그렇지만 스스로를 '선량하고 책임감이 있으며 의무를 실행하는 강한 여자'라 생각하는 폴리는 조카를 받아들이기로 결심한다.

폴리애나의 해링턴가의 입성은 그린게이블스에 도착한 빨강 머리 앤만큼이나 측은하다. "붉은 바둑판 무늬 옷을 입고 부스스한 머리를 두 가닥으로 땋아 늘어뜨리고 밀짚 모자 아래 주근깨 투성이에 키가 큰" 소녀 폴리애나를 폴리는 마중 나가지 않는다. 하녀 낸시를 대신 내보낸다. 그렇지만 폴리애나는 실망감을 감추며 말한다.

> "난 말이에요. 이모가 마중 나오지 않았다는 게 기뻐요. 아직 이모를 만나볼 수 있다는 희망과 기대감이 남아 있잖아요. 낸시는 이미 만났으니까 된 거고…. 그렇죠?"*

저택에 살게 되었다고 기뻐하는 폴리애나에게 폴리가 내준 것은

---

* 『폴리애나의 기쁨 놀이』, 엘리너 H. 포터 지음, 김옥수 옮김, 토파즈, 2010, 34쪽.

카펫도 깔려 있지 않고 거울도 없는 썰렁한 다락방. 폴리애나는 또 말한다.

"거울이 없어서 다행이에요. 주근깨를 안 봐도 되니까…."

이모에게 박대당하는 폴리애나가 가여워 "아가씨는 뭐든지 기뻐할 수 있는 모양이군요"라고 위로하는 낸시에게 폴리애나는 나지막이 웃으며 말한다.

 "그게 게임이에요."

"게임이라고요?"

"'뭐든지 기뻐하는' 게임."[*]

어리둥절해하는 낸시에게 폴리애나는 설명한다.

 "그건… 위문품 상자에서 나온 지팡이에서 시작된 거예요."

"지팡이?"

"그래요, 난 인형을 갖고 싶어 했거든요. 그래서 아빠가 교회 본부에 부탁을 했는데, 인형은 안 오고 지팡이가 와버렸어요. 담당 여직원의 편지에는 '인형이 없어서 지팡이를 보냅니다. 지팡이가 필요한 아이도

---

* 위의 책, 50쪽.

있을지 모르니까요'라고 쓰여 있었어요. 그때부터 그 놀이를 시작했어요."

"하지만 그건 조금도 놀이 같지가 않은데 전혀 모르겠네요."

"아주 쉬워요. 그냥 뭐든지 기뻐하는 거예요. 무엇에서든 기쁜 일을 찾는 거죠."

(…)

"그러니까, 지팡이를 쓸 필요가 없다는 게 기쁜 거예요. 알겠죠? 아주 쉬운 게임이에요."*

인형을 기대하는 딸에게 지팡이가 주어지자 아빠는 "지팡이를 쓸 만큼 다리가 불편하지 않은 걸 기뻐하라"고 하는데 이 말은 소설의 핵심이자, 복선이다. 폴리애나는 그날부터 모든 일에서 '기쁨'을 찾는 '놀이'를 시작한다. 그리고 그 놀이를 외로운 폴리 이모에게, 부유하나 마음은 가난한, 혹은 가난하여 마음이 불행한 마을 사람들에게 널리 전파시킨다.

폴리애나 덕에 폴리 이모와 마을 사람들은 일상에서 행복을 발견하게 되며, 작은 일에도 즐거워하게 된다. 폴리 이모의 옛 연인이었던 마을의 의사 칠턴 선생님은 환자들을 위한 처방전에 '폴리애나'를 써넣는다. 괴팍한 노신사에게도, 불평투성이 중년 여성에게도 폴리애나의

* 위의 책, 51쪽.

'기쁨 찾기 놀이'가 큰 힘이 되었으므로.

지칠 줄 모르고 기뻐하는 폴리애나에게 불운이 찾아온다. 하교하다 달려오는 자동차에 부딪히게 된 것이다.

> "나를 괴롭히는 게 천연두가 아니라서 기뻐요. (…) 백일해가 아니라서 또 기뻐요. 한 번 앓아본 적이 있는데, 정말 괴로워요. 그리고 맹장염도 홍역도 아니라서 또 기뻐요. 홍역은 전염되잖아요."[*]

끊임없이 자신의 상태를 긍정하던 폴리애나도 "다시는 걷지 못하게 될지도 모른다"는 의사의 말을 엿듣고는 절망에 빠진다. 지팡이를 짚지 않아도 된다는 사실을 통해 기뻐하는 법을 알았고, 그럼으로써 삶을 긍정하는 법을 배운 이 소녀가 결국엔 지팡이를 짚어야만 하는 위기에 처하는 것이 소설의 클라이맥스다.

> "아빠는 어떤 일에도 보다 나쁜 경우가 꼭 있다고 했지만, 두 번 다시 걷지 못한다는 말은 못 들어봤을 거예요. 이보다 더 나쁜 일이 있다고는 생각할 수 없어요. 그렇지 않아요?"[**]

---

[*] 위의 책, 238쪽.
[**] 위의 책, 238쪽.

절망에 빠진 소녀를 구하는 것은 자신이 씨 뿌린 희망이다. 폴리애나를 문병 온 사람들이 '기쁨 찾기 놀이'를 마을에 퍼뜨려준 데 감사를 전하며, 폴리 이모도 '놀이'에 동참하겠다고 하자 폴리애나는 마침내 말한다.

> "저에게도 기쁨이 생겼어요. 아무튼 전에는 다리가 건강했다는 거죠. 그러지 않았으면 그런 일이, 도저히 그렇게 되지 않았을 테니까요."*

오랜만에 이 책을 다시 읽으며, 무엇보다 마음에 와닿았던 것은 자유롭게 자란 조카가 못마땅해 바느질이며 책읽기, 피아노 연주 같은 '숙녀'를 위한 교양 수업을 하려는 이모에 대한 폴리애나의 반응이다.

> "어, 폴리 이모, 그럼 제 시간은 없잖아요. 살기 위한….”
> "살기 위한? 아니, 대체 그게 무슨 뜻이지? 그럼 넌 이제까지 죽어 있었니?”
> "그런 걸 배우는 것도 좋지만, 그건 살아 있는 게 아니에요. 잘 때도 숨을 쉬잖아요. 살아 있다는 건 자기가 좋아하는 일을 하는 거예요. 밖

---

* 위의 책, 262쪽.

에서 뛰어놀기도 하고, 혼자서 책을 읽고, 산에도 올라가고, 톰 할아버지랑 낸시하고 이야기도 하고…. 어제 지나온 저 아름다운 거리에 있는 집들과 사람들 구경하기, 그게 살아 있는 거예요. 폴리 이모, 그저 숨만 쉬는 건 살아 있는 게 아니에요."•

'자가격리'와 '사회적 거리두기'의 시대, '살아 있다는 건 무엇인가'를 다시 한 번 생각한다. 숨만 쉬는 건 살아 있는 게 아니라고, 뼈저리게 느끼게 되었다. 폴리애나의 말처럼 살아 있다는 건 좋아하는 일을 하는 것이다. 화창한 날 좋은 공기를 마음껏 쐬며 야외로 나가는 것, 계절마다 피는 꽃을 찾아 꽃놀이를 하는 것, 좋은 사람들과 맛있는 것을 먹는 것…. 그 순간에만 할 수 있는 일을 할 수 있다는 것은 얼마나 소중한가. 북한 남자와 남한 여자의 사랑을 그려 큰 인기를 끈 드라마 〈사랑의 불시착〉 마지막 회에서 리정혁(현빈)은 윤세리(손예진)에게 이런 문자를 보낸다.

"그 계절에 피는 꽃을 보고 그 절기에 맞는 음식을 먹으며 당신이 일상 속에서 찾을 수 있고 찾아야 할 작은 행복들을 누리길 바라오."

환난 속에서도 봄은 오고, 꽃은 피고 있다. 수선화, 프리지아, 튤

• 위의 책, 65쪽.

에밀리 브론테, 『폭풍의 언덕』, 김종길 옮김, 민음사, 2018

에이모 토울스, 『우아한 연인』, 김승욱 옮김, 현대문학, 2019

엔도 슈사쿠, 『여혐의 희생자, 마리 앙투아네트』 1~2, 김미형 옮김, 티타임, 2017

엘리너 H. 포터, 『폴리애나의 기쁨 놀이』, 김옥수 옮김. 토파즈, 2010

옌스 안데르센, 『우리가 이토록 작고 외롭지 않다면』, 김경희 옮김, 창비, 2020

요조 · 임경선, 『여자로 살아가는 우리들에게』, 문학동네, 2019

전혜린, 『그리고 아무 말도 하지 않았다』, 민서출판사, 1989

제임스 홀리스, 『내가 누군지도 모른 채 마흔이 되었다』, 김현철 옮김, 더퀘스트, 2018

타라 웨스트오버, 『배움의 발견』, 김희정 옮김, 열린책들, 2020

프랜시스 호지슨 버넷, 『소공녀』, 곽명단 옮김, 펭귄클래식코리아, 2013

헌터 데이비스, 『플롯시는 깜찍한 발레리나』, 강명희 옮김, 지경사, 1991

　　　　　― 『플롯시의 꿈꾸는 데이트』, 강명희 옮김, 지경사, 1989

헤르만 헤세, 『데미안』, 전영애 옮김, 민음사, 2008

해외 단행본

Mitchell, Margaret, *Gone with the wind*, Scribner, 2007

도판 목록

앞의 숫자는 책의 페이지입니다.

매 순간 흔들려도
매일 우아하게

초판 1쇄 발행 2021년 6월 10일
초판 5쇄 발행 2022년 9월 1일

지은이 곽아람
펴낸이 고미영

기획 및 책임편집 고미영
편집 정유선 박기효
그림 우지현
디자인 최정윤
마케팅 나해진
홍보 씨네핀
브랜딩 함유지 함근아 김희숙
    박민재 박진희 정승민
제작 강신은 김동욱 임현식
제작처 상지사

펴낸곳 (주)이봄
출판등록 2014년 7월 6일 제406-2014-000064호
주소 10881 경기도 파주시 회동길 455-3
전자우편 yibom@yibombook.com
팩스 031-955-8855
문의전화 031-955-8883

ISBN 979-11-90582-45-2 03810

springtenten   yibom_publishers